DU MYTHE AU ROMAN:
UNE TRILOGIE DUCHARMIENNE
de Franca Marcato-Falzoni
est le quatre cent vingt-troisième ouvrage
publié chez
VLB ÉDITEUR.

DU MYTHE AU ROMAN:
UNE TRILOGIE DUCHARMIENNE

L'éditeur tient à remercier Mme Marie-Louise Lentengre qui a collaboré avec M. Javier García Méndez à la révision finale de la traduction.

Franca Marcato-Falzoni

DU MYTHE AU ROMAN

une trilogie ducharmienne
essai

Traduit de l'italien par Javier García Méndez

vlb éditeur

VLB ÉDITEUR
Une division du groupe Ville-Marie Littérature
1000, rue Amherst, bureau 102
Montréal (Québec)
H2L 3K5
Tél.: (514) 523-1182
Télécopieur: (514) 282-7530

Conception graphique de la couverture:
Patrick Bizier

Illustration de la couverture:
Olivier Lanctôt-David

Maquette intérieure:
Johanne Lemay

Distribution:
AGENCE DE DISTRIBUTION POPULAIRE
955, rue Amherst
Montréal (Québec)
H2L 3K4
Tél.: à Montréal: 523-1182
     de l'extérieur: 1 800 361-4806

Dépôt légal — 2e trimestre 1992
Bibliothèque nationale du Québec
ISBN 2-89005-454-3

Préface

RÉJEAN DUCHARME est un écrivain d'Amérique. Mais, où est l'Amérique? Où commence-t-elle? S'arrête-t-elle jamais? Et si ce continent en perpétuelle découverte n'était qu'une invention de l'esprit? Il est trop pesant, trop lourd pour se dissoudre dans l'imaginaire! Il calque un comportement, reproduit une naissance et une décadence, une perte. Il est un état contre lequel se débat l'esprit n'ayant pour armes que des mots, et même ceux-ci, si corrosifs fussent-ils, ne peuvent aller au-delà de l'ironie, du jeu se retournant sur eux-mêmes dans une impuissance qui s'étale, se reconnaît et, dans l'échec apparent, refuse la défaite.

Or, dans l'œuvre de Ducharme, il existe une rencontre sinon une équivalence entre l'Amérique et l'enfance, entre terre de découverte et de naissance que corrompent le temps, l'âge, l'avènement de l'adolescence et la chute dans la décadence de l'âge adulte. L'Amérique se corrompt comme l'enfant. Celui-ci se débat, regimbe, pousse des cris et, dans le hurlement, fait retentir des rires.

Franca Marcato-Falzoni suit pas à pas, j'allais dire ligne par ligne, l'itinéraire initial de l'auteur. Trois romans: L'Océantume, L'Avalée des avalés et Le Nez qui voque. Ducharme nous est présenté dans sa gravité et le sérieux de son projet. Projet littéraire mais aussi projet intellectuel, psychologique et spirituel. L'enfant cherche sa place dans le monde. L'Océantume c'est le point de départ, ce que Freud nommerait l'univers animiste. Le jardin enchanté, le monde rêvé et perdu, car l'humanité-enfant traverse le temps et le mythe se transforme en religion.

L'Avalée des avalés c'est la rencontre, l'affrontement d'un christianisme des origines et d'une terre sauvage et déjà salie et corrompue. Le christianisme c'est comme l'héroïne en roman, un judaïsme à moitié repris, modifié, revu et corrigé par un culte naissant et déjà essoufflé sous le poids de son manque, de son insuffisance. La religion apparaît comme une dégradation du mythe, la première étape de la corruption de l'enfant innocent. Or l'enfant corrompu fait face à la règle mais ne la reconnaît pas. D'où sa cruauté, sa violence à laquelle donne naissance une innocence qui, en fait, n'est pas une abstention consciente, encore moins un rejet voulu du fracas du monde défait de l'adulte. L'enfant n'a pas eu l'occasion de s'engager. D'où, au départ, sa violence. Elle apparaît comme pure énergie, une poursuite de l'innocence. La religion n'est alors qu'un masque dont il n'a mieux à faire que de lui opposer un verbe inattendu dans l'amalgame du jeu et de l'ironie qui finissent par devenir des dimensions, des figures d'une violence future.

Le Nez qui voque c'est l'Histoire. Mémoire incertaine, brisée, elle entache toute promesse, la paralyse.

Comme toute œuvre littéraire véritable, celle de Ducharme est construite. L'édifice apparaît conçu, programmé avec précision, une quasi-méticulosité. On est, bien sûr, loin d'une concertation théorique et encore plus d'une volonté didactique. La construction est artistique, lucide dans l'indifférence aux concepts, dans l'inconscience théorique. Ducharme n'a pas de message à livrer. Plus qu'un constat, son œuvre est un cri qui prend tour à tour les figures du jeu, de l'ironie et de la violence. Elle ne débouche que sur elle-même. C'est dire qu'elle est ouverte, se renouvelant de sa propre substance, sans tomber dans la redondance ou la gratuité.

Un enfant grandit en même temps qu'un continent. À l'instar de ce continent. Défaite, échec, il n'a qu'une arme. Dire le désarroi pour affronter le tragique et pour ne pas tomber dans la soumission et l'inconscience. Ici et là, des lueurs, des haltes, des clairières. L'artiste, comme le lecteur, les accueille sans faux espoirs et sans fausse attente. Ce monde désespéré n'est pas fermé, car il trouve dans la perte et le manque une manière de célébration. Une manière d'opposer à la certitude du mal le refus de l'enfant. Se tourner contre le monde adulte apparaît à l'enfant qui refuse de ravaler l'innocence à un avantage comme l'unique sagesse, surtout si elle est dite dans le rire et le foisonnement du verbe. Ultime sursaut, seule arme à opposer à la violence ou au silence.

Franca Marcato-Falzoni analyse avec pénétration la persistance de l'enfant et la naissance de l'écrivain. L'œuvre subséquente de Ducharme ne fera que confirmer son propos. À partir des prémisses qu'elle expose, cette œuvre s'est prolongée, étendue pour occuper sa place dans la littérature québécoise. Celle-ci expose la frustration qui va jusqu'à la dépression, la plainte, mais aussi la célébration qui peut aller de la candeur à la satisfaction vaniteuse. Ducharme dit l'impossibilité d'une ratification tout autant que la velléité du retrait, de la résignation et de la plainte. Il y a malaise que ne surmonte qu'une fête du verbe. Cette œuvre serait émaciée, existerait à peine n'était ce jeu du langage, cette gymnastique des mots. Cela pourrait masquer une négation mais, dans la richesse et la couleur qui n'expriment ni joie ni affirmation, elle annonce l'attente. Et en cela l'enfant rejoint l'écrivain, et le lecteur est convié à la fête du verbe. L'attente est plus qu'espoir. C'est une victoire sur la mort puisque le temps est reconnu dans son déroulement, accusé dans sa marche, vécu. Et le plaisir de lire demeure entier. La détresse est parfois dans les parages et le désespoir sonne à la porte. L'écrivain résiste et son cri sonne aussi comme un chant. À nous de l'écouter et de lui faire écho.

NAÏM KATTAN

Pourquoi les trois premiers romans

Tous les romans de Réjean Ducharme sont nés de l'observation de la réalité et du malaise à la fois aigu et profond que suscite en lui le fait de la voir généralement acceptée au détriment de tout idéal. Son œuvre narrative s'oppose à un semblable immobilisme, et chacun de ses textes se propose d'altérer le *statu quo,* d'insérer l'idéal dans le réel afin de le modifier de manière substantielle. D'où la présence, au début de chaque roman, d'une connotation fabuleuse qui est l'indice du moment de «foi» en la possibilité d'accomplir certains idéaux autour desquels le récit se construit; d'où, également, l'atténuation progressive de cette connotation qui finit par disparaître, marquant la reddition face à la réalité: celle-ci reprend possession complète du récit et, ce faisant, affirme catégoriquement l'inutilité de toute tentative de subvertir son pouvoir absolu.

Tendre et ironique, fabuleux et amer, chacun de ces romans est donc un cri de révolte contre la scission — irréparable — entre réel et idéal; un cri qui gagne la composition dans son ensemble, passant du plan linguistique au plan sémantique, et de là rebondissant vers le discours pour s'installer dans l'histoire des jeunes personnages en quête d'absolu. Le retour de l'aventure

d'un texte à l'autre finit par exprimer de façon globale
le refus de ce «bon sens» qui équivaut à accepter le quotidien, où précisément la répétition du banal nie l'aventure. Un semblable refus du codifié et de l'établi, c'est-
à-dire du statisme — qui, aussi bien dans la vie que
dans la littérature, équivaut à la mort —, résume l'être
profond des personnages de Ducharme, dont l'histoire,
d'un texte à l'autre, est celle du Phénix ressurgissant
éternellement de ses propres cendres. Seuls contre le
réel, les différents héros n'échouent dans leur tentative
de se soustraire à son pouvoir dévorateur que pour
renaître dans un nouveau roman, où ils vont s'efforcer
encore une fois de s'affirmer en proclamant la différence
du singulier et l'originalité des choix individuels.

Cette exigence d'être et de se former laborieuse-
ment comme individus, dans et contre un monde où
l'homme a depuis toujours tendance à se protéger
dans l'uniformité de la masse et à se réfugier dans la
sécurité d'un ordre établi, trouve ses origines et sa raison d'être dans la conscience d'un passé caractérisé
comme ère de l'identité parfaite entre réel et idéal.

L'enfance — saison non corrompue de l'individu
— donne ainsi le départ à l'aventure du héros, qui est
une tentative de transposer l'immobilité de l'absolu
dans le déroulement du temps. Mais ce voyage
s'avère une expérience corrosive de la vie qui consume tout idéal pour ne laisser place enfin qu'à la
seule réalité.

Le roman prend alors une forme tripartite: il
narre la formation d'un idéal, la tentative de le réaliser et son échec, selon un tracé qui correspond à
l'enfance, la jeunesse et l'âge adulte.

Cette structure du microcosme qu'est chaque
roman de Ducharme se trouve fidèlement reproduite
dans le macrocosme constitué par ses trois premiers
romans: *L'Océantume*, *L'Avalée des avalés* et *Le Nez qui*

voque[1]. Respectivement centrés sur le mythe, la religion et l'histoire, ces trois romans figurent en fait le chemin de l'humanité qui, partie de cet âge que le mythe nomme d'or, a traversé l'époque de la foi dans l'idéal pour aboutir à l'histoire, chaîne d'événements immanents qui ne laisse place à aucune illusion. Renvoi du particulier au général qui relie indissolublement l'histoire de l'individu à celle de l'humanité, la trilogie se révèle ainsi comme la métaphore d'un paradis perdu — que celui-ci soit l'enfance individuelle ou les origines de l'humanité — dont le temps a imprimé dans la mémoire de l'homme le tatouage indélébile[2].

1. En ce qui concerne l'ordre de composition des romans, et le vaste débat soulevé par cette question, on lira l'éclairant article de Myrianne Pavlovic, «L'affaire Ducharme», *Voix et Images*, vol. VI, n° 1, automne 1980, p. 75-95. Quant à nous, nous désirons remercier sincèrement ici l'écrivain qui, bien que réticent à toute forme de publicité et de contact avec le public, a gentiment accepté de répondre à nos questions et nous a confirmé, par une tierce personne que nous remercions également, l'ordre exact dans lequel les romans ont été conçus et composés.
2. Au moment de publier la traduction de mon ouvrage sur Ducharme, il me semble indispensable de rappeler qu'il s'agit d'un texte rédigé il y a déjà sept ans. Je fais donc appel à la bienveillance du lecteur qui constaterait la présence de telle ou telle lacune évidemment liée à ce décalage temporel, et qu'il ne m'a pas été permis de combler au cours de ma révision: c'eût été, en effet, écrire un autre livre. En revanche, j'ai apporté tout mon soin à compléter la bibliographie, où ne prennent place que les travaux essentiels sur l'œuvre romanesque de Ducharme.

Le Mythe

«Rions de l'amer Océan»

LA QUÊTE DANS *L'OCÉANTUME*

> Il était un petit navire qui n'avait jamais navigué
> Il entreprit un long voyage sur la mer Méditerranée
> Au bout de cinq à six semaines les vivres vinrent à manquer
> On tira z'à la courte paille pour savoir qui serait mangé
> Le sort tomba sur le plus jeune qui n'avait jamais navigué

NÉ, COMME les deux autres romans que nous examinerons ici, du refus de la réalité et du besoin, dramatique dans son urgence, de la modifier, *L'Océantume* raconte la naissance, le développement et la disparition d'un idéal qui vise l'amélioration du monde.

Ce livre inaugure ainsi la trilogie ducharmienne en s'insérant de plain-pied dans la structure commune aux trois romans. Mais cette structure est particulièrement mise en valeur ici par l'opposition au réel d'un idéal que sa valence mythique définit comme prométhéen, et qui se présente comme volonté de vivifier le système culturel en place, en subvertissant le principe de réalité sur lequel

il se fonde, en remplaçant celui-ci par le principe d'imagination, et en offrant pour modèle au système le Mythe[1]
du Savoir total. Dans le roman, qui se joue entièrement
sur le mythe et sur ses différentes acceptions, mythe et
réalité s'opposent et s'entrecroisent de telle sorte que
l'héroïne éprouve la plus grande difficulté à trouver son
chemin et que sa prise de conscience du fait que la réalité
n'admet pas d'illusions en devient plus amère.

1. L'appel

L'opposition entre réalité et Mythe, entre présent
et passé, est d'emblée présentée dans le premier chapitre du roman, sorte de préface récapitulative des
événements qui ont précédé le début de l'histoire, et
programme de la narration qui va suivre.

Les lignes inaugurales renvoient donc au présent
d'une réalité où famille et école connotent l'ordre d'une
société que la narratrice transgresse aussi bien cons-
ciemment — «Elle [la mère] me demande si j'ai bien
appris mes leçons, puis elle me crie d'aller me coucher
comme à un chien. [...] Huit heures, Iode; va te coucher! Non! Elle me flanque une paire de claques à
faire tomber le cap Diamant[2].» — qu'inconsciemment:

---

1. Lorsque le mythe sera entendu comme «tradition sacrée, révélation primordiale, modèle exemplaire» (Mircea Eliade, *Aspects du mythe*, Paris, Gallimard, coll. «Idées», 1963, p. 9), le terme sera écrit avec une majuscule.
Dans tous les autres cas, il prendra une minuscule. Dans la mesure où
l'histoire raconte précisément l'impossibilité de créer aujourd'hui de nouveaux Mythes, cette distinction nous a paru nécessaire pour suggérer syn-
thétiquement au lecteur à quel domaine appartient, selon les cas, le
«mythe» dont il sera question dans les pages qui suivent.
2. Réjean Ducharme, *L'Océantume*, Paris, Gallimard, 1968, p. 9. Toutes
nos citations et références renvoient à cette édition, dont les pages
seront indiquées entre parenthèses dans le texte.

«La maîtresse d'école a des dents en or plein la bouche. Mouche-toi donc! Ne laisse pas couler cela comme cela! Tu n'as donc pas de mère pour t'élever?» (p. 9)

Le concept de règle, inhérent à la société, implique la stabilité, la mort, et s'oppose à l'aventure, qui est mouvement et vie. Ce concept est vite explicité dans la suite du texte par la description de la maison de la narratrice, un ancien bateau qu'on a enterré «dos au fleuve» (p. 9), et le désir que celle-ci exprime de voir le bateau se renverser[1] manifeste pareillement le refus de la stabilité et de la règle.

La deuxième partie du chapitre, elle, concerne le passé de la narratrice. Un passé aux connotations merveilleuses, étant donné qu'à l'époque, elle habitait sur une île, dans un *château*, chose impossible dans le contexte québécois. La destruction de ce château par des rongeurs — métaphore des multiples éléments du réel — dénote la dégradation des insulaires, membres de la famille de la narratrice, qui passent de la condition de seigneurs d'un univers féerique à celle de communs mortels.

La nostalgie du passé originaire, propre à toute décadence, implique, pour la narratrice, le refus du réel. Cette nostalgie se concrétise dans la recherche et le choix du moyen le plus adéquat pour détruire le présent en vue de récupérer le passé, moyen que la narratrice découvre dans l'imagination: «Je m'imagine que l'école brûle. Je m'imagine que j'ai des dents en or comme la maîtresse et je suce mes dents» (p. 9). L'acte d'imagination qu'on retrouve dans la troisième partie du chapitre, et qui clôt celui-ci, indique l'école comme objet premier de la destruction et, en même temps, montre que l'instrument choisi pour la détruire se

---

1. «[...] ils ne l'ont pas cimenté tout à fait droit: je souhaite qu'il chavire» (p. 9).

modèle sur la forme du Mythe. Que sont en effet ces
dents en or qu'Iode «prend» à la maîtresse d'école,
sinon des lettres de l'alphabet — dents de Cadmos,
père d'un Ino homonyme du frère de la narratrice[1]?
Et, en conséquence, que sont-elles sinon une possibilité d'expression et une pensée que la narratrice soustrait à l'école — «maîtresse»: (instrument-guide par
excellence de, et vers, la culture officielle du pays) —
afin de les sucer (d'en jouir en se les appropriant),
pour être enfin libre d'avancer selon des parcours
cognitifs personnels, mais tracés *à partir* de ces dents
(le Mythe) auxquelles par conséquent ils renvoient?

Lieu normal de l'apprentissage, parcours obliga-
toire pour l'insertion des sujets dans la société, l'école
possède dans ce roman la fonction de rendre les
esprits homogènes par rapport au modèle proposé.
Elle représente donc l'instrument d'adéquation au
pouvoir dominant, qu'il soit culturel ou non. Une
séquence du roman est particulièrement éclairante à
ce sujet: celle où Iode et son amie Asie Azothe refu-
sent — en s'exprimant par un jeu de mimiques qui
constitue une re-création personnelle de la réalité —
de prêter attention à la maîtresse au moment où celle-
ci enseigne à copier les œuvres d'art:

> La maîtresse sent qu'il y en a qui ne l'écoutent pas
> comme si elle était Jésus-Christ.
> — Soyez attentifs comme des fous. Car ceux qui ne
> le seront pas ne sauront pas dessiner quand ils
> seront vieux. Quand ils auront de la barbe
> jusqu'aux pieds, ils ne sauront pas étonner leurs

---

1. Nous emploierons désormais le tiret ou la parenthèse pour préciser, à
la suite d'un terme ou d'une expression, tantôt le sens littéral d'une
métaphore, tantôt la double valence d'une même métaphore. Par exemple, dans *L'Océantume*, le Mythe des origines est le Mythe des dieux de
la Grèce antique (des premiers colons français du Canada).

contemporains en reproduisant avec soin avec un crayon les œuvres de la nature. Ils ne sauront pas imiter. Ils seront stériles et improductifs. Ils ne mériteront de la postérité que mépris et oubli (p. 114).

Cet «enseignement» de l'imitation artistique, dont l'imitation picturale n'est que l'une des matérialisations possibles, renvoie d'abord à l'art, à toute forme d'art, comme copie de la réalité étroitement subordonnée aux canons sanctionnés par le passé; ensuite, elle se présente comme nécessité d'adéquation à un modèle socioculturel, condition *sine qua non* d'une insertion réussie dans les rangs de la société. Une société catholique, comme le signale la comparaison de la maîtresse avec Jésus-Christ, et qui enseigne par conséquent à imiter[1]; une société à l'intérieur de laquelle il est nécessaire de s'aligner sur l'enseignement de qui, «maître» reconnu, se trouve au sommet de l'échelle de valeurs proposée: «la maîtresse explique comment il faut s'y prendre pour être pris pour Rembrandt» (p. 114). Une société qui impose donc, comme règle première, la soumission à ceux qui se trouvent au sommet (au pouvoir) et l'imitation de leur modèle.

Le lien entre école et pouvoir établi, l'assimilation de la formation scolaire à la culture de l'*establishment* politico-culturel, est d'ailleurs confirmé par le fait que si Iode est menacée d'internement dans une «institution pour débiles mentaux» (p. 41) — Mancieulles qui, en tant que lieu aliénant-symbole de l'industrie, se révélera un asile pour aliénés —, c'est moins en raison de son rendement scolaire nul que de sa rébellion à l'ordre établi: «Le président de la Commission scolaire [et] l'inspecteur députe par la Régie de l'Éducation nationale [...] affirment [...] que si je continue à ne faire

---

1. L'allusion à *L'Imitation de Jésus-Christ* nous semble ici évidente.

aucun progrès, à obtenir des zéros en tout, surtout en conduite, je serai internée dans une institution pour débiles mentaux» (p. 40-41).

Expression du pouvoir établi, dispensatrice d'une culture conforme à ce pouvoir, «maîtresse d'imitation» dans le secteur artistique et, par voie de conséquence, porteuse de l'obligation de respecter, dans ce domaine, les canons dominants, l'école est ici l'image d'une réalité culturelle statique et sclérosée: «La maîtresse est vieille. Comme tous les vieux, elle n'est pas un être humain. Elle fait partie d'une sorte d'interrègne mi-animal mi-autre chose. Je ne l'ai jamais vue rire ou courir. C'est comme si elle était instantanément friable et qu'elle avait si peur qu'elle n'osait pas bouger» (p. 20).

Ne pas vouloir écouter la maîtresse, se boucher les oreilles avec toutes sortes de champignons pour ne pas entendre son enseignement, tout en soulignant que ce dernier procédé «est assez extraordinaire» (p. 23), équivaut à rejeter cette réalité, à lui substituer l'étrange, l'insolite, le merveilleux. Cela équivaut à fermer l'oreille à l'appel pressant du monde extérieur afin de n'être attentif qu'aux exigences du plus profond de son être:

> — Iode Ssouvie!
> Pour la troisième fois la maîtresse crie mon nom. Je fais comme si elle n'avait rien dit. [...]
> Tu peux toujours crier, grosse valétudinaire. Ta voix n'est pas de taille à côté de mes voix et mes voix me commandent de ne pas bouger (p. 19-20).

Et puisque le monde du merveilleux est le propre de l'enfance, le fait que la narratrice n'ait appris ni à lire ni à écrire (p. 23) et aille jusqu'à se vanter d'être encore en première[1] est une affirmation de sa volonté

---

1. «Je suis en première année depuis trois ans et quelques mois, et dans trois ans et quelques mois je serai en première année» (p. 23).

de demeurer dans la seule époque de l'existence humaine où il serait possible d'échapper à la corruption que représentent les adultes:

> La maîtresse ne démord pas: elle est entêtée à tout casser. Je ne sais pas ce qu'elle a! [...] Elle est toujours sur la brèche, aux aguets, en train de m'essayer. [...] Hier, elle est venue me dire que sa chatte avait eu trente-trois chats, et elle m'en a offert un.
> [...]
> J'ai dit non.
> — Prends-en un et donne-le à ta mère.
> J'ai redit non (p. 23).

Ainsi, l'enfance porte en elle le signe de l'intégrité et de la pureté, par opposition à la réalité, qui consume et corrode, qui corrompt et se corrompt. Céder à cette réalité — répondre aux questions de la maîtresse — équivaut à perdre sa propre capacité d'imagination, à se conformer au monde tel qu'il est, à renoncer à le réinventer — à le modifier —, à s'insérer dans le tracé d'autrui: «Je veux ne dire rien, que rien ne sorte de moi, ne rien lui donner, ne rien laisser paraître. Tais-toi, raton laveur! Fais l'aveugle, le sourd et le muet. Que tout reste bien enfermé! Que je reste à l'abri au fond de moi-même! Que je me garde intacte, entière!» (p. 21) Cette auto-exhortation de la narratrice, qui manifeste son désir de garder ses idéaux intacts, trouve une correspondance et un complément dans son refus le plus complet de tout apprentissage scolaire: «J'exige qu'elle sente que j'exige qu'elle garde pour elle tout ce qu'elle a, qu'elle sente aigrement que je ne veux rien tenir d'elle, même pas la définition de l'article simple» (p. 23). Ce qui s'exprime dans ce refus, c'est la volonté de défendre ses idéaux contre l'agression de la réalité et, dans le même

mouvement, l'intention de se créer un parcours intellectuel personnel et indépendant des règles établies.
Mais on doit y lire aussi — comme nous allons le voir
maintenant — une déclaration implicite de l'autonomie du discours littéraire de la narratrice.

2. Le Mythe

La narratrice revendique la même autonomie à
l'égard du présent et du passé de sa famille, qui se
révèle étroitement liée à la littérature et à ses genres.
   La mère d'Iode vit au Canada, mais elle est originaire de la Crète (p. 11) — île où naquit ou, tout au
moins, grandit le père des hommes et des dieux, le
«Seigneur[1]» de notre mythologie occidentale, et, par
conséquent, lieu des origines mêmes du Mythe. De
lignée royale[2] et jadis «amazone rieuse et insurmon-
table» (p. 34), la mère d'Iode porte donc une double
connotation mythique: elle représente à la fois le
Mythe des origines des dieux et celui des origines du
Canada, terre conquise par les Français, Nouvelle-
France, Nouveau Monde, Paradis terrestre, terre «de
Dieux». Or ce personnage est arrivé à son état actuel
de dégradation (l'ivresse: nouveau renvoi à la
mythologie grecque par le biais de l'aventure d'Ino,
nourrice de Dionysos[3]) à la suite du meurtre de la
petite Ina, sa première née et la seule héritière du

---

1. «Hésiode ne l'appelle pas "Zeus" *Basileus*, "roi", mais *anax*, "Seigneur", comme s'appellent en fait nos dieux "grecs" depuis les temps
de la nouvelle souveraineté, celle de Zeus, précisément, qui succéda à
Chronos» dans K. Kerényi, *Gli dei et gli enni della Gracia*, Milano, Il Sag-
giatore-Garzanti, I, p. 28 (italiques dans le texte).
2. «Ma mère est la reine Ina Ssouvie 38» (p. 18).
3. K. Kerényi, *op. cit.*, p. 242-243.

titre: «La sœur que j'aurais eue, raconte Iode, est morte quand je suis née. Elle s'appelait Ina, comme ma mère; elle serait devenue la reine Ina Ssouvie 39» (p. 11).

Dotée d'une vigueur physique extraordinaire depuis son plus jeune âge[1], morte en sacrifiant sa vie pour sauver celle de son petit frère Ino, donc connotée comme héroïne de la force et du sacrifice, la petite Ina matérialise le Mythe des héros, qui succède à celui des dieux. Mais, en même temps, et en conséquence de ce que sa mère représente, elle renvoie aussi aux premiers Canadiens qui, au prix de durs et «héroïques» sacrifices, déboisèrent cette terre qu'ils s'approprièrent et dont ils firent ainsi leur pays[2].

Dernier des Mythes — deuxième moment de la prise de possession du territoire et conséquence directe de la Conquête —, le Mythe des héros est ici revendiqué par Ina (le Mythe des origines des dieux et du pays) comme seul moyen susceptible d'être opposé par les hommes — par les premiers Canadiens, peuple d'agriculteurs et, donc, apte au Mythe — à l'invasion progressive de l'industrialisation. Une industrialisation exercée et promue depuis toujours par les (Canadiens) anglophones, et donc signe de la montée progressive de leur pouvoir, qui conduit à une société où la machine a remplacé le cheval et où le provisoire a pris la place de l'éternel: «Ma seule vraie fille! Ma seule véritable enfant! Ma seule victoire

---

1. «Ma sœur, dégourdie malgré ses quatre seuls ans, retourne le matelas du seul lit, change les draps» (p. 34).
2. Du reste, le rappel au passé littéraire et historique du Canada francophone, et en particulier au Mythe de la terre, est déjà présent dans ces «voix» que la narratrice, comme nous l'avons vu plus haut (*supra*, p. 12), dit entendre et qui renvoient implicitement aux «Voix» de Maria Chapdelaine, ainsi qu'à tout ce que ces dernières signifient et qu'on y a lu par la suite.

possible sur ces fabricants de cheveux-vapeur et ces
faiseurs de choses rouges en plastique[1]!» (p. 36)

L'assassin de la petite Ina est en effet un ancien
«sergent dans le Régiment de la Ouareau» (p. 34) —
Ouareau: Ware-eau: rivière de l'usine (de la production industrielle[2]), comme le confirmera ensuite l'histoire. Après être devenu garde du corps de la jeune
fille, et s'être ainsi présenté comme garant d'une sécurité matérielle, économique et, par conséquent, garant
de vie pour les hommes (les premiers Canadiens), il la
tue, autrement dit il attire ceux qu'elle représente
dans l'orbite d'une société industrielle où la production de biens se substitue à la production des Mythes;
une société qui (est canadienne-anglaise et qui,) *en éli-
minant les* (Canadiens français comme) *héros* (parce
qu'elle les a vaincus,) *a anéanti* (ceux-ci également
comme peuple, supprimant avec eux) *la possibilité
même du Mythe*: «Après la mort de ma sœur, il n'y
avait plus de corps à garder» (p. 54).

Quant au père de la narratrice, l'Européen Van
der Laine, «il vient des Pays-Bas» (p. 11) et n'est
pour Ina que «son ex-fécondateur, son sperme
passé» (p. 33); il représente donc «l'ex-dieu-Europe»,
ancien Mythe de la culture européenne qui a fécondé
le Canada. Mais à l'époque de la mort de la petite Ina,
c'est-à-dire de la disparition du Mythe des héros, du

---

1. La déformation *chevaux-vapeur* en «cheveux-vapeur» est, à notre avis,
un indice délibéré de l'inconsistance des valeurs de la société industrielle, par opposition à celles caractérisant l'époque du Mythe.
2. Signalons ici que la décomposition de Ouareau en Ware-eau, tout à
fait acceptable si on tient compte de certaines particularités phonétiques
du français du Québec, nous a été suggérée par Ruggero Campagnoli.
Nous lui sommes redevable également de la solution du calembour
constitué par le titre du roman *Le Nez qui voque*. Nous tenons à lui
témoigner ici toute notre gratitude pour ces apports spécifiques, ainsi
que pour avoir suivi, encouragé et enrichi de ses conseils pertinents
notre travail à mesure qu'il s'élaborait.

Mythe de la terre sous la poussée de la société industrielle, ce mythe représenté par Van der Laine n'était
déjà plus que l'ombre de lui-même: «À cette époque,
[...] mon père était déjà le reflet de ce qu'il n'avait pu
être, un songe-creux, une chose aussi inutile pour elle-
même que pour le reste du monde» (p. 34). Cet ex-
dieu qui a perdu son pouvoir est représenté dans
notre histoire comme une personne déphasée par rapport à son époque, une personne un peu vieillotte
passant son temps à lire des romans qui n'intéressent
personne d'autre: «il lit pendant que les autres dorment et dort pendant que les autres vivent. Il se lève
[...] et va, traînant les pieds, chercher à la bibliothèque
une brassée de romans tapissés de chiures de mouches» (p. 53-54). Et puisque le roman a pour objet la
réalité, Van der Laine, «ombre» du Mythe d'autrefois,
représente la réalité présente de ce Mythe, la culture
européenne (française) transplantée au Canada, la
culture québécoise. Cette culture, du fait qu'elle vit
repliée sur elle-même[1], ne s'est pas développée normalement, elle est «difforme» et on peut discerner en
elle les signes d'une décomposition en cours, autrement dit d'une décadence: «Ils disent que du pus sort
en avalanche de la bosse de mon père, Van der Laine»
(p. 10).

Représentant d'une culture stagnante incapable
de se renouveler, Van der Laine ne subira pas de
changements au cours du récit. La situation d'Ina est
différente: son histoire contient une série de modifications successives qui, à travers plusieurs stades, conduisent, comme nous le verrons, du Mythe des dieux,
qui est en amont du récit, au mythe présent du «dieu»
sexe. La première de ces modifications concerne son
statut métaphorique: d'abord métaphore du Mythe

---

1. La narratrice nous fait savoir que son «père est bossu» (p. 13).

des origines, elle métaphorise ensuite le Mythe d'une mort qui est en réalité la mort du Mythe lui-même, comme le dit le récit de la mort d'Ina 39. Nous faisons référence à un épisode qu'Iode et son petit frère ignoraient, celui de l'assassinat de la petite Ina, dont la mère Ina fera le compte rendu à ses enfants. Ce «récit horrible de la mort déjà horrible de notre sœur» (p. 36) raconte, en fait, l'élimination du Mythe par la société industrielle.

Cette disparition a pour conséquence la stérilisation de la faculté de créer encore des Héros qui soient à la hauteur de ceux des Mythes antiques. Ino en est la preuve: ayant été, à une certaine époque, «un garçon vif et turbulent» (p. 36) — imaginaire collectif vivace dans sa potentialité de producteur de «héros», aussi bien au sens propre qu'au sens de «héros» littéraires —, il commence, le lendemain du récit d'Ina, «à devenir cette pâte molle qu'il est, cette chose immobile et impassible» (p. 36). Et ce changement a lieu à la suite de la dégradation de la réalité qui, abandonnant l'époque où l'on croyait à l'existence réelle des Héros, entrait dans celle où les héros n'existent que dans la littérature. Ino est ainsi la figure d'un imaginaire collectif qui, progressivement, devient aboulique, perd toute potentialité mythique, et devient incapable de produire de nouvelles figures de Héros. «Il est veule, veule!» dit Iode, enragée, en parlant de son frère. «C'est vrai, il est veule: il ne veut pas, pas du tout, pas une miette» (p. 37). Privé du Mythe, l'imaginaire collectif change de «caractère», comme changera de caractéristiques sa production mythique: «Ina a fait porter jusqu'ici à mon frère le nom de Ino à cause de sa ressemblance avec le sien et à cause de sa consonance mythologique. Elle a décidé de le changer parce que Inachos marque mieux ce double caractère maternel et légendaire qu'elle veut voir dans le nom de son unique fils» (p. 33). Cette insistance sur le fait qu'Ino appartient à sa mère, déjà soulignée par Ducharme dans l'article cité ici[1], contient en fait deux indices: elle signifie, d'une part, que l'imaginaire collectif s'est détaché du Mythe — comme le dit la perte de la «consonance mythologique» impliquée par le changement de nom d'Ino — et, d'autre part, que le lien unissant l'imaginaire au Mythe est indissoluble, alors que le Mythe même est ravalé au «mythe», et de «mythologique» devient «légendaire», «merveilleux». La suite du roman apportera une confirmation à ce que nous venons de dire. En attendant, l'histoire nous apprend que l'imaginaire porte la marque de la défaite, de sorte que le seul mythe qu'il parvient à produire est celui de sa propre destruction: «Souvent, dans son sommeil, il se dresse et parle. Singeant la voix aiguë et les accents comminatoires de Ina, il répète jusqu'à bout de souffle les bouts les plus sanieux de son réquisitoire. «La nuque béante! Son sang rose séché sur sa chemise rouge! La cervelle écoulée!» (p. 37)

Le Mythe n'a donc plus de raison d'être, comme le signale le fait qu'Ina «sort de la vie», ce que le récit représente en la plongeant tantôt dans l'ivresse, tantôt dans le sommeil. Du reste, les générations qui avaient vécu l'âge du Mythe des origines, âge du Mythe des héros, ont disparu elles aussi, ainsi que celles qui lui avaient donné forme, générations auxquelles d'autres ont succédé, comme celle d'aujourd'hui, pour lesquelles le Mythe est à peine un souvenir évanescent, une image inconsistante du passé: «À l'âge qu'elle a, tous ceux qui utilisaient sa vie s'en sont allés. Ils l'ont laissée ici, avec nous, avec des étrangers, avec des

---

1. Gilles Marcotte, «Réjean Ducharme contre Blasey Blasey», dans *Le Roman à l'imparfait. Essais sur le roman québécois d'aujourd'hui*, Montréal, l'Hexagone, coll. «Typo», 1989, p. 75.

individus qui ne savent pas s'en servir, qui ne savent même pas lui parler, qui ne la connaissent même pas puisqu'ils ne connaissent d'elle que le fantôme d'elle que lui a laissé son passé (p. 77).» Ces nouvelles générations s'abandonnent à la tranquille acceptation du présent: «Je connais ce qui lui fait mal, ce qui la serre, tord, fouette, possède des pieds à la tête. C'est la médiocrité de la mise en scène. C'est le fait que la vie soit si banale et qu'on ne puisse la changer. Le terne, le tiède et le lent engluent.»

Iode est donc la fille d'une Ina dont elle rappelle le statut originaire de Mythe des dieux — c'est elle qui nous apprend que sa mère est «reine» (p. 18) et «crétoise» (p. 11) — et d'un Van der Laine qui, à l'époque de sa naissance, «était déjà le reflet de ce qu'il n'avait pu être» (p. 34). Aurement dit, un Van der Laine déchu, Mythe (de la grande culture européenne) devenu réalité (de la modeste culture québécoise). De plus, Iode est née, à la suite d'un laborieux accouchement, peu après la mort de la petite Ina (disparition du dernier des Mythes[1]), et elle a été immédiatement négligée par sa mère: «Elle attrape par un de ses pieds le fœtus agité, l'arrache d'un coup de son ventre, l'emballe dans un drap et le laisse là (p. 35).» Tout cela donne à Iode la connotation de roman apparu sur la scène de l'histoire littéraire québécoise à un moment où le Mythe l'avait déjà abandonnée. Mais, d'autre part, Iode affirme, immédiatement après avoir fait le récit de sa naissance, qu'elle «inaugure la branche cadette de la dynastie des Ssouvie, dynastie royale dont personne ne s'occupe», ce qui est un

---

1. «Je voudrais parler de Ina Ssouvie, ma sœur morte, la trente-neuvième et dernière reine de ce nom, qui mourut [...] à l'âge de quatre ans. Mais je ne l'ai pas connue. Elle est morte quelques minutes avant que je ne vienne au monde [...]» (p. 33).

indice du fait qu'elle a choisi le Mythe — dont personne, précisément, ne s'occupe plus — comme point de départ et pivot du récit.

Que le Mythe constitue le référent constant de la narratrice et de son histoire, qu'il soit l'élément organisateur du récit, cela est indiqué de multiples manières. C'est dans le Mythe — chez Ina — que se situe le droit de commander (c'est-à-dire de «gouverner» ou de «régir» l'histoire), au détriment des droits du roman (le père): «Ina est le chef de la famille» (p. 33). De cette famille, la narratrice précise ailleurs la condition matrilinéaire, et va jusqu'à souligner qu'il en est ainsi aux dépens du lignage paternel: «C'est son nom que nous portons» (p. 33); «Mon frère et moi nous appelons Ino Ssouvie et Iode Ssouvie, non Ino der Laine et Iode der Laine[1]» (p. 18). Enfin, la narratrice déclare que ses propres origines, les origines du roman qu'elle narre, se trouvent dans la terre même du Mythe de la mère, dans le Mythe même: «Ino et moi sommes crétois, comme notre mère» (p. 11).

En dépit de ce conditionnement varié et imposant, Iode envisage de parcourir sa propre voie. Si, au début du récit, elle semble encore indécise pour ce qui est du choix de cette voie — à ce point que le roman se présente comme la narration des diverses tentatives qu'elle entreprend afin d'atteindre son but —, ce qui devient rapidement évident, c'est sa volonté d'autonomie face au Mythe lui-même, dont elle vient de se revendiquer la descendante:

---

1. Du reste, elle ne cessera par la suite de refuser de reconnaître qu'elle appartient à la descendance paternelle, revendiquant Asie Azothe pour son propre père: «Asie Azothe est mon père. Mon père n'est pas en tout cas ce gnome gesticulant dans les fèces de gaurs de York comme un démon dans l'eau bénite» (p. 83). Cela, comme nous le verrons, équivaut à refuser à sa propre histoire le statut de roman, pour la situer au contraire dans la lignée de la fable.

Quand elle est ivre, Ina vient me trouver, pleurant et répétant: «Je suis ta maman.» Je ne réponds rien. Mais j'aimerais bien qu'elle sente que cela ne la regarde pas, que j'aime croire que je me suis mise au monde, qu'en ce qui me concerne je ne suis la chose de personne que de moi. «Iode Ssouvie, reine de tout lieu, fille supérieure de Iode Ssouvie, veut se marier avec Iode Ssouvie, impératrice de partout, tombée de son propre ventre» (p. 22-23).

Ayant ainsi éclairci, dès le début, son indépendance par rapport au Mythe en tant que sublimation de l'histoire des origines (du pays), la narratrice est amenée, par la suite, à marquer son indépendance également par rapport au Mythe comme religion. Cela se produit dans la séquence narrative racontant le voyage en montgolfière, où elle est déjà la compagne d'Asie Azothe, symbole — on le verra — du conte de fées et du monde d'illusions que celui-ci représente.

L'expérience de la montgolfière, mise en abyme de l'aventure d'Iode, est emblématique de sa quête de l'absolu comme totalité du savoir, de sa recherche du Mythe des Mythes: «nous l'évoquerons, souligne la narratrice, comme un drapeau quand nos regards s'attacheront l'un à l'autre sans raison» (p. 28). Cette expérience a lieu pendant que les deux amies sont «en route pour l'école» (p. 28), c'est-à-dire le long de cet «ancien lé» (p. 14) qui, comme nous le verrons, figure la potentialité narrative d'Iode.

Être fasciné par la montgolfière qui «a l'air d'une énorme tête de totem» (p. 28) se présentant donc comme un symbole sacré des origines de la lignée équivaut en fait à être attiré par les connotations religieuses de ses propres origines (les connotations religieuses du Mythe). De même, monter dans le ballon par cette «échelle de cordage aérienne à demi fondue par l'éclat du soleil» (p. 28), ligne immatérielle (spirituelle) de conjonction entre ciel et terre qu'Iode déclare avoir immédiatement reconnue comme telle[1], équivaut à emprunter «la voie vers la réalité absolue[2]», à vouloir accéder au divin, à tenter d'en entreprendre la connaissance et à se laisser enivrer par l'ascension, l'ascèse spirituelle. Cela suppose des moments intenses de bonheur et d'ivresse (l'extase): «Être étourdi, comme ivre [...]. Je continue de grimper [...]. Je ris à perdre haleine, comme je ris quand je suis debout aux ridelles du camion de York, qu'il file à toute vitesse et que le vent pince mon visage, s'enfonce comme des clous dans mes narines, tire mes cheveux» (p. 29). Cela suppose un détachement par rapport à la terre (un éloignement de plus en plus grand par rapport au concret): «Nous pendillons, entre oiseaux et poissons, entre nuages et vagues» (p. 30). C'est seulement ainsi qu'on peut «voir» ce qui autrement serait invisible. Autrement dit, l'ascèse mystique, qui trouve sa métaphore dans la montée d'Iode le long de l'échelle, permet de connaître une grande partie de ce qui autrement ne serait pas connaissable: «Je me suis haussée jusqu'au-dessus des arbres. Je domine tout le village. J'aperçois une bonne moitié de l'océan Atlantique» (p. 29).

Mais la «vision» d'une partie ne suffit pas à Iode, elle aspire à une connaissance totale de l'invisible (le non-connaissable). L'ascèse mystique se révèle donc

1. «[...] je monte au cordage, mue par le même élan qui m'a portée à le reconnaître» (p. 28).
2. Mircea Eliade, *Images et symboles. Essai sur le symbolisme magico-religieux*, Paris, Gallimard, 1952, p. 63.

aussi parcours mythique, voyage à l'intérieur du Mythe, de ce Mythe qu'est la religion, pour connaître le Principe et l'Origine de toute chose, cette Origine dont l'Océan est la métaphore; et pour la découvrir, la narratrice serait disposée à aller jusqu'aux dernières conséquences, sans redouter de finir par trouver, à la place de Dieu, le néant: «Je voudrais me laisser osciller et traîner jusqu'en Micronésie, jusqu'à la fin, jusque de l'autre côté du jour, jusqu'au commencement du néant» (p. 30). Tout cela se déroule dans une dimension et sur un plan bien supérieurs à ce qui, dans le récit, représente l'illusion, personnifiée par Asie Azothe, laquelle cherche, dès le début, à dissuader la narratrice de vouloir pénétrer le mystère du divin: «Tapant du pied, les yeux pleins de tendresse, elle me conjure de revenir sur terre» (p. 28). L'illusion représentée par Asie Azothe risque, en tant que conte de fées, de succomber devant cette recherche à laquelle les illusions humaines font obstacle: «Mais veines et artères pètent comme des clous dans les membres de Asie Azothe; il faut jeter du lest» (p. 30). Une telle aspiration ne peut toutefois se réaliser, non seulement à cause des écueils que, dans ses diverses manifestations matérielles, la réalité lui oppose — «L'ancre cogne les cheminées. Le guide-rope se love autour des arbres, arrache les feuilles, casse les branches» (p. 30) — mais aussi du fait qu'elle va à l'encontre de la religion du pays: «L'église à l'étrave, le village vogue à notre rencontre» (p. 30).

Partie pour accomplir la recherche exaltante du Principe Premier de toute chose, la narratrice, en effet, ne trouve pas une essence divine, mais seulement une *Église* qui, *plate-forme* terrestre imposante dans sa structure théologique, s'offre comme pôle opposé à la recherche spirituelle individuelle:

Nous passons au-dessus du grand toit plat du pres-
bytère, un building d'une bonne dizaine d'étages.
[...]
Nous sautons. C'est fini. Nous et la montgolfière
nous quittons pour toujours (p. 30).

Cette rencontre conflictuelle fait naître la décep-
tion dans l'âme de qui, ayant voulu trouver l'absolu
divin par ses propres moyens, n'a trouvé au lieu de
celui-ci qu'un simple édifice matériel: «Bien qu'ayant
les os fêlés, nous parvenons, à la course, à échapper à
la foule» (p. 30). L'édifice «église» confirme ici sa
valeur de métaphore de l'Église comme organisme
religieux qui, au lieu d'aider l'homme dans sa recherche personnelle de la vérité, brise son élan et provoque ainsi en lui des dommages spirituels dont les «os
fêlés» sont la métaphore.

Que l'ascension spirituelle, le voyage au-delà des
limites du visible vers la brûlante splendeur de l'Origine de toute chose[1], aboutisse, pour notre narratrice,
au néant, voilà ce qui est confirmé par la phrase finale
de cette séquence: «Les zostérées sont un groupe de
plantes dont la zostère est le type, et la zostère est un
genre de naïadacées marines» (p. 30). Ce syntagme est
à première vue étranger au contexte dans lequel il se
trouve et qu'en réalité il éclaire, dès qu'il est mis en
rapport avec le syntagme qui met fin à un chapitre se
trouvant quelques pages plus loin. Il s'agit du chapitre XIV, où il est question de la mort d'Ina 39 —
donc, de la mort du Mythe des héros et, par conséquent, du Mythe tout court — et où la narratrice précise que «les naïadacées sont de la famille des monocotylédones et les monocotylédones sont orphelins»
(p. 35-36). Cette remarque apparemment ambiguë est

---

1. Songeons à l'échelle qui pend de l'aérostat, «à demi fondue par l'éclat
du soleil» (p. 28).

en réalité une déclaration non équivoque d'orpheli-
nage. Une déclaration qui renvoie à Iode, *naïade* née
sur une île, au milieu de l'eau, et qui met l'accent sur
l'appartenance de ce personnage au domaine du
Mythe, tout en soulignant la disparition définitive du
Mythe entendu comme «tradition sacrée, révélation
primordiale, modèle exemplaire», selon la définition
d'Eliade déjà mentionnée[1].

3. Le conte de fées

Narratrice consciente de son propre acte de narration et des choix qu'il suppose, Iode se présente
comme l'image d'un «Moi» qui trouve en Ino un imaginaire collectif dont il ne saurait faire abstraction, et
en *Ina Ssouvie* (Mythe *inassouvi* dans sa descendance)[2]
un Sur-moi extrêmement rigoureux. C'est ce que
révèle la séquence où Ina, racontant à ses enfants la
mort de la première-née, s'adresse à eux comme à
«des coupables, des meurtriers» (p. 36), comme si,
incapables de recueillir le Mythe, de se régler sur Ina,
modèle culturel inaugural, ils étaient eux-mêmes la
cause de la disparition (la mort) du Mythe.

Étant donné ces prémisses, le refus d'Iode
d'accepter la réalité du pays telle qu'elle se présente
— et dont l'embarcation qu'elle habite est le symbole

---

1. Mircea Eliade, *op. cit.*
2. D'autres critiques avaient déjà identifié ce calembour facile. Voir, par
exemple, l'interprétation (tellement différente de la nôtre, mais extrêmement cohérente dans le contexte de l'article) qu'en donne A. Gervais
dans une lecture qui cherche à combler la «faille béante» qu'est le
texte lui-même. (A. Gervais, «Morceaux du littoral détruit. Vue sur
L'Océantume», *Études françaises* (*Avez-vous relu Ducharme?*), vol. XI,
n°s 3-4, oct. 1975, p. 285-309.)

— paraît inévitable. Le bateau est en effet considéré par les autres comme le sépulcre où se trouve enfoui un passé mort à jamais et, par conséquent, privé d'avenir: «Ils l'ont cimenté dans le sol, un peu comme une pierre tombale. [...] Ils l'ont peinturé en noir» (p. 9). Il est désigné à l'aide d'un mot anglais, «steamer», tandis que le nom qui l'identifie et en définit la condition est français: «Mange-de-la-merde» (p. 10). Le bateau des Ssouvie — famille-population déchue et en décadence, comme on l'a vu — renvoie de manière transparente à un monde où la technique et le développement industriel sont fondamentalement «anglophones». Il renvoie aussi, et peut-être surtout, au Québec, province francophone d'un État anglophone. Au Québec en tant que pays qui, désormais privé de la possibilité de se tourner vers le passé pour y puiser un modèle exemplaire, vit complètement immergé dans la misérable réalité présente. Mais, d'une façon plus générale, il renvoie aussi au Québec comme à l'un quelconque de ces pays où l'affirmation de la société industrielle a «tué» le Mythe, sans que la culture ait su combler le vide de sa disparition par quoi que ce soit d'aussi puissant et d'aussi vital. Dorénavant nous ne parlerons du Québec qu'essentiellement en tant que province francophone du Canada, mais nous ne perdrons toutefois jamais de vue le niveau de lecture plus général que nous venons de signaler, même si nous ne le mentionnerons pas toujours afin d'éviter des lourdeurs.

La narratrice se présente, au début du roman, accoudée à la fenêtre du «steamer», occupée à regarder le manoir voisin — symbole d'un passé seigneurial, du temps de la possession du pays — et à se remémorer ses anciens habitants (ses ancêtres), des gens vigoureux maintenant disparus: «la vieille Six [...] est morte [...]. L'hiver, la nuit, quand il neigeait, elle sortait son piano,

l'installait sous le préau, et jouait de toute sa force»
(p. 10). Elle sait que le temps de ses ancêtres ne reviendra plus jamais: «Je regarde au clair de lune la vieille Six
être absente du manoir. J'attends pour rien. Elle ne sor-
tira pas. [...] Tout cela est fini» (p. 10). La narratrice se
montre, ainsi, consciente du passé mythique du pays et
est projetée aussi bien en dehors de ce passé qu'en
dehors de son propre présent — c'est ici que, pour la
première fois, elle trace une esquisse de la dégradation
de sa famille —, tournée vers la recherche de ce qui
pourrait faire émerger aujourd'hui la splendeur mythique d'hier: «Les galeries ont été repeintes. La cheminée
rompue par le tonnerre a été réparée. L'herbe qui enva-
hissait la cour a été fauchée. Je me demande qui va
venir habiter le manoir» (p. 10).

On restaure le manoir et on lui donne un sens
nouveau. Ses nouveaux occupants ne renvoient plus,
en fait, à la Crète, au «pays» du Mythe: «Ils ne doivent
pas être crétois» (p. 11). Ils renvoient plutôt au lointain pays du «il était une fois», ce pays impossible à
atteindre dans la réalité, qui est celui de tout conte de
fées[1]. La Finlande, d'où viennent Asie Azothe et ses
huit frères «géants[2]», n'est pas en fait un pays quelconque, puisqu'il est possible d'y trouver des
«buveurs de lacs» professionnels: «En Finlande, ils
[les frères d'Asie Azothe] étaient buveurs de lacs. Ils
s'assoyaient autour d'un lac, tétaient toute l'eau avec
des pailles, emplissaient mille tombereaux avec les
poissons gigotant au fond, et ils partaient joyeusement pour la foire de Helsinki» (p. 33).

Par ailleurs, c'est la même Asie Azothe qui, après
avoir lancé en traître un caillou à Iode, et avoir ainsi

---

1. Dorénavant, chaque fois que le terme «conte» apparaîtra dans le présent ouvrage, il désignera exclusivement le conte de fées.
2. «Je n'ai jamais vu à la fois autant d'hommes aussi grands et aussi
blonds» (p. 11). Voir également p. 32.

piqué sa curiosité, se présente à elle comme originaire d'un monde féerique, peuplé de rois et de princes:

> En Finlande, des barons et des comtes venaient l'entendre chanter, lançant à ses pieds des couronnes de fleurs. Un jour, un roi a fait lancer à ses pieds une couronne de roses plus grosse et plus lourde qu'une des grandes roues d'un tracteur, si grosse et si lourde que le théâtre a penché et que ses huit frères ensemble n'ont pu la soulever (p. 12).

En fait, Asie Azothe a tous les attributs d'une princesse de conte:

> Elle porte des colliers en or et des bracelets en diamant [...]. Elle change de robe chaque jour. Comme les yeux d'un chat, ses souliers brillent perpétuellement. [...] Elle se sert d'un verre de cristal sculpté. [...] Ses cheveux, presque blancs, sont tous roulés en boudins (p. 12).

En tant que narratrice, Iode sait que les contes ne sont que des fictions qui charment ceux qui se laissent charmer: «La bouche grande ouverte, de toutes leurs forces, ils l'écoutent mentir» (p. 12). Elle s'oppose donc de toutes ses forces à la fascination que la petite fille exerce sur elle: «Il faut l'anéantir, la faire disparaître de ma vie en surface et en profondeur» (p. 15). Et elle met à distance la nouvelle venue, car elle est un obstacle sur son chemin:

> Avant que Asie Azothe vienne y traîner ses pieds de poupée, je ne sentais pas que ce chemin m'appartenait. Il est mon bien autant que ma chambre. Je n'y avais jamais entendu que mon silence. Comme des jouets brisés au fond d'une

garde-robe, comme des fauteuils crevés dans un
grenier, toutes les gaîtés, indifférences et amertu-
mes que j'ai eues ces trois dernières années traî-
nent tout le long de cet ancien lé (p. 14).

Route unissant le «steamer» et l'école, l'ancien lé
constitue la ligne de conjonction entre la réalité socio-
culturelle du présent et le Mythe du passé que la narratrice rejette et dont elle ne peut recevoir aucune aide.
L'absence de nourriture dans la maison d'Iode, aussi
bien que l'acceptation sarcastique de la «Providence»
divine qui s'ensuit[1] sont des indices supplémentaires
de l'impossibilité, pour la narratrice, de trouver son
inspiration dans le champ du Mythe. Celui-ci n'offre
plus, désormais, aucun «aliment» à son imagination,
mais elle est toutefois bien décidée à ne pas accepter sa
disparition comme définitive. Parcours quotidien de la
narratrice, le chemin de halage représente donc sa
potentialité narrative, le chemin idéal le long duquel
elle multipliera ses tentatives de faire avancer le récit,
en cherchant par quel moyen elle pourra le mieux
s'emparer de l'«aliment» existant (réalité comme littérature[2]), le détruire et le reconstruire, le ré-inventer:

1. «Ina n'oublie jamais d'acheter de quoi boire mais oublie la plupart du
temps d'acheter de quoi manger. Il ne faut pas s'en faire. Il faut prendre
la vie du bon côté. Il faut se dire que le bon Dieu est bon. Il suffit d'être
optimiste. Il ne faut pas faire sa petite révoltée. Ce n'est pas en envoyant
tout le monde scier qu'on calme sa faim» (p. 19).
2. Il suffit, à ce propos, de penser à ce que Gilles Marcotte a fort bien
remarqué et largement souligné quant aux rapports que l'œuvre de
Ducharme entretient avec celle d'autres écrivains. On verra en particulier Gilles Marcotte, «Réjean Ducharme contre Blasey Blasey», *op. cit.*,
p. 57-92, et Gilles Marcotte, «Réjean Ducharme lecteur de Lautréamont»,
Études françaises, vol. XXVI, n° 1, 1990, p. 80-127. Nous remercions ici
Gilles Marcotte d'avoir eu la gentillesse de nous faire parvenir ce dernier article, dont nous avons pu ainsi tenir compte en révisant le présent
ouvrage.

Il y a trois milles du steamer à l'école.
[...]
Les champs de pommes de terre ne sont pas rares le
long du chemin. Que j'aie faim ou non, j'en déterre
toujours une couple de tubercules en passant. Je les
essuie sur ma robe, je broie leur pulpe dure et
juteuse. Le goût est bon, d'autant plus qu'il se mêle
aux plaisirs de déposséder et posséder, de détruire
et recevoir en soi (p. 19).

Ainsi, rencontrer Asie Azothe sur le lé, repousser
la fascination qu'elle suscite et, finalement, y succomber[1], signifie prendre acte des caractéristiques de
l'univers du conte et le confronter à celui du réel où le
roman — ce roman — se trouve plongé depuis la mort
du Mythe et la disparition de l'épopée: «Mes livres
ont la reliure arrachée, les coins bouclés comme les
cheveux du petit Jésus, les pages sales comme un
mécanicien. L'intérieur de ceux de Asie Azothe est
clair, luit comme des feuilles de peupliers, semble
aussi propre et neuf que l'intérieur d'un fruit» (p. 17).
Enfin, la rencontre avec Asie Azothe et ce qui s'ensuit
signifie le rejet de la réalité, l'option pour l'inspiration
féerique et pour l'orientation du récit dans cette voie:

L'âme de mes livres m'est repoussante, comme ma
présence. La présence imprégnée dans ses livres est
si douce qu'elle saisit; elle les polit, les patine, les
argente, les allume. J'en suis comme extasiée. Je me
sens visitée. [...] Je ne sais comment me donner à
Asie Azothe. [...] Je ne sais comment être prise par
elle: je m'empare d'elle (p. 17).

---

1. «La poursuivant, je l'entends râler, âprement. Je sens ses nerfs se ban-
der contre moi comme des arcs, son esprit se démener contre moi
comme une anguille dans une épuisette. Je sens son âme se barricader,
son être élever contre moi sa plus haute montagne. C'est toujours la
même chose. Il n'y a rien à faire. Je crie grâce» (p. 17).

Connotée comme personnage de conte depuis son apparition dans le texte, Asie Azothe est le conte même. Elle l'est par son immatérialité: «Asie Azothe est aussi légère qu'elle est pâle, légère comme un nuage, si légère qu'elle absorbe toute pesanteur» (p. 78). Elle l'est par sa fragilité: «Elle a l'air fragile comme un œuf de Pâques» (p. 18). Elle l'est, enfin, par la façon dont son image renvoie à l'enfance et à ses «douces» illusions: «Ses doigts sont si *small*, si *little* qu'il semble que je casserais sa main comme un soldat de chocolat en la saisissant[1]» (p. 19).

La choisir, c'est revenir en arrière dans le temps, c'est accéder de nouveau à l'île heureuse de l'enfance individuelle et des origines, de l'homme et du pays, c'est retourner à l'île du château, d'où la narratrice a été chassée par la réalité — à cette terre du Mythe que la narration a pris comme point de départ — afin d'y retrouver la foi dans l'impossible:

> La nuit, un œufrier à plusieurs coupes dans la main, je traverse le chenal à la nage. J'attache l'œufrier à la branche la plus basse du poirier sans écorce et sans feuilles qui grandit à la vitesse d'un pied par jour au centre des restes du château, et les gaurs viennent s'assembler dessous comme autour d'un candélabre (p. 24).

Choisir Asie Azothe signifie alimenter cette foi[2] que le conte de fées exige et ces illusions que lui seul fait naître, foi et illusions qui à leur tour sont les

---

1. Italiques dans le texte.
2. C'est encore Gilles Marcotte qui, le premier, a observé que «la foi qui est proposée, qui est exigée dans ce texte, n'est pas celle que demande le roman» (Gilles Marcotte, «Réjean Ducharme contre Blasey Blasey», *op. cit.*, p. 64).

seules qui puissent permettre à la narratrice d'entreprendre enfin son aventure mythique, son «histoire»:
«Où est passée ma tranquille indifférence? Où est partie la douce insipidité? [...] Tiens-toi bien, Iode chérie;
on part!» (p. 25)

Visitée de plus en plus souvent par l'inspiration
qui l'oriente vers le conte[1], et s'étant abandonnée à
elle[2], la narratrice est ainsi initiée à l'«alphabet» du
conte de fées (p. 22-23), à son langage et à son monde:
«Je sais tout lire et tout écrire maintenant [...]. Asie
Azothe m'a appris l'alphabet sous promesse de ne le
dire à personne» (p. 22-23). Ce processus d'initiation
ne signifie toutefois pas que la narratrice se laisse
prendre par le conte — qu'elle raconte une histoire de
fées — mais bien plutôt qu'elle s'introduit dans
l'univers fabuleux pour se l'approprier: «J'ai fini de
conquérir Asie Azothe. *Veni, vidi, vici*» (p. 25), et
entreprendre sous cette optique — avec le conte,
c'est-à-dire avec les illusions que celui-ci entretient —
sa transformation utopique de la réalité, sa re-création
du monde:

> Nous allons à l'école en skis. Un pied de neige
> neuve recouvre le sol. Il semble que nous pour-
> rions, sur nos planches vernies étroites et minces,
> passer en ligne droite d'un continent sur l'autre.
> Les traces de la Milliarde ont été effacées, comme
> les taches dans le cendrier par le torchon. Les
> empreintes des bottes de leurs soldats sont
> enfouies, comme Troie sous Hissarlik. La terre est
> recommencée: et c'est Asie Azothe et moi qui, nous
> étant levées plus tôt que les autres, l'avons recom-
> mencée» (p. 53).

---

1. «Asie Azothe vient de plus en plus souvent au steamer» (p. 19).
2. «Je ne me suis jamais tant laissé faire» (p. 19).

4. La quête

C'est avec Asie Azothe qu'Iode tente de tirer de son apathie son frère Ino. Par rapport à ce que nous avons dit précédemment en ce qui concerne aussi la disparition du Mythe, cela signifie donc tenter de redonner à l'imaginaire collectif de nouvelles raisons de «foi», un nouvel «élan mythique». Mais nous allons voir à présent comment nous en sommes venu à l'identification d'Ino avec cet imaginaire.

Ino a sa place au plus profond du «steamer» (le Québec): «Ino est étendu au fond de la cale, dans la chaufferie[1]» (p. 33). Ce fond de cale est présenté comme lieu clos et comme refuge: «La chaufferie n'a ni portes ni fenêtres: il s'y plaît, c'est le seul lieu qui ne l'écœure pas» (p. 37). Ino est donc isolé de l'extérieur, replié sur lui-même, à ce point qu'il a presque perdu la faculté de s'exprimer: «Il parle très mal; il semble extraire chaque mot qu'il prononce des profondeurs de son ventre» (p. 37). Il a perdu également la volonté de mener une vie active, de produire intellectuellement: «Il ne lui manque que les mots, et la volonté de réfléchir, de produire un travail» (p. 38). Cependant, «Ino est très intelligent» (p. 38) et réceptif: «Il comprend tout» (p. 37), et il est doué d'une mémoire particulière: «il n'oublie rien. Souvent même il me parle de souvenirs communs que j'ai du mal à reconnaître» (p. 37). Ainsi Ino se réaffirme ici, selon nous, comme figure de l'imaginaire collectif qui, ayant été autrefois alimenté par les gestes mythiques des Héros (canadiens-français), reste enraciné dans le lointain passé, dans les origines d'un pays où plus

---

1. Ici, le rapport avec le monde en général nous paraît particulièrement évident.

rien n'existe ou n'advient qui soit à la dimension du Mythe. Détruit par le triomphe d'une société industrielle où les Héros n'ont pas de place et qui bafoue le Mythe, cet imaginaire n'est cependant pas mort, il est seulement paralysé par sa défaite.

Ino est l'imaginaire collectif d'un peuple qui semble avoir perdu sa faculté d'expression: «Il ne sait ni lire ni écrire» (p. 37), et dont la renaissance culturelle passe, selon la narratrice, par la réappropriation de sa propre langue et des sédiments qu'elle a laissés dans l'inconscient: «Le meilleur moyen de lui apprendre des mots est de lui lire des pages du dictionnaire. [...] Plus je les [les mots] lui écris gros, plus il les trouve beaux. Il les regarde comme on regarde passer un train, puis il les cache pour mieux les posséder» (p. 39). Cette reprise, cette renaissance, passe également par la connaissance d'orientations culturelles différentes, ou de toute façon inhabituelles, par rapport à l'orientation courante, et par l'emploi de l'imagination:

> Lorsqu'il s'agit d'une ville, d'un fleuve, ou d'une montagne, il faut que je répète le nom toute la soirée [...], puis que je raconte, invente, en ajoute, rajoute, surajoute. Et s'il s'agit d'une ville, d'un fleuve ou d'une montagne du Chili, de l'Islande, de la Bulgarie ou de la Chine, c'est encore pis [...], j'ai à tordre la folle de mon logis jusqu'à la dernière goutte. Car, selon la géographie que j'enseigne, ces pays sont les quatre les plus éloignés du steamer, ceux fixés comme des ballons à des ficelles au bout de chaque ligne cardinale. Le sud, le nord, l'est et l'ouest ont leur centre dans la chaufferie même, qui les projette comme la pieuvre ses tentacules, le soleil ses rayons, le moyeu les raies (p. 39-40).

Toute logique géographique (scientifique) ayant été bannie, la chaufferie devient le centre d'un univers merveilleux, d'un monde gouverné par la fantaisie, où «l'imagination est au pouvoir» et où l'on ne s'intéresse qu'à tout ce qui est étrange, insolite, différent: «Les mots qu'il assimile avec le plus de voracité, qu'il caresse avec le plus de plaisir, sont les moins utiles, les plus inopinés. «Hallstattien», «lactodensimètre», «dromathérium», «physotigma» et «chondrostome» sont les plus populaires de son répertoire, pour le moment» (p. 40). Le concept d'«utile» est ainsi rejeté, au profit d'une expansion culturelle sollicitée et stimulée par l'imagination gratuite. Une imagination soutenue par les illusions du conte, comme le confirme le fait qu'Iode, voulant combler ses propres «lacunes culturelles» (qu'elles soient géographiques ou zootechniques) et satisfaire la curiosité d'Ino, invoque le savoir d'Asie Azothe:

> Quand je me heurte dans le dictionnaire à des difficultés de la sorte, j'en profite pour faire ressortir mon ignorance et plaider la cause de Asie Azothe.
> — Elle, elle saurait. Elle, elle t'expliquerait.
> [...] Qui gagnerait si un zorille et un phacochère se battaient en duel? [...] Asie Azote saurait! Elle, elle pourrait t'affirmer avec assurance et sans se tromper qui sortirait vainqueur! (p. 39-40)

Michel Lange, «énorme ami et vieil associé» (p. 39) de la narratrice, est son collaborateur dans sa tentative de réveiller l'imaginaire collectif. Affable et amusant[1], il apparaît aussi comme le détenteur virtuel d'un pouvoir «souple», mais non privé d'efficacité pour autant: Iode dit qu'elle craint d'être «chassée de l'école [...] de passer comme Ino, Inachos à présent, sous la férule

---

1. Voir à ce propos les pages 42-43 qui racontent comment il amuse Iode et Inachos, développant leur sens du comique, peu avant l'arrivée «miraculeuse» d'Asie Azothe à la cale.

mignonne comme tout de Lange» (p. 41). En outre, le personnage illustre l'importance de l'amour en tant que composante indispensable de l'existence humaine[1] et il initie les trois enfants à la passion des voyages qui, pour la narratrice, symbolisent, comme nous le verrons, la quête de l'absolu: «Lange dilapide en voyages tout l'argent qu'il gagne à soigner Inachos. [...] C'est par lui que nous avons été initiés» (p. 60-61). Mais si Lange aime voyager, c'est uniquement «dans son fauteuil», à telle enseigne qu'Iode se voit astreinte à l'exclure de son projet d'exploration du littoral, de son voyage vers la connaissance totale:

> Il ne sait rien de notre plan d'expédition [...]. Nous nous cachons de lui. Il ne comprendrait pas, lui qui voyage en fauteuil capitonné, en chambre à coucher munie d'un tournedisque et qui s'en vante. [...] Il essaierait de refroidir, avec toutes les observations pertinentes qu'il pourrait trouver, notre enthousiasme. Il ferait tout de toute sa force pour nous écœurer. Il n'est pas de notre espèce (p. 61).

Michel Lange est convaincu de la nécessité de stimuler intellectuellement Inachos[2]. Toutefois, il se montre indifférent au fait que le conte, l'univers de l'illusion, l'histoire «qui finit bien» par lui représentée, puisse s'en approprier, alors qu'il s'oppose énergiquement à ce que le frère de la narratrice se laisse «posséder» par le projet révolutionnaire de cette dernière[3].

---

1. «Lange dit [...] que pour parvenir à vaincre la torpeur de Ino il suffit de l'aimer» (p. 38).
2. «Seule peut encore le sauver l'expérience cérébrale de la déchéance physique» (p. 41).
3. On remarquera, par exemple, que Michel Lange ne sort pas de sa «distraction» pendant qu'Asie Azothe rêve tout éveillée à son mariage avec Inachos, mais qu'en revanche il s'oppose à la volonté d'Iode d'«épouser» son frère (p. 45-47).

Ce n'est pas par hasard que Michel Lange est l'homonyme de Michel-Ange, l'un des sculpteurs les plus représentatifs de l'art figuratif. Car il symbolise cet art «des figures en mouvement» qu'est le cinéma, fascinant et illusoire «voyage en fauteuil capitonné» (p. 61).

Psychiatre d'Inachos, Lange fait ici office de facteur de stimulation de l'imaginaire collectif à la production de mythes:

> Nous sommes dans la chaufferie.
> — Que pourrais-je faire d'extraordinaire de ma vie si je pouvais marcher? [demande Ino]
> [...]
> Lange suggère qu'il pourrait être le plus grand coureur de fond du monde (p. 44).

Mais Michel Lange est aussi, en tant que symbole du cinéma, l'emblème de l'un des mythes les plus fascinants de l'époque actuelle. «Guérir» Inachos signifie ainsi l'attirer vers ces mythes, et lui suggérer qu'il pourrait devenir «le plus grand coureur de fond du monde» (p. 41) équivaut à tenter de l'éloigner des efforts culturels rénovateurs, et de la dimension des grands Mythes du passé, qui sont le fait de la narratrice. Car cela suppose qu'on instille en lui le désir d'être vainqueur dans les plus grandes compétitions sportives et, par conséquent, qu'on lui insuffle l'ambition d'être un héros du présent. C'est ce que perçoit, encore que de manière confuse, Iode dégoûtée par la vision de son frère assis à la bicyclette statique, en train d'accomplir des efforts dont l'héroïsme lui semble digne d'une meilleure cause: «Je vois Inachos se démener contre les pédales comme Roland à Roncevaux, et cela m'horripile» (p. 45).

En fait, le réveil d'Inachos à la vie, c'est-à-dire la prise de conscience, par le peuple, de la négativité de son état d'apathie, n'advient pas grâce à l'intervention de Michel Lange, mais grâce à Asie Azothe:

> Alors, soudain, Asie Azothe apparaît, et le miracle arrive. [...]
> [...] Inachos! À quatre pattes, hagard, terrifié, affreux, il déploie des efforts surhumains. Il tremble et chancelle comme un veau naissant; il s'écroule. Encore et encore il essaie de se mettre debout.
> — Je ne peux pas! Iode! Je ne peux plus! (p. 43)

Mais le conte de fées, sur lequel Iode fonde son aventure mythique, n'a pas la connotation d'«idéal» que, par son nom même, possédera Chateaugué dans *Le Nez qui voque*. Car même s'il est vrai qu'avec *L'Océantume*, comme avec le roman qu'on vient de citer, nous sommes dans la sphère d'une restructuration idéale du présent sur le modèle du passé, Asie Azothe n'est pas l'évocation d'un passé historico-épique, vouée à refaire la réalité présente à son image et à sa ressemblance. Elle est plutôt le conte comme univers magique, capable de faire croire vrai ce qui ne l'est pas, et grâce auquel il est possible, mais seulement de manière apparente et provisoire, de s'élever au-dessus de la réalité. C'est ce que raconte, entre autres, la brève séquence narrative durant laquelle les deux jeunes filles passent une nuit dans l'arbre: «Nous avons trouvé un beau grand arbre au bord du fleuve, loin, au-delà de la fin du lé, et nous avons passé la nuit à califourchon sur ses branches [...] entre ténèbres d'eau et ténèbres d'air. Nous avons parlé de la vieille Six, des fantômes, des loups, des tueurs à gages, des assassins qui s'évadent et qui rôdent» (p. 48). Iode demande alors: «Nous sommes amies une fois pour toutes, n'est-ce pas, fille?» Et Asie Azothe répond: «Pour aussi longtemps que tu voudras» (p. 48).

Peu importe que le monde soit plein de dangers, et que la mort mette un terme à la vie, si les liens entre les hommes peuvent durer éternellement.

Asie Azothe est donc le conte doux et apaisant, qui berce les hommes en calmant leurs angoisses à l'aide de ce qui n'est souvent qu'illusion. Il est vrai qu'elle réveille Inachos de sa torpeur. Mais ce n'est pas, comme le fait Iode, en lui proposant des aventures nouvelles, en l'invitant à la connaissance et à la découverte du monde. Asie Azothe utilise son habileté d'«illusionniste», sa capacité de transformer le réel en irréel, de montrer sous l'apparence du vrai ce qui ne l'est pas, et d'y faire croire. De sorte que ce n'est pas son entrée dans la cale ni sa présence dans le steamer qui agissent sur Inachos, mais bien plutôt sa faculté de redonner, de manière magique et seulement en apparence, au vieux navire enterré sa fonction originaire de navigation:

> Le caractère particulier de la maison l'a induite à se prendre pour un amiral. [...]
> — Debout là-dedans! Fixe, moussaillons! N'a-t-on plus de respect pour les galons? (p. 43)

Mais cette transformation du bateau ne sort pas du domaine du jeu, et le voyage qu'elle implique est connoté tout autrement que le voyage conçu par Iode.

Asie Azothe, la petite fée à qui on doit le réveil «magique» d'Inachos, tente d'introduire ce dernier, une fois qu'il s'est réveillé de son «sommeil séculaire», dans l'univers merveilleux qui est le sien: «Tu pourrais être le premier à marcher sur l'eau et sur l'air» (p. 45). Et elle le fait en orientant le récit vers ce mariage qui est bien la conclusion logique de tout conte de fées où, *mutatis mutandis*, un personnage a été réveillé de l'enchantement du sommeil; mais le mariage est aussi, par définition — comme c'est le cas ici —, l'aboutissement inévitable du rêve éveillé que fait toute femme:

> Il n'y a pas au monde plus petite vache Marie-Chantale.
> [...] Asie Azothe contemple Inachos. Cesse de regarder cet idiot comme cela, idiote! Elle le fixe comme de l'autre côté du temps, sans le voir, comme émerveillée d'une vision. Une grande tendresse rayonne de ses yeux transparents, de ses yeux plus pâles que son visage de morte. [...] Soudain, comme si elle terminait à haute voix la lecture faite en silence d'un conte de fées, elle nous montre le fond de ses pensées Marie-Chantale.
> — Et ils me diront: «Comment allez-vous, madame Inachos Ssouvie?...» (p. 45)

Ce n'est pas un hasard si c'est précisément à cette occasion que la narratrice rebaptise Asie Azothe, dont le nom de personnage de conte est remplacé par un nom ordinaire. Ce changement est un indice de l'ambivalence du conte, ainsi que de la dégradation qu'il est déjà en train de subir. Si, dans le genre du conte de fées qu'Asie Azothe symbolise, Iode a vu la possibilité de faire revivre des aventures héroïques typiques de ces fables des origines de tout peuple que sont les Mythes, Asie Azothe, elle, démontre ici qu'en réalité, elle n'est pas le symbole de la fable antique, mais du conte entendu comme histoire de la réalisation des rêves du commun des mortels. Cette même valeur indicielle se retrouve d'ailleurs dans la réaction furibonde d'Iode contre le mariage rêvé par Asie Azothe, qui lui apparaît comme un projet d'«appropriation» d'Inachos, visant à «séquestrer» l'imaginaire collectif afin qu'avec celle-ci il transforme en réalité mythique le rêve de bonheur éternel propre à tout couple: «Inachos est à moi! C'est mon frère! Si tu veux absolument te marier, marie-toi avec un des huit tiens; laisse tranquilles les frères des autres!» (p. 46)

Légère et immatérielle comme les nuages[1], optimiste à l'égard de la vie et des hommes[2], Asie Azothe incarne le rêve tout éveillé de ceux qui rejettent la réalité sans toutefois essayer de la changer et se contentent de s'en évader, de se réfugier dans les chimères les plus roses et les plus irréalisables. Elle est incapable de suivre Iode dans sa froide analyse de la société actuelle, dans sa théorie selon laquelle la société est à la fois puissante dans sa plate uniformité et dangereusement agressive. Puissance et agressivité qui se manifestent dans des interdictions dont le but est de désamorcer toute tentative d'aventure et de «protéger» le groupe de toute velléité individualiste:

> Le monde est divisé en deux. D'une part, il y a nous sur notre terre; d'autre part, il y a tous les autres sur leur terre. Ils sont des milliards et chacun d'eux ne veut pas plus de nous qu'un serpent d'un serpentaire. Appelons-les la Milliarde.
> [...]
> Nous ne les rencontrons qu'un par un, mais ils forment un tout, ils sont unis, syndiqués, et c'est contre nous qu'ils le sont. Au centre du gazon de chacun est plantée une affiche qui dit, souvent en anglais: «Défense de marcher sur ce gazon» (p. 50).

Il n'est donc pas étonnant qu'Asie Azothe ne puisse partager le projet destructeur d'Iode:

---

1. «Asie Azothe est aussi légère qu'elle est pâle, légère comme un nuage, si légère qu'elle absorbe toute pesanteur» (p. 78).
2. «Pour elle, toute chose est bonne et désirable. Il faut l'entendre disserter sur le manque de présence d'inhumanité dans l'âme humaine» (p. 26).

— Un jour, nous sortirons d'ici, un peu comme au printemps une rivière déborde. Mais nous n'inonderons pas quelques îlots et quelques maisons, nous couvrirons tout. Ils fuiront devant nous noyés jusqu'aux cuisses. Leurs oh et leurs ah épouvantables finiront en glouglou sous notre poussée continentale (p. 50).

En fait, cette modification radicale du monde — ce «deuxième déluge» (p. 50) qui devra le purifier *ab imis* en permettant ainsi à Iode de donner une «nouvelle origine», nouveau Mythe, au monde —, Asie Azothe la conçoit comme l'élimination des barrières dressées par le réel contre la réalisation des rêves et, par voie de conséquence, comme possibilité d'accéder au «pays des merveilles»:

— Et après nous pourrons pénétrer partout [...]. Ouvrant les maisons, nous trouverons les unes pleines de papillons et les autres pleines d'ânes. [...] En se retirant, nos eaux auront semé la terre de merveilles. Des algues géantes draperont les forêts blanchies de sel. Les rues des villes, comme des cassettes, regorgeront jusqu'aux toits de poissons de couleur, de barres de galions, de jambes de bois de pirates, de pièces d'or méconnaissables et de pierres précieuses. Marchant dans les marguerites, nous butterons contre les baleines (p. 51).

Figure du conte de fées, Asie Azothe n'a, en fait, aucune substance culturelle nouvelle à offrir. C'est ce que confirme le silence qu'elle oppose aux demandes réitérées d'Iode, qui est continuellement à la recherche de stimulants nouveaux, de nouveaux contenus culturels: «— Parle, Asie Azothe. Tu ne dis rien; n'as-tu donc rien dans le ventre?» (p. 50); «— Dis-moi quelque chose, n'importe quoi. Mets des mots dans

mes oreilles: il y a tellement rien dedans qu'elles vont
éclater» (p. 53). Au demeurant, la narratrice elle-
même ne tarde pas à prendre conscience de l'inutilité
du conte pour sa quête mythique, de l'impossibilité
de tirer du monde illusoire du conte quoi que ce soit
de valable. Au point qu'elle va jusqu'à exprimer le
désir de s'en libérer:

> Asie Azothe, rose parlante, je te vomis de ma vie,
> de toute la force de ce vide immense que tu laisses
> immensément vide.
> [...]
> Il n'y a que de la sérénité dans la tête de Asie Azo-
> the, un peu comme il n'y a que du néant dans un
> ciel serein (p. 53).

L'équivoque de fond qui mine jusqu'aux racines
la possibilité d'une amitié totale entre les deux jeunes
filles (amitié qui équivaudrait à la réalisation de
l'entreprise d'Iode) se situe dans le fait que les symboles dont elles sont porteuses ne se ressemblent qu'en
apparence et diffèrent fondamentalement. D'un côté,
Asie Azothe: le conte trompeur, l'histoire qui se soustrait au réel pour se réfugier dans des constructions
oniriques; de l'autre, Iode: le conte comme Mythe,
l'histoire de la tentative de faire du présent un nouvel
âge du Mythe, de placer le Mythe à l'origine de la
renaissance de la culture. Mais cette entreprise, Iode
ne peut l'accomplir sans l'aide d'Asie Azothe: «Si
Asie Azothe ne venait pas me réveiller le matin, personne ne s'en occuperait» (p. 54). Elle ne le peut sans
le conte de fées, qui lui rappelle constamment le
«legs» d'Ina, l'héritage du Mythe: «Elle [Asie Azothe]
me tend la robe. [...] Ina m'a acheté une robe quand
j'ai commencé à aller à l'école et c'est celle-là que, été
comme hiver, je porte depuis» (p. 54). Seul le conte

peut encourager la foi d'Iode dans la renaissance du Mythe, en la pourvoyant d'illusions de plus en plus enivrantes — représentées, entre autres, dans le texte, par les «Chinois» qui les ont presque enivrées (p. 54) —, qui la conduisent à s'abandonner aux songes les plus impossibles. Elle rêve alors de posséder le monde:

> Qu'il a neigé! Le sentiment d'être des conquistado-res s'empare de nous [...]. Derrière nous s'étend ce dont nous venons d'entrer en possession (p. 55).

Ou de le re-créer:

> Devant, tout reste à découvrir [...]. Peut-être des bijoux de glace, en forme de mouches et de papillons, sont-ils tombés du ciel en même temps que la neige. Où personne n'est encore passé, ne se peut-il pas qu'on trouve des ailes d'anges, des auréoles, des branches d'étoiles, ou quelques-uns de ces œufs donnant naissance aux fleuves et aux lacs? (p. 55)

De plus en plus fascinée par le conte, de plus en plus exaltée par le fait que le conte rend crédible l'incroyable et réalisable l'irréalisable, la narratrice peut enfin envisager comme proche le voyage au-delà des frontières de la culture humaine, du savoir humain: «Cet hiver est le dernier à nous tenir prison-niers. Quand la neige sera fondue, nous nous en irons» (p. 55).

Recherche d'une ouverture vers des espaces cognitifs nouveaux, inconnus, merveilleux, dans la tentative de briser les entraves d'un univers culturel menacé de mort par sa propre clôture, le voyage d'Iode ne commencera vraiment qu'en dehors de la culture du pays, c'est-à-dire après avoir franchi les

limites de ce qui est déjà connu. Il commencera en
effet en dehors du Québec — «Nous ne partirons vraiment que de Saint-Jean du Nouveau-Brunswick
(p. 55)» —, c'est-à-dire au-delà des frontières d'un
pays qui symbolise ici le «monde du connu», et il aura
pour but «le bord de l'océan [...] Nous suivrons le littoral, jusqu'à ce qu'il n'en reste plus» (p. 55).

«Lisière d'un océan» (p. 63), «sa frange» (p. 61), le
littoral apparaît ici non pas comme un «bord», limite
de la terre, mais comme limite extrême de cet Océan
qui, origine de la vie d'un point de vue scientifique,
est, littérairement, l'«origine des dieux», l'«origine de
tout», suivant ce qui constitue probablement le plus
ancien Mythe occidental sur l'origine du monde[1]. Le
voyage le long du littoral est donc un voyage mythique, et c'est un projet possible uniquement dans la
mesure où la narratrice continue de «cultiver» le
Mythe:

> Nous [Asie Azothe et Iode] nous accroupissons au
> flanc du lit de Ina et la regardons faire. C'est
> comme si elle faisait un cauchemar sans fin [...].
> Ina a cessé de se démener [...].
> Chacune d'un côté du lit, prenant les couvertures
> chacune par un bord, nous les étendons aussi dou-
> cement que Dieu le permet sur Ina et les replions
> sous le matelas. C'est comme si nous étions ses
> mères (p. 56-57).

Et ce projet restera possible tant que la narratrice,
assistée par le conte — Iode est aidée par Asie Azothe
dans la tâche de s'occuper d'Ina —, ayant foi dans la
réussite de son aventure, croira également à son rôle
de héros, à sa possibilité d'accomplir une entreprise
mythique, possibilité que l'histoire nomme capacité

---

1. K. Kerényi, *Gli dei e gli eroi della Grecia, op. cit.*, I, p. 21.

de réaliser l'impossible, de conquérir des villes rien qu'en les traversant, de suspendre le cours du temps. Donc tant qu'Iode croira à la possibilité du voyage comme exploration de ce monde inconnu qui est celui de nos origines primordiales, «nouveau monde» du Mythe donc, comme le suggèrent les trois caravelles qui, selon Iode, suivront de loin leurs aventures, et qui renvoient clairement au voyage de Christophe Colomb:

> Nous marcherons, tout le long [du littoral], sans chaussures, dans du sable blanc comme du sel et chaud comme du sang. [...] Nous ne fermerons pas l'œil. Ce sera si délicieux que de peur d'en perdre nous ne dormirons pas. Ce sera un jour sans fin, un seul jour. Nous ne mangerons pas: nous n'aurons pas faim. Des caravelles blanches nous accompagneront de loin, des caravelles autour desquelles tellement de mouettes tourneront que nous ne les verrons pas. Au sortir des villes nos traces [...] seront ensanglantées (p. 56).

Marcher le long du littoral équivaut, en fait, à s'aventurer dans le territoire hasardeux de la litt[érature] oral[e], celle qui, étant tout à la fois littérature des origines et origine de la littérature, narre le Mythe des origines et renvoie aux origines du Mythe. Parcourir tout le littoral équivaut ainsi à «explorer» personnellement le «territoire des origines» du Mythe, c'est-à-dire à s'approprier à nouveau tous les Mythes des origines, en recomposant la dimension fragmentaire qui est la leur en une unité. Et cette unité, connaissance totale dépassant toutes les limites de la raison, se présente comme la réalisation du Mythe des Mythes, et place aux origines du Mythe la conquête du Savoir absolu, d'un Savoir Mythique: «Un littoral est ininterrompu, certes. Mais il ne s'ensuit pas nécessairement qu'il soit pédestrement praticable. Pour des globe-trotters de notre acabit, un littoral est une succession de morceaux de littoral séparés par des abîmes» (p. 62). Il s'agit là d'un chemin hérissé d'obstacles insurmontables pour les êtres de la terre, c'est-à-dire, au niveau d'interprétation qui est ici le nôtre, pour ceux qui sont liés à la réalité: «À tout bout de champ, la côte s'arrête et fait place à des masses d'eau appelées embouchures dont certaines sont insurmontables» (p. 62). Un chemin susceptible d'être parcouru uniquement par ceux à qui appartient l'univers mythique, par des êtres aux traits ultra-terrestres, bref, par des héros aux dimensions mythiques:

> — Vous voulez savoir si un littoral est ininterrompu ou non... Je vais vous le dire; tenez-vous bien. Tout est relatif. Pour un pou, les joints entre les planches brisent l'uniformité de la surface du parquet, mais pour un être qui est assez grand, qui a les jambes assez longues, aucune rimaye n'est assez large ou assez haute pour briser l'uniformité de quoi que ce soit! (p. 63)

Ainsi Inachos (l'imaginaire collectif) a été réveillé de son aboulie grâce à Asie Azothe (au conte de fées); sa curiosité pour un univers culturel différent, gouverné par le rêve et le merveilleux, a été éveillée et, par ce biais, il a été conduit à vouloir sortir du monde étroit et statique du steamer, c'est-à-dire d'un pays représentant, comme nous l'avons vu, une culture qui s'est fossilisée dans la clôture de ses propres limites:

> Le dictionnaire sur les genoux et un stylo dans la bouche, Inachos n'a plus besoin de personne pour enrichir son vocabulaire. Quand il tombe sur un nom géographique, il l'entoure d'une spirale rouge, va d'une mappemonde à l'autre le retrouver et lui

faire subir la même opération, puis se croise les bras et rêve. [...] Que c'est beau, une Yougoslavie verte comme un billard, une Bulgarie jaune comme une banane! L'eau, partout, est bleue. Inachos s'empare du nom «Carpentarie». Il devient navire. Il flotte; le vent gonfle ses voiles. Le golfe de Carpentarie a donné son immensité à son âme. Il perd pied; il est parti, absent (p. 60).

Iode, quant à elle, a soustrait Inachos aux «soins» (à l'influence) de Michel Lange, autrement dit à l'un des mythes actuels les plus fascinants: «Nos réunions se tiennent dans la chambre ancillaire. [...] La porte est toujours fermée à clé. Nous parlons tout bas. Lange regarde partout et ne nous trouve pas» (p. 61). Mais elle entend compléter son œuvre de reviviscence et incite Inachos à s'intéresser aux origines du monde, l'entraînant avec elle dans ce voyage qui est, comme nous l'avons vu, une tentative de connaître et de comprendre les causes premières de la vie, la raison d'être des hommes. Cette quête, entreprise vraiment héroïque, est une recherche personnelle, l'exploration d'un champ «divin» qui rendra donc celui qui l'entreprend semblable à un dieu et le fera héros du Mythe. En tant que projet visant à stimuler dans l'imaginaire collectif le désir d'un savoir qui n'appartient qu'«aux dieux», le voyage le long du littoral correspond à la tentative de réinstaurer le Mythe dans le présent, de faire du temps actuel une nouvelle ère du Mythe.

Le projet du voyage le long du littoral — prise de possession du Savoir absolu, nouveau Mythe placé aux origines du monde — implique, comme conséquence première et immédiate, le besoin de sauvegarder son propre passé mythique, de mettre sa possibilité d'existence à l'abri de la corrosion, insidieuse et progressive, de la science, du savoir rationnel, de la réalité:

— York, vous êtes presque aussi sadique que
Sacher Masoch. Qu'est-ce, dans le monde, qui vous
a poussé à priver les gaurs de stabulation cet hiver?
— La curiosité scientifique (p. 63).

Les gaurs, ces animaux qui rappellent «beaucoup
les grands bovins de la préhistoire[1]», et qui sont donc,
en quelque sorte, «mythiques», vivent et paissent
dans l'île de l'enfance d'Iode. Ils signalent à quel
point est vive sa foi en la possibilité de faire naître une
nouvelle époque du Mythe; en effet, ils disparaîtront
de l'île au moment où Iode cessera de croire à la viabilité de son idéal. En apportant à ces bêtes de quoi
manger et en concevant, à leur intention, un système
de chauffage intense, quoique provisoire, qui les protège de la mort par congélation, Iode et Asie Azothe
manifestent leur volonté d'alimenter le Mythe, de le
maintenir en vie (p. 63-67).

La conservation du Mythe par le biais de cette double tâche et la tentative de l'instaurer dans le présent —
l'installation des gaurs à bord du steamer — ne sont des
entreprises possibles que si les illusions et la foi, qui
connotent l'enfance, et le conte de fées, qui en est le
symbole, demeurent intacts: «Il me semble — dit Iode à
Asie Azothe — que, bien qu'elle ne puisse me prêter
qu'une assistance négligeable, sans elle, sans sa présence douce, étonnée, attentive, le succès de l'entreprise,
comme son échec, perdra presque tout son sens» (p. 69).

Cependant, cette entreprise a une valeur fondamentalement différente pour chacune des deux jeunes
filles. Pour Asie Azothe, elle équivaut à maintenir en
vie et à sauvegarder l'enfance individuelle, à projeter
dans le temps, au-delà de (et contre) toute rationalité

---

1. G. Devoto et C. Oli, *Dizionario della lingua italiana*, Florence, Le Mon-
nier, 1971, p. 985.

de l'âge adulte, les illusions, afin de transformer, grâce à ces dernières — donc, de manière illusoire —, ce qu'il y a d'insatisfaisant dans la réalité. Rappelons que c'est Asie Azothe, la nouvelle «fée», qui incite les gaurs à la suivre vers le steamer. Rappelons également qu'elle considère la soudaine docilité dont ces bêtes font preuve à son endroit comme quelque chose de «miraculeux», c'est-à-dire de fabuleux: «Elle n'en croit pas elle-même. Ces grosses bêtes féroces venues des jungles d'Asie jouent avec nous, sont nos alliées, nos complices!» (p. 73) Pour Iode, en revanche, conduire les gaurs à bord du steamer équivaut à récupérer le Mythe qui se trouve à l'origine de sa propre histoire et à l'origine de l'histoire de son pays, à prendre personnellement en charge sa survie et à devenir ainsi elle-même productrice de Mythes: «Contemplant dans nos têtes l'œuvre herculéenne (songez aux écuries d'Augias) que nous venons d'accomplir [s'exclame la narratrice après avoir, avec son amie, conduit tous les gaurs sur son bateau], nous entreprenons de nous saouler» (p. 74).

Récupération, d'une part, de l'enfance individuelle et de ses illusions, et, d'autre part, du passé collectif comme Mythe des origines, le sauvetage des gaurs est le rejet total et suprême de l'adhésion à une réalité qui corrode et détruit toute illusion. Leur faire quitter l'île pour les installer dans le steamer (le Québec) équivaut à arracher le Mythe au passé dans lequel il était relégué et à l'instaurer dans le présent du pays. C'est ce que confirme le choix du nom que les deux jeunes filles donnent à leur secret, puisqu'il s'agit du nom d'un personnage dont les valences mythiques ont été réactivées au présent par l'art, par l'opéra: «Nous avons donné un nom au silence que nous nous sommes jurés de garder au sujet du mystère des gaurs. C'est: Nabuchodonosor 466» (p. 74-75).

En tant qu'héroïne du récit, il est permis à Iode de croire qu'elle a effectivement réalisé cet acte fabuleux de résurrection du Mythe. Mais en tant que narratrice, elle est soumise à la pleine connaissance du caractère fictif de ce qu'elle raconte, à la conscience du fait que l'océan n'est pas l'origine du Mythe, fabuleux Mythe des origines, mais une énorme étendue d'eau, réalité lui-même, servant à la navigation. Y plonger, en atteindre le fond, équivaut en fait, pour la narratrice, à renier le personnage d'Iode — qui croit à la possibilité de donner un élan mythique et une grandeur héroïque à l'imaginaire collectif du pays — pour se retrouver seule dans la visqueuse réalité de sa propre conscience:

> Quatre heures de la nuit, l'heure des visiteurs sinistres. Je ne dors pas: je ris. Je ne me suis pas mise au lit pour dormir, mais pour naviguer. J'ai traversé l'océan, en profondeur, de haut en bas. J'ai touché le fond de l'abysse et, lourde comme les pierres et malheureuse comme les pierres, j'y gis. J'y retrouve la forme d'où j'ai fui ce matin, la forme gluante et puante d'où j'ai galopé ce matin jusqu'à la grève, jusqu'à la forêt, jusqu'à la montagne, la forme impossible d'où je me suis échappée ce matin comme des mains d'un agresseur: ma vraie forme (p. 75).

Plonger dans l'océan, atteindre ses profondeurs, signifie, pour la narratrice, s'investir d'un seul rôle, celui de Moi narrant, et reprendre conscience du caractère illusoire de sa propre histoire: «Qu'il m'est agréable d'être engloutie, [...] d'explorer les silences sous-marins où l'Iode chérie fausse a quitté ce matin l'Iode chérie seule, où l'Iode chérie seule attend toujours l'Iode chérie fausse» (p. 75).

L'immersion dans les eaux océaniques correspond ainsi à une traversée de la réalité dans toute son épaisseur, jusqu'à se retrouver seule, avec la vision lucide du caractère grotesquement illusoire du conte. Celui-ci visait à briser les barrières du réel, mais les personnages mêmes qu'il a créés — qu'il s'agisse de groupes, comme la Milliarde (la société), ou d'individus, comme Ina, ou même de ceux qui, comme Inachos, ont été réveillés à la vie précisément par le rêve de nouvelles possibilités féeriques — œuvrent tous à l'intérieur de cette réalité qui, inexorablement, les attire vers son fond, c'est-à-dire vers la découverte de ce qu'elle est, à laquelle s'ajoute l'obligation de l'accepter: «Je vois Ina qui, bien résolue à durer jusqu'à l'abîme, rumine des pilules. Je vois Inachos, qui, après s'être cramponné au rivage, s'est laissé convertir par moi, s'est emballé, se précipite vers le précipice à la vitesse d'un sprinter» (p. 76).

Par un côté ou par l'autre, tous les personnages dont nous venons de parler symbolisent la réalité, dont ils portent par conséquent les caractères, et à laquelle ils sont destinés à retourner. Et leur évolution est observée d'un regard détaché par la narratrice qui, projetée vers le dépassement de la réalité et vers sa modification par le biais de l'imagination, n'arrive pas à se soustraire à la fascination du conte de fées: «Mais le meilleur personnage, la marionnette maîtresse de ce théâtre par lequel je me fais si sottement posséder, c'est Asie Azothe. Avec elle, c'est jusqu'aux larmes, jusqu'à la passion, jusqu'au sang que je me laisse être dupe, que je me laisse jouer le bon tour» (p. 76). C'est seulement avec Asie Azothe, productrice de mondes idéaux et irréels, que la narratrice peut se donner l'illusion que son récit n'est pas un roman, que son récit n'est donc pas l'expression du réel. C'est donc uniquement grâce au conte qu'Iode peut se soustraire au «plongeon dans l'océan», à l'amertume provoquée par une réalité qui oblige à prendre conscience du

caractère grotesque de toute illusion — fiction littéraire ou religion —, qui porte à croire en un créateur
tout-puissant, un créateur en mesure de gouverner
ses propres créatures et l'univers qu'elles habitent,
selon ses propres objectifs:

> L'amer a suri, tourné; l'amer s'est changé en hilare.
> [...] La maîtresse dit qu'un être est cause de la cause
> de toutes les causes, que ce qui arrive est la faute de
> Jupiter. Je ne crois pas qu'il y ait de Grand Coupa-
> ble. Je vois qu'il n'y a que des volontaires, des
> volontaires plus ou moins conscients, à un proces-
> sus de forme impersonnelle (il pleut, il semble, il y
> a) et de fond imaginaire (p. 76).

Plongeon du Moi narrant dans sa propre conscience, l'«immersion» d'Iode dans l'océan prélude à
sa reprise de contact avec la réalité, tout en annonçant
que, inévitablement, le personnage sera «submergé»
par cette réalité. Ainsi, la séquence où cela est raconté
indique que le moment est proche où les illusions
quant à la renaissance du Mythe vont venir se briser
sur un présent qui abhorre celui-ci et le rejette.
    La mise à l'abri des gaurs dans le steamer est une
tentative de récupération du passé préhistorique, du
Mythe, la réinsertion furtive d'une dimension mythique dans la culture opaque du Québec. En tant que
telle, cette mise à l'abri devrait, selon les intentions de
la narratrice, raviver la splendeur perdue, réveiller les
esprits assoupis, transformer le morne pays en phare
de la culture. Le transformer en astre éclatant susceptible, une fois l'imagination portée au pouvoir, d'attirer vers lui tous ceux qui, s'associant aux aspirations
d'Iode, seraient disposés à partir à la conquête de la
lune, à se consacrer à l'héroïque entreprise de changer
le présent, de le façonner à l'image du passé, d'en

faire — dans une perspective culturelle — une nouvelle ère du Mythe:

> Contemple ce paquebot jadis si morne, si noir... Le soleil y est tombé comme la foudre, en pleine nuit, faisant éclater de peur les pupes. Comme un voleur, le soleil a forcé la porte de cette habitation, enfreignant complètement les sommeils. Un astre qui n'est pas attendu, qui se trouve loin de sa place... Cela ne te tente-il pas? [...] Cela ne t'appelle-t-il pas d'une voix de stentor et d'une voix de sirène? Si un arbre t'ouvrait son écorce, n'y pénétrerais-tu pas? Si je creusais un tunnel dans l'air, n'y ramperais-tu pas jusqu'aux étoiles? (p. 81)

La métamorphose du bateau — rêve fugace face au soudain et total éclairage du steamer[1], éclairage qui prélude à la découverte du vol des jeunes filles et qui «signifie [leur] perte» (p. 80), l'échec de leur entreprise et leur condamnation — est un faux-semblant mais, en même temps, le symbole d'un renouvellement culturel du Québec de portée analogue aux entreprises des héros mythiques. La vision du bateau éclairé coïncide avec le moment où est à son comble l'espoir de la narratrice de réaliser son exploit héroïque mais, parallèlement, elle révèle tout ce que son projet a d'illusoire. Cette vision scelle, d'autre part, la fusion d'Asie Azothe et d'Iode, donc du conte de fées, symbolisé par l'enfance individuelle, et du Mythe qui renvoie aux origines de l'homme et aux temps héroïques des débuts du Canada francophone. Il s'agit là de la fusion de deux âges non corrompus et dotés de cet élan idéal qui seul peut rendre crédible la possibilité de s'approprier la lune, de modifier la réalité, de construire un nouveau Mythe des origines. C'est Iode qui parle:

---

1. «Les trente fenêtres carrées du steamer sont éclairées» (p. 80).

Cette nuit, je veux que tu comprennes que nous
sommes vivantes. [...] Si tu comprends, nous ne
sommes plus deux personnes, nous sommes deve-
nues une seule personne. Prenons un nom pour
cette seule personne que nous sommes maintenant,
un nom ni masculin, ni féminin, ni pluriel, un nom
singulier et bizarre. Ce sera notre cri de guerre!
Elle suggère Cherchell, un des mots préférés de
Inachos (p. 81-82).

Le mot choisi par Iode est un défi jeté à la société
obtuse et inerte[1]: Cherchell — Cherch[ez l']échell[e].
Ce mot est une clé tendue au lecteur, en ce sens qu'il
indique à ce dernier la direction dans laquelle il doit
orienter sa recherche s'il veut comprendre les intentions de la narratrice. Cette échelle renvoie en effet à
celle de la montgolfière, et elle est donc l'indice du
caractère mythique de l'aventure des deux jeunes
filles, en même temps qu'elle signale que cette aventure n'est possible que lorsque le réel et l'imaginaire
sont confondus.

Ce programme ne peut être que catégoriquement
rejeté par une culture passivement attachée, comme
nous l'avons vu, aux structures et aux modèles du
passé. La «renaissance» du Mythe dans le présent du
Québec (métaphorisée par l'introduction des gaurs
dans le steamer) lui fait soupçonner et redouter une
«trahison» née de la volonté de subvertir cette réalité
au sein de laquelle cette culture, dont elle s'alimente,
prospère. Elle sent qu'elle court le risque d'être mise à
l'écart et dépassée par une culture régénérée pour
s'être abreuvée à la source, pour être remontée aux
origines, pour avoir fait du Mythe du savoir absolu
son modèle, et qui supposerait un imaginaire collectif

---

1. «[...] nous continuons d'avancer, de nous approcher du steamer, où
la colère de la Milliarde nous foudroiera» (p. 80-81).

grand ouvert à toutes les sollicitations du monde, disposé à se lancer dans les aventures cognitives les plus téméraires et les plus fabuleuses:

> Vert, cheveux dressés, narines dilatées, une œuvre littéraire sous le bras, Van der Laine nous apparaît.
> — Donc, ma fille, c'est bien toi! [...] Je descends, tranquillement. Soudain, dans l'ombre, je vois, je crois voir, des dragons [...]. Ce sont bien les gaurs de York! [...] Elle les a nourris jusqu'à ce jour sous mon nez!... Elle leur a donné à boire jusqu'à cette nuit sous mes pieds! [...] Ma fille, je te le dis, tu passeras le reste de la nuit en prison; et ce ne sera que le commencement (p. 82-83).

Mais Van der Laine, culture du Québec, représente aussi, comme nous l'avons vu, la réalité s'opposant au Mythe qui est Ina. Et comme réalité il est symbolisé par le roman, roman d'autrefois, roman traditionnel. Mais le roman nouveau que nous sommes en train de lire, et dont l'histoire nous est contée par Iode, est né d'une nécessité dramatique de renouvellement. Aussi rejette-t-il toute filiation à la culture et à la forme romanesque traditionnelle, pour affirmer qu'il tient son origine du conte de fées, c'est-à-dire de la foi en la viabilité de l'impossible, qui seule peut changer le monde: «Asie Azothe est mon père. Mon père n'est pas en tout cas ce gnome gesticulant dans les fèces des gaurs de York comme un démon dans de l'eau bénite» (p. 83).

Du reste, l'introduction du Mythe, désormais tenu pour mort, dans le tranquille univers culturel du présent québécois répond au désir de briser toutes les limites du connaissable, de faire du steamer la «maison du Mythe», de transformer le présent en temps du Mythe, et le Québec en pays du Mythe. Un pays où la culture, nourrie par l'imagination, pourrait éclater dans tous les sens. Il n'est pas étonnant qu'une telle éventualité bouleverse profondément Van der Laine, l'amenant à fantasmer des dragons fabuleux et des serpents mythiques, éloquentes projections imaginaires de sa crainte d'être supprimé par la résurrection du Mythe au Québec:

> Soudain, dans l'ombre, je vois, je crois voir des dragons. Du coup, je m'évanouis [...].
> [...] Rêvé-je? Rêvé-je? Dors-je? Je vois les bœufs! Puis je vois des calorifères! Je vois les calorifères se dérouler, se dévider et, sifflant, ramper vers moi comme des boas! Pour qui sont ces serpents qui sifflent à mes pieds? Je perds connaissance! (p. 82-83)

5. La corne d'abondance

Le recours de Van der Laine à la municipalité et à la police, tout comme l'intervention de cette dernière, suivie de celle des échevins (p. 82-83), illustre la ferme volonté de la culture présente de se conserver telle qu'elle est, de rétablir l'ordre troublé par le projet mythique de la narratrice. Celle-ci sera éloignée du steamer et soumise, par punition correctionnelle, à la «rééducation» à Mancieulles: «Aux niches de Mancieulles! Aux niches de Mancieulles! Vu que ta mère dort et qu'elle ne veut pas qu'on la dérange, je signerai moi-même le bail!» (p. 83) La narratrice sera donc placée dans une institution aliénante (pour «aliénés») qui est le monde du travail, institution dont on l'avait déjà menacée, à cause de son insubordination à l'école, à cause de son refus d'accepter le système culturel en vigueur et ses règles: «si je continue à ne faire aucun progrès, à obtenir des zéros en tout, surtout en conduite, je serai internée dans une institution pour débiles mentaux» (p. 41).

Mancieulles est le royaume de l'ordre et de l'hyperproductivité, opposé à l'imagination comme instrument d'une possible renaissance culturelle du pays. Un lieu où, par l'intermédiaire de Faire Faire Desmains, s'effectuera la récupération d'Iode à l'acceptation de la réalité présente, dont l'industrie est le prototype:

> Une femme vêtue en policeman se dresse sous mes yeux [...] (p. 84).
> — Mon nom est Faire Faire Desmains [...] (p. 86).
> N'es-tu pas d'avis que Faire Faire est un plus beau nom que Attendre Attendre? (p. 89)

Faire Faire Desmains, «femme médecin» (p. 84), psychiatre à Mancieulles, porte à la fois les traits de la beauté séductrice et ceux de l'aventure industrielle: «Si tu me regardais, tu verrais quels beaux grands yeux j'ai. [...] Tous les hommes sont amoureux de moi et toutes les femmes m'aiment» (p. 86); «Mon nom est Faire Faire Desmains. [...] Je suis bateau. Le vent tord mes haubans et emplit ma voilure» (p. 86). Elle a pour fonction de «guérir» Iode. Cela signifie qu'elle doit la détourner de sa tentative de faire du Mythe le modèle originel et original du présent, et qu'elle doit réconcilier Iode avec le monde industriel, l'orienter de nouveau vers la réalité.

Rappelons qu'Iode a été jusqu'à présent la résidante du steamer «Mange-de-la-merde» (p. 10), de ce Québec (d'un pays) où l'industrie domine tandis que la culture est en stagnation, et où par conséquent la réalité a éliminé le Mythe. Il est donc nécessaire qu'Iode lutte contre la réalité dès le début de son histoire, comme le confirme le lieu où se situe le steamer. La résidence d'Iode se trouve en effet le long d'un canal «au confluent d'un fleuve majestueux et d'une rivière limpide» (p. 56), plus précisément «au confluent de la rivière Ouareau et du fleuve Saint-Laurent» (p. 85). La narratrice se trouve donc dès le début de notre histoire entre la réalité représentée par la Ouareau et le Mythe représenté par le Saint-Laurent. Cette position de la demeure de la narratrice nous apprend donc qu'il lui est difficile de choisir entre Mythe et réalité, entre conte et roman: «On change d'idée souvent au confluent du Saint-Laurent et de la Ouareau» (p. 151). Du reste, Iode elle-même avait déclaré, dès le début de son histoire, qu'elle était attirée (intriguée) par le monde industriel. Il est logique en effet que la narratrice d'un roman éprouve d'emblée une telle curiosité, c'est-à-dire qu'elle soit attirée par la réalité:

> La rivière Ouareau, au loin, a l'air d'une bande de chrome.
> — Je me demande où commence la rivière Oua-reau, comment elle commence... Un jour, nous irons en excursion, voir. Ce sera notre premier voyage (p. 49).

Et maintenant, à Mancieulles, Iode est subtile-ment initiée par Faire Faire aux «splendeurs» du monde industriel. La «femme vêtue en policeman», qui représente le séduisant emblème de l'ère indus-trielle actuelle, apporte à Iode les biens de consomma-tion les plus disparates. Et, en lui disant que ces biens ont été repêchés dans la Ouareau — «Voilà ce que j'ai pêché pour toi dans la Ouareau» (p. 87) —, Faire Faire accorde à la rivière une valeur symbolique que nous avons déjà relevée: celle de l'activité industrielle (du Canada): «Faire Faire vide son sac sur ma paillasse. Le trésor fabuleux de la corne d'abondance est répandu. Je dois regarder: le spectacle contraint mes yeux, les violente» (p. 87).

Faire Faire, nouvelle déesse de l'abondance, image d'une société qui, fascinante par la richesse et la variété de ses produits, crée de nouveaux dieux et de nouveaux mythes, essaie ainsi de déplacer l'intérêt de la narratrice, de le transférer du Mythe du Savoir au mythe de l'Avoir qui caractérise la société industrielle. Mais l'acceptation, par Iode, de cette dégradation équivaudrait à adhérer à une réalité présente que la jeune fille continue désespérément d'opposer à la fable de son choix. Iode n'a pas oublié son projet d'une renaissance culturelle du Québec qui serait fondée à la fois sur la fantaisie et sur l'apport des autres cultures: «J'ai dessiné au crayon rouge, sur un mur de ma niche, un petit Brésil et un gros Nicaragua. De la même couleur, sur un autre mur, je trace un Mexique qui couvrira ce mur en entier. Je le constellerai de noms de villes imaginaires, au crayon vert» (p. 89).

Pour rester fidèle à son projet, pour demeurer intacte, non corrompue par le présent destructeur, Iode s'enferme dans un silence qui traduit sa volonté de ne pas s'abandonner au réel: «Je ne dis rien. Elle [Faire Faire] veut trop que je dise quelque chose. Nabuchodonosor 466! Au fond, Nabuchodonosor 466 a le sens de «ne rien donner» (p. 88).

Décidée à conquérir la narratrice, à se faire accepter et désirer par elle — société industrielle qui s'offre dans son image la plus splendide et la plus mythique de société de consommation —, Faire Faire souligne la connotation d'abondance qui est la sienne, en se présentant comme le symbole de la satiété physique et du bien-être que celle-ci apporte:

> — Il y a des beignets plein cette pochette. [...] Man-
> geons-en ensemble; cela scellera une sorte
> d'alliance.
> Elle me tend elle-même, comme un peuplier me
> tendrait ses rameaux. Elle me sourit, la bouche fen-
> due jusqu'où elle peut (p. 90).

Comme la société de consommation, la psychiatre de Mancieulles contribue à faire oublier l'esclavage du travail (à s'«évader» de Mancieulles[1]) et va
jusqu'à «consommer» les idées et les idéologies. C'est
ce qu'elle fait, par exemple, avec le refus qu'Iode
oppose à la réalité et à ses conditionnements. Ce
refus, qui a conduit la narratrice à s'ériger en souveraine de son propre monde imaginaire[2] — l'histoire
qu'elle narre — et qui est le seul à lui permettre de
tenter de changer le présent en époque de culture
Mythique, se transforme, dans la bouche de Faire
Faire, en éloge funèbre d'une enfance caractérisée par
les illusions débridées et dont l'existence serait
aujourd'hui impossible (p. 91-94), c'est-à-dire un
éloge commémorant un genre, le Mythe, qui ne peut
plus exister aujourd'hui.

S'évader de Mancieulles avec Faire Faire revient
donc à faire l'expérience de la société de consomma-
tion, de la réalité présente dans ses aspects les plus
fascinants et les plus mythiques. La narratrice entend
toutefois soumettre cette expérience à ses fins, en la
transformant en moyen d'exploration de son propre
univers imaginaire, en instrument de réaffirmation du
royaume utopique et fabuleux du Mythe: «Quel jour

---

1. «Le bruit court qu'elle aide les prisonnières qu'elle aime à s'évader»
(p. 88).
2. «Je me suis érigée en république autocratique. Je ne reconnais à personne le droit de me faire la loi, de me taxer, de m'assigner à un pays et
de m'interdire les autres [...] Ils ne m'auront pas. Je m'ai, je me garde»
(p. 91).

est-ce? Mon jour. Où suis-je? Dans la république auto-cratique de Cherchell. Sous quel règne suis-je? Mon règne» (p. 94). La narratrice essaie ainsi de transfor-mer ce voyage en plongeon imaginaire dans le loin-tain et mythique passé des Québécois: «L'aéroplane a explosé. Nous sommes tombées dans l'eau, à quel-ques brasses d'ici. Nous n'avons pas bougé d'ici» (p. 94). Cependant, ce Mythe est immédiatement ramené aux dimensions de la réalité, par la décou-verte de ce fait: la France est un point de croisement des racines d'un passé qu'elle a elle-même, dans son ambivalence, rendu ambigu; un lieu dont le Québec a tiré sa propre vie et d'où est venue sa condamnation à mort, sa «vente aux Anglais»: «Je suis au confluent du Guiers-Vif et du Guiers-Mort, en France. [...] Sur mes jambes nues, deux gros ruisseaux se joignent, se mêlent» (p. 94). Gui, mot appartenant au champ lexi-cal de la marine, est en fait une métonymie de *nef*, et renvoie à l'aventure, de sorte que «Guiers-Vif» et «Guiers-Mort» (Gui-hier-vif et Gui-hier-mort) signi-fient, respectivement, Aventure d'un passé vivant (de vie) et Aventure d'un passé mort (de mort).

Comme on le voit, le nouveau voyage — qui conduit au passé — correspond encore une fois, pour la narratrice, à un retour aux origines, à une explora-tion du Mythe des origines. Mais ce voyage à rebours, au cours duquel les deux «pèlerines» assu-rent essentiellement leur existence en travaillant la terre et en pratiquant une science médicale assez rudimentaire[1], est guidé par une Faire Faire décla-rant que sa propre lignée remonte à l'époque d'Henri VIII (p. 98 et 100), une Faire Faire escamo-teuse et illusionniste: «Elle a tout essayé pour me

---

1. «[...] nos sources de revenu sont principalement les vendanges et la pratique de la médecine» (p. 100).

conquérir, même la magie. Je l'ai laissée, sans rire et
sans applaudir, faire apparaître et faire disparaître
des valets de cœur et des dames de trèfle entre ses
doigts» (p. 98). Dès lors ce voyage n'est rien d'autre
qu'une évasion dans un monde pré-industriel, diri-
gée (accompagnée, conditionnée) par la société
industrielle elle-même, dans un ultime effort pour
gagner la très indépendante Iode. Car il s'agit bien
d'un effort visant à conquérir la sympathie de ceux
qui sont rebelles à la réalité, au présent: «Faire Faire
n'a pas l'air d'avoir les poches remplies d'itinéraires.
Que me veut-elle? Que veut quelqu'un de quelqu'un
d'autre? Elle veut que je l'aime, que je me donne à
elle. Il faudrait que je me laisse faire, que je lui
obéisse comme un animal savant, que je me laisse
mener naïvement (puérilement) par elle. Je ne suis
au service de personne» (p. 97). Ce retour en arrière,
à une époque où la terre accueillait et produisait
encore le Mythe, n'est pas authentique, car il renvoie
au faux mythe du primitivisme, l'un des nombreux
mythes produits par la société industrielle. Voilà
pourquoi il demeure, pour la narratrice, stérile et
dépourvu d'intérêt: «Nous avons tellement piétiné
en tous sens qu'il me semble reconnaître des villa-
ges, des files de peupliers d'Italie, des châteaux, des
collines, des granges. Il ne s'est rien passé d'intéres-
sant» (p. 99). Iode échappe ainsi, encore une fois, à
une alléchante tentative de séduction de la part de la
société industrielle.

Tous ses efforts pour conquérir définitivement Iode,
de n'importe quelle manière, s'étant révélés vains[1], Faire
Faire finit par se montrer telle qu'elle est, c'est-à-dire
comme une adulte personnifiant — il en est toujours

---

1. «[...] elle cherche une excuse pour me garder pour elle seule aussi
longtemps que possible» (p. 101).

ainsi dans les romans de Ducharme — aussi bien la réalité présente que son acceptation. Ce en quoi l'âge adulte s'oppose à l'enfance, symbole ducharmien de la volonté de renouveler et de rajeunir le monde et la vie:

> — Je suis fatiguée de jouer. La comédie est finie.
> [...] Elle se croise les jambes, à la façon d'une femme ordinaire. C'est la première fois que je la vois se croiser les jambes de cette façon. Elle s'allume une cigarette. Je ne l'ai jamais vue fumer (p. 102).

Faire Faire finit donc par admettre la vanité de ses efforts et le caractère feint de ses productions mythiques, comme en témoignent les propos qu'elle tient à Iode en attendant l'avion qui les ramènera au Canada: «Oublie tout ce que j'ai dit, tout ce que j'ai fait avec toi. Efface de ta vie la Faire Faire que tu as connue: elle n'a jamais existé. Je n'ai pas cessé de te mentir, de manquer de sincérité envers toi. D'ailleurs, je crois que tu n'as pas été dupe» (p. 103).

Le nouveau voyage aura été une initiation aux mythes d'une société industrielle qui tente en vain de faire croire (de se faire croire) qu'elle est une époque où le Mythe est encore possible: «Je voulais — dit Faire Faire — que tu me fasses croire que j'étais demeurée une enfant» (p. 103). Entrepris par la narratrice à l'enseigne de l'aventure, ce voyage aboutit à la prise de conscience de la pleine existence de la réalité où elle vient d'être introduite: «Cette fois, l'aéroplane n'explose pas...» (p. 103) Une réalité dans laquelle il n'y a de place pour aucune de ces illusions qui, elles, alimentent le conte de fées, et portent dans notre histoire, comme nous le savons, le nom d'Asie Azothe: «Je me demande ce que Asie Azothe fait en ce moment. [...] Faire Faire n'a pas voulu que nous l'emmenions» (p. 95).

Passage du rêve à la réalité, sortie de l'enfance et entrée dans la maturité, le «voyage en France» (p. 43) se montre dans les «notes» (p. 143) rédigées par la narratrice pendant son déroulement, comme prise de conscience de la nature illusoire du conte de fées. Dans ces notes, Iode exprime, en effet, sa volonté de désamorcer les apparences trompeuses, essentielles au conte, dont le propre est d'être le reflet fascinant d'un rêve impossible. Volonté à laquelle s'ajoute le dessein de substituer la réalité — tragique mais pourtant vraie — à la lueur inconsistante des illusions irréalisables, ce qui équivaut pour la narratrice à exprimer l'exigence de transformer son conte en roman, et le voyage mythique d'Iode en aventure humaine:

> — J'oublie les histoires où tout se résout pour le mieux. Je n'ai même pas le temps de les trouver banales. Par contre, les histoires tragiques, comme avec des acides, pénètrent dans mon cœur, s'y établissent, le réchauffent, le nourrissent. [...] Je regarde la brise disperser les mille miettes de la lune à toute la surface de la clayère. Pourquoi ces sortes de copeaux de bûches de phosphore que les vaguelettes de cette mare bercent ne sont-ils que les miroitements de quelque chose? Pourquoi ces reflets ne sont-ils pas sans lune? Là où il n'y a pas d'eau, il y a bien une lune sans reflets... [...] Je veux que Asie Azothe meure, qu'elle devienne absente de ses reflets, qu'elle devienne un effet qui n'a plus sa cause (p. 145).

Expérience du monde du travail, expérience du présent et de ses limites, le séjour à Mancieulles et le voyage avec Faire Faire constituent donc une initiation à la vie et au réel — premier mouvement vers la maturité — bientôt suivie de cet autre voyage conduisant à l'expérience humaine étrangère à tout conte de fées: «Il n'y a pas en Asie Azothe, comme en moi, des roues qui tournent dans le vide et qui sont faites pour s'engrener au sol des sentiers non battus. Qu'elles me font souffrir ces hélices que j'ai qui ne font pas avancer de bateaux! Je suis une locomotive enterrée vivante, un aéroplane en cage» (p. 119).

Si le retour de la narratrice au steamer est l'indice de son refus du réel, ainsi que de son désir de trouver encore refuge dans les illusions, il n'en est pas moins vrai qu'elle a déjà été atteinte par ce réel, et à un point tel que la composante merveilleuse de sa propre histoire se voit minée de l'intérieur. Il y a là un renversement de la perspective, dont la corruption progressive contamine l'intention d'accéder au Mythe et finit par conduire à l'acceptation de ses succédanés, c'est-à-dire des mythes de la société contemporaine. Et puisque «nul ne revient en arrière», quelque désir qu'il en ait, toute cette partie de l'histoire est marquée par une constante oscillation de la narratrice qui en vient à modifier son rapport au conte. Ce rapport qui, à l'origine, était privilégié et absolu, se transforme en étrange lien d'amour et de mort, de désir et de refus. Ainsi, le désir douloureux suscité par l'absence d'Asie Azothe[1] est immédiatement suivi d'un nouveau souhait de sa mort, souhait qui est le corollaire d'une nouvelle conscience de la fin inéluctable de l'enfance au contact de la réalité qui corrompt et corrode, de l'impossibilité pour le conte de survivre à travers le temps:

> J'ai envie, j'ai hâte que Asie Azothe meure. J'imagine son cadavre et je le trouve souhaitable [...]. J'ai l'intention qu'elle meure, mais ce n'est pas tant elle que mon intention vise que ce qui la fera mourir, que ce qui fait que tout meurt et qu'on reste là,

---

1. «Au pied de l'échelle, Van der Laine et Inachos m'attendent. Ils ne font que donner plus d'éclat à l'absence de Asie Azothe» (p. 103).

vide, fou d'impuissance. Elle me sera arrachée des mains, que je le veuille ou non. Elle mourra: je m'empresse de vouloir qu'elle meure. Ainsi, quand ce qui fait mourir (microbe ou usure) la tuera, me la tuera, je pourrai victorieusement m'écrier: «Je l'ai voulu!» (p. 104)

Le désir de voir mourir Asie Azothe confirme et explicite le désir, jusqu'alors confus, de sortir de l'enfance et d'abandonner le conte, puisque celui-ci ne pourra qu'être anéanti par une réalité sur laquelle il n'a aucun pouvoir. Sortir de l'enfance pour faire enfin l'expérience de la vie, de la réalité, et l'affronter sans aucune espèce d'illusion: «Tenir, seule, avec rien. J'ai hâte que Asie Azothe meure pour être seule» (p. 105).

La nature héroïque du projet d'Iode découle de ce que la fillette, bien que privée de la secourable défense de l'espoir, affronte une réalité crue, amère, insensible. Cependant, à la réalisation immédiate de ce projet s'opposent la mémoire du passé, la nostalgie de l'enfance et de ses illusions, le désir d'être encore possédée par elle:

Je parcours, en m'attardant, l'ancien lé. [...] Je regarde le soleil face à face, sans cligner des yeux. Je regarde et écoute les fantômes dont la cour de récréation est pleine courir et se battre comme des fous. [...] Je suis heureuse. J'attends mon petit bout de chou d'amie et cette attente est si fertile qu'elle m'a rendue comme enceinte, que je me sens déjà lourde des fruits plus doux que des vertiges que porteront tout à coup, quand mon regard s'emplira à déborder de son petit visage, ces branches d'âme où l'impatience fait fourmiller des fleurs plus aigres que des cris. Mon être espère avec une telle force qu'elle semble habiter et envelopper tout ce que je vois, tout ce qui me touche (p. 105-106).

Retrouver Asie Azothe signifie ainsi, pour Iode, perdre conscience de la misérable réalité du présent, accepter l'illusion et se laisser absorber entièrement par elle: «Je suis avec Asie Azothe. Je ne suis pas dans le steamer: je suis dans ce que Asie Azothe répand. Le soleil répand de la lumière. Asie Azothe répand elle-même, et, comme la lumière du soleil, cela emplit le ciel, baigne tout, entre par ma bouche, mes yeux, toute ma peau. Être avec elle, c'est être dans quelque chose» (p. 109). Retrouver Asie Azothe signifie également feindre que l'initiation au monde du faire ait été un voyage dans le merveilleux, où des huîtres lancées dans les airs peuvent rester dans le ciel (p. 109-110), où il est possible de vivre d'étranges aventures avec des cow-boys, et où des troupeaux de chevaux galopent sous la terre en la faisant ondoyer et en berçant ainsi ceux qui dorment (p. 110-111).

L'expérience de la réalité n'a donc pas enlevé à la narratrice la capacité de percevoir la beauté du conte et d'en subir la fascination: «Certaines nuits, les stalactites qui hérissent la voûte céleste sont restées, à cause de l'intensité du jour, imprégnées de tant de lumière que, la dégageant doucement, elles rendent les ténèbres comme transparentes. Il fait noir comme une poire depuis des heures et les yeux de Asie Azothe continuent de refléter l'éclat du soleil» (p. 111). Mais cette expérience l'a tout de même portée à accepter le fait que le conte est une fiction littéraire, de sorte qu'Iode est désormais privée de la faculté de croire possible l'impossible, réel l'irréel, vrai ce qui a été imaginé: «Rien de tout cela n'est arrivé, Asie Azothe: je te mens effrontément; je te raconte des blagues terribles; je fais ma petite Victor Hugo» (p. 111).

La prise de conscience de la réalité et la conséquente acceptation de cette dernière, implicite dans l'affirmation d'Iode que l'on vient de citer, ne peuvent être partagées par Asie Azothe. Celle-ci, n'ayant pas vécu l'expérience avec Faire Faire, a, par conséquent, conservé intacte l'intégrité de l'enfance. Non corrompue et incorruptible, Asie Azothe est à même de défendre le conte, et donc de se défendre elle-même, avec acharnement, justement en fonction de la nécessité de se leurrer que la désolation de la réalité fait naître chez l'homme:

> Elle se lève. Elle s'enflamme. Elle est dans tous ses états.
> — [...] J'ai cru tout ce que tu m'as raconté, Iode Ssouvie. Sache que pour moi il suffit que tu racontes ceci pour que le contraire soit moins vrai [...]. Il n'y a que ce que tu inventes, que ce que tu crées. Le reste, ils sont des milliards à se l'arracher, à le violer tout à tour [...]. Ici, pour ne pas manger de ce qui a été empoisonné, il faut créer à mesure ce qu'on mange. L'air et l'eau, ce qu'on appelle le réel, le vrai, sont viciés, sont pleins de fumée d'automobiles et de cigarettes, de jus de baignoires et de chaises percées. Il reste le faux: regarder un chou et s'imaginer que lorsqu'il sera mûr chacune de ses feuilles s'arrachera toute seule et se mettra à voler, à chanter, à être un chardonneret (p. 111-112).

Iode, en revanche, va désormais tenter inutilement de se convaincre qu'elle peut accepter l'avenir tout en conservant ses rêves et en les intégrant à sa propre expérience: «Quand, fille, nous parlerons-nous par anastomose? [...] Sous mes pieds, j'en suis sûre, des racines poussent qui rejoindront bientôt celles qui, j'en suis sûre, poussent sous les tiens, et s'y grefferont» (p. 116). En effet, l'expérience implique l'annulation des rêves, la disparition de toute illusion, de sorte qu'il est maintenant vain d'invoquer le conte (le retour à l'enfance), avec son monde exubérant et riche en «miracles»: «Dans l'attente de l'arrivée miraculeuse de Asie Azothe, rien ne se passe, rien n'arrive, rien ne tombe par tonnes, rien ne jaillit par milliers. [...] N'en pouvant plus, je t'appelle, je crie ton nom. Mon corps et mon âme se tendent vers toi comme la frégate qui vient de déployer ses voiles s'offre au vent. C'est inutile: je reste immobile, âcre et tiède» (p. 116). Le départ d'Iode du steamer, son expérience du réel font ainsi figure d'éloignement et d'affaiblissement de ses idéaux. À son retour, ces idéaux, privés du soutien de la foi dans l'impossible, s'évanouissent. Ils perdent leur dimension héroïque, se voient réduits à leurs succédanés, aux mythes de la société actuelle. À ce propos, le départ d'Ina est éloquent, car sa disparition du steamer condense et anticipe la disparition du rêve d'un renouvellement culturel du pays à portée Mythique. Le Mythe qu'Ina représente avait en fait été appelé à la vie par le temps, par l'Histoire, et réintroduit dans le monde grâce à ce qui pouvait encore apparaître à la narratrice comme une renaissance enthousiasmante: «Je comprends pourquoi elle a fiché le camp [...]. Elle se réveille: elle a entendu le printemps sonner son arrivée [...]. Son sang répond trop fort à cela: elle n'a pas le temps de faire la moindre valise. Elle se frotte un peu les yeux, se met la robe la plus légère, sort» (p. 103-104). Mais, en fait, il apparaîtra que le voyage d'Ina à travers le monde correspond à l'appropriation, de la part du présent, du Mythe, ainsi réduit à la condition de mythe d'aujourd'hui.

Que la narratrice soit responsable, dans notre histoire, d'une telle transformation, à cause de sa nouvelle conscience de l'idéal comme pure illusion inconciliable avec la réalité, c'est elle-même qui le signale en détruisant, dans la chambre d'Ina, la «mosaïque dont le motif, une reine-marguerite, est constitué d'azulejos» (p. 113). La destruction de cette mosaïque «constellée de cabochons rouges et verts gros comme le poing» qui, lorsque «la fenêtre est ouverte, [...] relance la lumière par faisceaux plus éblouissants que le globe même du soleil» (p. 113), équivaut à l'élimination de ces reflets éblouissants, seul moyen de se soustraire au charme de tout ce qui, étant idéal, non-réalité, ne brille pas de lumière propre, mais, selon le point de vue de la narratrice à ce moment de l'histoire, se couvre, avec notre complicité, de splendeurs fallacieuses, par l'illusoire apparence desquelles nous nous laissons attirer:

> Nous entrons, ouvrons la fenêtre et passons des heures à ne rien faire que contempler la reine-marguerite. [...] Soudain, je décide que [...] [j]'en ai assez du charme tout-puissant que ce pan de beauté exerce sur moi [...]. J'en ai assez de me laisser prendre par la fascination comme une alouette, un papillon. Et en cela la seule façon de vaincre est de détruire. [...]
> [...] Asie Azothe me supplie d'épargner ces rubis et ces opales gros et ronds comme des balles de tennis. Je lui réponds que non, qu'il ne faut pas avoir peur de morceaux de pierre (p. 113-114).

La destruction de la mosaïque est, pour Iode, une tentative d'«initier» Asie Azothe à l'expérience du monde et à l'acceptation d'une réalité que ce dernier personnage, symbole du conte de fées et de l'enfance, ne peut que détester en tant que présupposé de sa propre élimination: «Asie Azothe m'aide, par fidélité, bouleversée, reniflant, craignant toutes sortes de maléfices» (p. 113). Cette destruction — métaphore de la destruction du Mythe — est un nouvel indice de la mutation qui s'est opérée chez la narratrice à la suite de son expérience du monde, expérience qui a rendu évidente pour elle la façon dont les illusions font obstacle à la maturité de l'homme, à son «voyage» vers et dans la réalité: «J'aime Asie Azothe. Qu'est-ce? Souvent je la hais comme j'ai haï la reine-marguerite de Ina. Elle me trouble: c'est mal. [...] Aimer quelqu'un, c'est être planté là à ne rien faire. Si Asie Azothe mourait, je ne resterais pas plantée là. Tue-la!» (p. 120)

Le réveil d'Ina à la vie, tel que la narratrice l'avait imaginé, apparaît ainsi illusoire: il ne fait que réinstaller dans le présent un Mythe des dieux se réalisant sous le signe du temps, et en cela il finit par corroder le Mythe lui-même. Et le voyage d'Ina est précisément la métaphore de l'impossibilité, pour le Mythe, de vivre aujourd'hui:

> — [...] Venez escorter pour la traversée de ces heures où le dégoût assiège la femme aux hanches brisées et à la tête entièrement émiettée. J'ai tellement marché, pédalé et fait d'auto-stop que tout à coup l'ouest est devenu l'est et l'est l'ouest. Quand je me suis aperçue que j'avais épuisé tout l'ouest qui se trouvait du côté ouest au moment de mon départ, le jour se levait. C'était l'aurore: tout était encore à recommencer. C'était l'aurore et j'étais debout sur le quai d'où j'étais partie pour ne pas revenir. Je n'avais plus le choix. Une automobile s'avançait à vive allure. Je me suis jetée dessus (p. 124).

Cet échec devient soudainement clair pour la narratrice elle-même, après ce «Fiat lux!» (p. 123) qu'est l'éclairage «de l'intérieur des murs» (p. 123) d'une chambre de la maison de Michel Lange, où quatre cartes à jouer gigantesques, un roi, une reine, un valet et le huit de carreau, occupent chacune un mur entier. Leur éclairage de l'intérieur figure ainsi l'éclairage de l'écran cinématographique, l'agrandissement anormal et l'élévation au rang de divinité de ce qui y est projeté. Cette chambre, métaphore — éclairante et éclairée — du cinéma, de ses mythes et de ses vedettes mythiques, désigne la demeure de Michel Lange comme «maison cinématographique», comme figure de l'industrie du cinéma. Parallèlement, le fait qu'Ina s'y trouve, blessée, en piteux état et soignée par Michel Lange lui-même, signale la dégradation du Mythe des dieux. Celui-ci devient «mythe des vedettes», un mythe dont la naissance et le développement sont l'œuvre de l'industrie cinématographique.

Bien qu'elle ait acquis la conscience du caractère illusoire de ses rêves et de ses idéaux, la narratrice tente encore, mais en vain, de raviver sa foi. Elle le fait en allant plusieurs fois sur cette île qui, lieu réel de son enfance, est le symbole par excellence du passé, du Mythe qu'elle entend faire revivre (p. 120-121, 125-126). Cette île est donc l'«alma mater» (p. 125) d'Iode, qui y a puisé jusqu'à maintenant ses idéaux de reconstruction du présent, ainsi que d'Asie Azothe. Mais l'expérience de la réalité a eu raison des illusions, et la narratrice ne peut plus accéder à l'essence du Mythe. C'est ce que suggèrent les nombreuses clôtures dont elle parle pour la première et unique fois lorsqu'il est question de sa dernière visite à l'île, visite qui fait suite à la découverte d'Ina chez Michel Lange: les deux enfants ne réussiront jamais à franchir ces clôtures (p. 125).

Un à un, tous les projets d'Iode visant à reconstruire dans le présent un nouveau Mythe des origines, à faire renaître la culture présente sur la base du Mythe, s'étriquent et s'effritent. Ces projets perdent alors leur portée merveilleuse ainsi que leur ancienne capacité de renvoyer aux grands Mythes du passé. Ils deviennent des symboles du présent, de la réalité immédiate. Rendus irréalisables par l'expérience du présent, ils se réduisent à de «beaux rêves ensevelis parce que devenus gênants» comme le rêve «au sujet du littoral de l'Atlantique» (p. 117). Ayant perdu ses attributs d'immatérialité et de beauté, ce littoral se transforme en lieu d'une réalité ardue à laquelle seuls peuvent avoir accès des hommes forts, des hommes durs, non plus des héros, mais des personnages de roman: «Les sports, comme les fessées, endurcissent. Plus nous serons durs, mieux ce sera. Sur le littoral, des milliers d'insectes nous piqueront; mais nous serons si durs que cela ne nous affectera pas» (p. 127). Inachos et Asie Azothe se refuseront donc à faire cette expérience.

Un tel processus de dégradation affecte aussi, bien évidemment, Inachos et sa piste d'entraînement, dont la valeur symbolique initiale est claire: l'imaginaire collectif «s'entraîne» à la vie, pour collaborer aux mythiques aventures d'Iode, produire à nouveau le Mythe et à travers lui faire revivre la culture morte. Or cette piste devient par la suite une piste tout court, un lieu d'exercice purement physique, et donc l'espace d'une entreprise matérielle et non plus spirituelle. En effet, la piste se peuplera de bêtes repoussantes, et s'abaissera de plus en plus au-dessous du niveau de la mer, sous l'infatigable course du garçon: «La piste d'entraînement forme tranchée autour du steamer. Quand il a plu, de la boue s'y forme dans laquelle des crapauds se créent et des vers roses nagent[1]» (p. 120).

Après le départ d'Ina, en effet, c'est Van der Laine qui a pris le commandement du bateau et qui exerce son pouvoir sur Inachos. L'histoire nous raconte ainsi, métaphoriquement, la tentative de remettre l'imaginaire collectif sur les rails de la

---

1. Pour d'autres références à l'affaissement de la piste d'Inachos, voir p. 109 et 127.

tradition. Van der Laine, en effet, sépare Inachos de
Michel Lange (p. 104), et envoie le jeune garçon à
l'école: or, nous avons déjà vu que l'école; a pour
fonction de niveler les esprits en les mettant au diapa-
son de la culture dominante. Logiquement, l'imaginaire collectif retombe dans son apathie: «Après le
congédiement de Lange, Van der Laine l'a envoyé à
l'école. Il y perdait son temps selon lui. Il se moquait
de savoir à peine lire et écrire» (p. 118). Inachos cesse
alors d'être le symbole d'un imaginaire aux potentiali-
tés Mythiques, aux dimensions mythiques et se réduit
à n'être qu'un imaginaire centré sur ces mythes du
présent qui, au lieu de stimuler l'homme à devenir
Héros, développent en lui ses aspects les plus bru-
taux. Et cela est raconté dans notre histoire à travers le
mythe du sport qui a subjugué Inachos, un sport
entendu justement dans son sens le plus aberrant
d'«épreuve», qui force les hommes à se changer en
animaux de compétition afin de remporter la victoire:

> — Un jour, aux Jeux Olympiques, je représenterai le
> Canada. Et le Canada gagnera les trois éléphants en
> or accordés au pays qui a nourri le plus rapide cou-
> reur de fond.
> [...] De petit matin à grande nuit, il court ou se
> repose d'avoir couru. Les vaches passent leur temps
> à ruminer et se reposer d'avoir ruminé (p. 117-118).

Quant à la narratrice, elle cherche en vain à se
faire suivre sur le chemin du réel par ses rêves
d'autrefois. C'est inutilement, en effet, qu'elle tente de
transformer Asie Azothe à son image et ressemblance:
«Je la [Asie Azothe] mords et la griffe au sang pour
qu'elle me morde et me griffe au sang. Trop petite
tête, elle ne comprend pas» (p. 130). Une telle incapa-
cité de comprendre, indice de la nécessaire immuabi-

lité du conte qui s'oppose au devenir de l'homme, rend Iode consciente de la fin d'un âge et du fait qu'elle est arrivée au terme de l'enfance: «La bataille est finie. Toute chose finit par finir. [...] Nous étions: c'est fini; maintenant: nous sommes. Nous sommes tout le temps; mais nous ne sommes pas longtemps. Nous ne sommes que le temps de le dire; on dit: «Je suis» et déjà ce qu'on a été qui a dit «Je suis» n'est plus» (p. 130).

Asie Azothe, en effet, abandonnera la narratrice sans grand regret[1], pour s'unir à ceux qui conservent encore des illusions non corrodées par le temps, comme l'explique le cauchemar révélateur d'Iode: «Les enfants d'une colonie de vacances, qui étaient gais, qui étaient joyeux, se sont mis à défiler, et elle est partie avec eux» (p. 149).

Une fois Asie Azothe réfugiée dans l'enfance, c'est en vain que la narratrice essayera de se l'approprier à nouveau pour en faire sa camarade dans sa nouvelle entreprise cognitive: l'exploration du réel. Il convient de rappeler ici le changement de mots dans la chansonnette chantée par Asie Azothe au moment où elle «charme» la narratrice sur le chemin de halage, chansonnette que, peu après, elle apprendra à ses deux camarades d'aventure sur la route qui doit la conduire à l'Océan: «Il était un petit satyre, il était un petit satyre, qui menait Lili sous les peupliers, qui battait Gigi à grands coups de pied...» (p. 16). Ce changement de mots provoque un détournement de sens qui réaffirme le lien maintenu par Asie Azothe avec l'enfance (les illusions) et sa conséquente impossibilité d'adhérer au voyage du «petit

---

1. «Asie Azothe arrive en courant et me dit qu'ils veulent l'envoyer dans un camp de vacances. [...] Elle pleure mais elle n'ose pas se révolter vraiment. Elle essaie de me faire croire qu'il n'y a rien à faire» (p. 131).

navire», voyage d'Iode, de l'homme, voyage qui suppose la mort de l'enfance dans l'accession à l'âge adulte, la perte des illusions dans l'expérience de la réalité.

Après avoir essayé à maintes reprises, mais en vain, d'éloigner la narratrice de la réalité (p. 184), Asie Azothe, fidèle compagne, la suivra jusqu'à l'Océan. Mais sa «figure» disparaît, vaincue par celles de Faire Faire et d'Ina, par la réalité et par ses mythes.

6. Le principe de réalité

L'évanouissement des rêves, le lent éloignement de l'âge des illusions représentés dans l'histoire par le départ d'Asie Azothe pour le camp de vacances (p. 131) et par la vente des gaurs — qui prive désormais l'île-du-passé du symbole du Mythe — enlèvent à la narratrice la possibilité de puiser dans ces rêves et ces illusions des éléments aptes à faire du temps actuel une nouvelle ère du Mythe: «Je n'appartiens plus au pacage. Les gaurs, en le quittant, l'ont vidé, comme en la buvant on vide une bouteille, comme, en quittant le manoir, Asie Azothe l'a vidé» (p. 133). L'éloignement des uns et de l'autre marque la perte chez la narratrice de son projet de conte et de son espoir de restituer au présent la dimension du Mythe du passé. Privée du rêve, privée d'idéaux auxquels se consacrer, seule avec la réalité à laquelle pourtant elle s'oppose encore, la narratrice transforme son imagination, qui, au lieu de servir à renouveler le présent, devient un moyen pour le détruire. Un indice de cette métamorphose est le jeu par lequel la narratrice retire toute valeur sémantique aux signifiants linguistiques[1]. Ce jeu, en effet, vise à voiler, à rendre insaisissable aux autres, à la Milliarde, à la société, l'absence de créativité de la narratrice, sa carence de rêves, dont sa «solitude» est une métaphore. Ce jeu, en même temps, permet à Iode de continuer de s'opposer à la société en toute lucidité, sans illusion:

> Un grand bateau blanc passe. Pour ne pas sentir que je vois la même chose qu'eux, j'écris dans ma tête «Un grand sabot blanc passe». Je sens qu'il faut que je veuille ma solitude, qu'il faut que je l'étreigne comme si je l'avais longtemps convoitée et qu'elle venait de m'être donnée. [...] Afin que ceux qui m'entendent ne me comprennent pas, je lance de toute ma force des phrases sans sens (p. 135).

Au demeurant, cette carence d'inspiration est soulignée par les promenades d'Iode à travers le chemin de halage maintenant désert, potentialité narrative jadis résolue dans le conte, mais dont l'orientation, à présent, est à nouveau incertaine pour la jeune fille, tournée vers la connaissance du réel et non plus vers sa re-création: «J'erre jusqu'à minuit le long de l'ancien chemin de halage. Je fais, depuis deux heures, dans des ténèbres d'avant orage, semblant d'aller à l'école et d'en revenir. Je me sens triste et ma tristesse, comme s'il s'agissait de celle de Musset, m'intéresse, m'enflamme» (p. 142).

Mais le départ d'Asie Azothe pour le camp de vacances ne signifie pas seulement la perte, pour la narratrice, du soutien que le conte de fées (les illusions) lui procurait dans son effort pour revivifier le présent. Ce départ suppose également un transfert aux mythes du présent des valences du conte dont

1. Pour le jeu sur les signifiants, voir surtout le chapitre LX, p. 134-136.

Asie Azothe était porteuse, un don de soi à ces mythes, ce qui constitue une «trahison», un abandon du Mythe du passé, qu'il s'agisse de l'enfance individuelle, ou bien des origines du pays, ou de celle de l'humanité: «Les lettres de Asie Azothe ne me donnent qu'une idée, de plus en plus pressante: aller la chercher. [...] Je n'aime pas qu'on se donne comme Asie Azothe le fait dans chacune de ses lettres. Garde-toi! Ne te jette dans les bras de personne! Ne *le* dis pas: garde-*le* pour toi! [...] Ne te jette pas: tu es tout ce que tu as! Ne dis rien à personne: nous sommes tout ce que j'ai! [...] Ne joue pas avec eux[1]!» (p. 138-139)

Iode, on s'en souvient, s'était associé Asie Azothe par l'institution du nom de Cherchell, qui sanctionnait l'union du conte et du Mythe. Dès lors, Asie Azothe portait en elle le signe d'un passé renvoyant à l'enfance individuelle et aux origines du pays et de l'humanité. Mais en se donnant aux autres, elle brise l'ancienne unité, elle substitue à l'intégrité, à l'incorruptibilité d'un tel passé, la corruptibilité du présent dans la pluralité de ses mythes aléatoires. «Dire» («se dire») aux autres, équivaut en fait à accepter la réalité, comme l'avait signalé Iode en se refusant à répondre à la maîtresse. De sorte que l'activité parolière d'Asie Azothe, même si, par ailleurs, cette dernière voile de son silence le refus que la narratrice oppose au réel, est déjà le signe du fait qu'elle s'éloigne à son insu des idéaux d'Iode. Celle-ci, au contraire, en est pleinement consciente: «Je ne peux m'empêcher de leur parler de notre amitié. Rassure-toi: je ne leur dis pas ton nom. Je leur parle d'une sœur que j'aurais...», écrit la naïve Asie Azothe, provoquant, par cet «élargissement» d'objet, la colère d'Iode: «Ferme ta gueule, raton laveur! Nabuchodonosor 466!» (p. 139)

---

1. C'est nous qui soulignons.

Ainsi la narratrice a été abandonnée par ce conte qu'elle avait fait sien dans la version de Mythe et qui, de se donner aux mythes contemporains, s'est soustrait à une telle unité de possession et de destination: «Elle était vide: je pouvais circuler en elle comme dans un champ. Maintenant, il y a foule!» (p. 149) Asie Azothe s'est dispersée dans le monde des objets, dans des myriades de rêves liés au présent: «Elle m'a échappé et s'est épanouie en branle-bas, en tempête, en orchestre de cent musiciens. La mouche au bois dormant s'est muée en ruée vers l'or, en course d'automobiles» (p. 150).

Loin d'Asie Azothe, Iode est maintenant sollicitée par le mythe de la société industrielle, appâtée par l'idée de faire l'expérience de la vie, comme l'indique le nouveau contact qu'elle a avec Faire Faire[1], quoique encore rebelle au «massacre» des idéaux impliqué par la croissance[2]. C'est pourquoi Iode se débat à présent entre le regret d'une enfance et d'illusions qui ne sont plus et ne pourront plus être[3], et le désir — mêlé à la peur — d'entreprendre l'aventure de la connaissance à travers cette expérience personnelle à laquelle le récit donne le nom significatif de «voyage»: «Je me reproche amèrement (et ma voix en cela s'accorde avec celles de la nature) d'être encore ici» (p. 148).

La narratrice est consciente d'être l'héritière d'une culture qui avait fait de la quête de la connaissance,

---

1. «Faire Faire (que j'ai revue avant-hier) [...]» (p. 134).
2. «Hurle! Hurle comme une furle! [...] Hurle comme un gaur dans un abattoir! [...] Brise! Brise comme une trise! Brise où ils t'engraisseront, t'égorgeront, te vendront et te serviront avec des petits morceaux de champignons» (p. 141-142).
3. «Où te reprendre dans tout le ciel? — se demande Iode en pensant à Asie Azothe — Comment t'arracher à tout cet inconnu [...]? [...] Je te vois revenir avec tes gros sabots. Tu n'auras plus assez de moi. Tu te sentiras à l'étroit dans un seul regard, entre deux mains» (p. 150).

du «savoir», le fondement de son être[1]. Elle n'ignore pas que cette même culture a néanmoins souvent ignoré ce premier dessein: si la baie près de laquelle habitait Van der Laine était pleine de voiliers, nombre de ces derniers gisaient sens dessus dessous, le mât enfoncé dans la terre, et Van der Laine jouait avec d'autres enfants à se cacher dessous (p. 148). Iode sait en outre que son propre immobilisme, le fait qu'elle n'entreprend pas le voyage, implique ce repli sur soi qui constitue la mort intellectuelle, aussi bien pour l'individu que pour une culture. Toutefois, le monde des illusions s'étant écroulé, Iode craint la nouvelle aventure et préfère feindre d'ignorer sa tâche, comme l'indique le fait que, pour «apaiser [sa] conscience» (p. 151), elle cache sous son matelas le minahuet, «planche percée, usée comme un visage d'octogénaire» (p. 148), symbole de l'aventure humaine, qui corrode et consume celui qui l'entreprend.

La description d'un cauchemar de la narratrice vient souligner et éclaircir l'impasse où elle se trouve. Le scénario de ce cauchemar est une sorte de procès intenté contre elle par Ina — le Mythe, le modèle de la renaissance culturelle et, par conséquent, espèce de sur-moi de la narratrice: «Dans mon cauchemar, j'étais assise dans un trône très profond. «La cour du Banc de la Reine!» a annoncé l'huissier à verge noire» (p. 148). Ina accuse Iode d'un manque de joie dans lequel il est possible de lire la perte de la condition enfantine, autrement dit la disparition de ses idéaux premiers: «Tu n'es pas gaie! Tu n'es pas joyeuse! Tu es triste! Et ta tristesse, tu la fais porter par tous! Et ta tristesse s'est introduite dans le sang de chacun pour rendre ses os plus mous que bave! V.S.A.! V.S.A.!» (p. 148-149).

---

1. «Le père de Van der Laine était armateur» (p. 148).

Il est possible de lire aussi, dans ces paroles, d'autres griefs: d'une part, Iode se montre satisfaite, ce qui est l'indice de l'acceptation de la réalité: V.S.A. — A sous V — *Assouvie*; d'autre part, et par voie de conséquence, elle ne songe plus à son projet de donner au présent culturel du pays une dimension Mythique. «Procès» contre la narratrice, ce cauchemar constitue le bilan des parcours idéaux qu'elle a entrepris pour atteindre la renaissance culturelle, et qui ont échoué sur tous les fronts. Elle avait d'abord poussé l'imaginaire collectif vers un nouveau Mythe des origines afin qu'il contribue à la création d'une culture radicalement rénovatrice et ouverte — une culture à la mesure du Mythe —, puis elle l'avait abandonné aux mythes du présent: cet imaginaire collectif se retourne maintenant avec haine et sarcasme contre la narratrice, contre celle qui, après l'avoir poussé vers des fins idéales, a fini par s'assujettir elle-même au réel[1]. Elle avait ensuite tenté d'associer le merveilleux à son entreprise: mais le conte de fées, redoutant le voyage vers la connaissance et l'âge adulte que cette entreprise implique, l'a abandonnée, pour chercher refuge dans l'enfance à laquelle il appartient: «Soudain encore, je me suis trouvée face à face avec Asie Azothe. Je lui ai demandé de partir avec moi. Terriblement, elle m'a répondu non. Les enfants d'une colonie de vacances, qui étaient gais, qui étaient joyeux, se sont mis à défiler, et elle est partie avec eux» (p. 149). Le rêve d'une conjonction entre le conte et la réalité se révèle alors impossible: «Soudain encore, je me suis trouvée sous la lune, avec des écornures de lune plein

---

1. «Soudain, Inachos a surgi. Il fouillait partout dans ma chambre pour trouver des raisons de me haïr. [...] Il a brisé la serrure d'un livre: sur chaque page, multicolores, les lettres V, S et A, par milliers, se côtoyaient» (p. 149).

les mains. Je les attrapais brûlantes avant qu'elles ne tombent dans le chenal, et les enfants de l'école riaient. Ils riaient parce que mes cailloux de lune se changeaient en larmes dans mes poches ce qui faisait que je serais punie» (p. 149).

Iode veut sortir de l'immobilisme, échapper à cette mort lente qu'entraînent le repli sur soi, le confinement dans le connu — dans sa propre culture — ainsi que le fait de s'arrêter, de renoncer à l'aventure: «LES YEUX ONT FAIM FOLLEMENT SANS CESSE», affirme Iode, à l'aide d'une très heureuse métaphore. Et elle ajoute: «QUAND ILS NE TROUVENT RIEN DE BON À MANGER DEHORS, ILS SE TOURNENT VERS L'INTÉRIEUR ET SE METTENT À MANGER L'ÂME[1]» (p. 156). C'est pourquoi il lui faut vérifier personnellement si le Mythe peut ou non trouver une correspondance dans la réalité, et pour cela il faut partir, tenter l'aventure, entreprendre le voyage, souhaité et redouté, vers la connaissance, en espérant que la réalité sera telle qu'elle est rêvée:

> Si au moins les lynx que je vois fondre comme des glaces au soleil étaient dans cette chambre, n'étaient pas imaginaires, étaient du bon côté de mes yeux! Il faut que je fasse ma valise, me lève et marche jusqu'à ces parages où les pumas pullulent, les chats-pards foisonnent, les lions jaillissent, où de chacun des arbres sous lesquels on passe tombent mille écureuils amicaux, où il suffit de gratter le sol du bout des ongles pour en faire sourdre des tas d'autruches amicales! (p. 156)

Consciente de la nécessité de cette expérience, Iode va, à nouveau, secouer et réveiller Inachos qui, désormais séduit par les illusions du présent, tourné vers ses mythes, ne peut que craindre cette quête du

---

1. Majuscules dans le texte.

savoir. Ce qui astreint Iode à en travestir la signification mythique sous une apparence féerique:

> Je sens que tout est consommé! Je suis sûre qu'enfin
> je pars! Mais Inachos n'éprouve rien de tout cela. Je
> sens qu'il faut que je ruse. Le Japon et l'Uruguay
> l'ont effrayé. [...]
> — Ce n'est pas Yokohama et Montevideo que je
> voulais dire, mais Saint-Anségise, là où Asie Azo-
> the a été emprisonnée et crie: «Au secours!»
> (p. 157)

Mais le détournement de but est l'indice d'un
détournement de sens. Aller au secours d'Asie Azothe équivaut en effet à avoir encore une fois recours
au rêve, à l'illusion, de sorte que l'idée de faire le
voyage avec elle signifie se donner la possibilité de
continuer à se tromper sur le réel, à s'en évader chaque fois qu'il est insatisfaisant. Se rendre à Saint-
Anségise signifie donc adopter des mesures de prudence face au réel, comme l'impose un panonceau de
la route qui conduit à ce village: «ST. ANSÉGISE — 3 MILES
— LA PRUDENCE EST LA SŒUR DE LA SÛRETÉ[1]» (p. 163).

Le voyage d'Iode et d'Inachos commence ainsi
dans l'équivoque. Apparemment, ce voyage a pour
but la reconstitution de l'unité du savoir et donc la
refondation d'un Mythe des origines. En fait, il
devient une aventure individuelle, une expérience
personnelle de la vie impliquant la transformation des
illusions — les caravelles blanches du début, qui
accompagnaient la narratrice, en rêve, au cours de son
voyage le long du littoral — en cruelles désillusions.
La traversée conduit en effet le «voyageur» à un
accostage dérisoire à l'amère réalité: «Les trois navires
de Christophe Colomb étaient l'*Océan Tume*, le *la Mer*

---

1. Majuscules dans le texte.

Tume et le *Tumérillon*[1]!» (p. 160); Mille Milles aurait pu ajouter: vous entendez «rions» dans Tumérillon? Ce qui permet de trouver la clé des noms des navires, grâce à laquelle l'on peut lire, à rebours, la phrase: «Rions de l'amer océan.»

C'est seulement maintenant, alors qu'elle est en «marche» vers la maturité personnelle, que la narratrice comprend le caractère illusoire de son effort, l'impossibilité de réaliser le Mythe auquel elle aspire. Le voyage d'Iode est miné par la conscience de l'équivoque qui a présidé au départ: «Si Inachos est avec moi, ce n'est pas pour partir. [...] C'est parce qu'il est amoureux de Asie Azothe. Que de doutes, de malentendus et de menaces se cachent dans la chambre du départ!» (p. 158) En effet, ce voyage implique, dès le début, l'acceptation d'une compromission implicite avec les mythes de la société industrielle autrefois rejetés: Iode sait que le mythe n'est pas le Mythe, mais feint de croire qu'il l'est:

> Mes oreilles [...] retrouvent la voix de Faire Faire [...]: «Il faut rire! Le rire est le contraire de l'amour, de la foi et de l'espoir. Comme tu es sérieux, océan!» Regardant Inachos être amoureux de Asie Azothe, il me semble que je commence à saisir le sens de ces phrases. [...] Si, pour rire, je disais à Inachos qu'il est amoureux de Asie Azothe, il nierait, se fâcherait, deviendrait sérieux comme un océan (p. 160).

Le nouveau parcours d'Iode devient ainsi acquisition d'un aveuglement volontaire face à la destruction qu'opère le présent sur l'Idéal — renonciation progressive au Mythe — seul objectif initial de la narratrice, au profit des multiples mythes de notre

---

1. Les italiques sont dans le texte, mais c'est nous qui soulignons.

société, de faux buts, d'apparences fallacieuses sous lesquels l'homme travestit sa propre conscience de la douleur et de la misère de la réalité:

> De l'autre côté de cette route, un rideau de pins se dresse. [...] À mesure que nous avançons, le nombre des pins double, triple, décuple, et le rideau s'approfondit jusqu'à devenir une forêt couvrant toute cette moitié de la surface terrestre qui commence de l'autre côté de la route. Les bûcherons qui peuplent cette pinière ahanent si fort en cette fin de journée qu'à côté du concert de leurs ahans nous n'entendons pas leurs haches foudroyer les souches et les branches se rompre toutes ensemble lors des effondrements. Grave erreur! Grave erreur! (p. 160-161)

L'histoire raconte ce travestissement. Que tout cela implique une attitude de dérision par rapport au monde et à soi-même, voilà qui est confirmé par les rires amers dont Iode ponctue sa «progression»: «Et je me mets à rire comme une folle. [...] Et j'éclate de rire» (p. 161). Le «chemin» de la jeune fille est l'occasion de découvrir la réalité sous un jour nouveau[1] et il aboutit au désir des mythes du présent ainsi qu'à la pleine adhésion à ces derniers: «Chère grosse valétudinaire, écrirai-je bientôt à Faire Faire, qu'est-ce qui m'a pris de ne pas me laisser amadouer par toi?» (p. 162) L'aventure à laquelle Iode prêtait des dimensions héroïques, l'aventure de l'existence, se réduit maintenant à la réalité des petites difficultés quotidiennes où l'héroïque n'est qu'illusion: imaginer, par exemple, qu'un arbre est un animal aux aguets, qu'une luciole est une bête féroce: «Maintenant, nous marchons dans

---

1. «Bonjour, étranger!», «Bonjour, étrangère!» (p. 162) lance-t-elle aux nouveaux objets qu'elle rencontre sur ce chemin.

la nuit. Chaque arbre, pour peu que nous y fixions un instant notre attention, prend la forme d'un animal sur le point de bondir. Il y a terriblement de lucioles dans l'air et chacune est terrible. Tout à l'heure, l'une d'elles s'est allumée dans un de mes yeux! Je les ai, mes crocodiles et mes caïmans» (p. 163). Ou, encore, trébucher sur une racine et se sentir un héros parce qu'on n'en a pas fait un drame (p. 164) ou se laisser épouvanter au point d'être tenté de renoncer à l'entreprise: «Les voyages, c'est fini! J'ai hâte d'être revenue au steamer. Je serais une petite fille globe-trotter, mais je ne suis rien puisque je n'ai plus la force d'être partie pour ne plus revenir» (p. 164).

Le voyage prend ainsi une dimension mythique, mais seulement sur le plan de l'imagination. Il est vrai que la narratrice continue d'être soutenue et guidée par ses «voix[1]», qui lui rappellent la tâche qu'Ina lui a assignée, celle de redonner la vie au Mythe, pour donner une impulsion nouvelle et extraordinaire à la culture présente. Mais il n'en est pas moins vrai que ces voix, sans Asie Azothe, sans le réconfort de l'illusion, n'ont plus le pouvoir magique de lui faire croire que l'impossible est réalisable, ni que ce qui est illusoire est vrai. En effet, parvenue enfin en vue de la source tant désirée de la Ouareau, Iode trouve qu'elle ressemble à un tableau, et pas même à un tableau de maître, mais à une peinture sans valeur: «Le paysage qu'encadre la seule fenêtre et où figure la source de la Ouareau me fait penser à celui du tableau de Chintreuil qui gît parmi les moutons sous le lit de Van der

---

1. «Mes voix me disent de ne pas changer de robe: je la porterai jusqu'à la fin de mes jours si un pyromaniaque ne me la brûle pas» (p. 165), déclare Iode face aux regards dégoûtés avec lesquels examinent sa robe salie les «caporaux scouts de trente-cinq ou trente-six ans» (p. 165), représentants des adultes qui, dans la société, «encadrent» les petits jusqu'à la fin de l'enfance.

Laine» (p. 165). Par ce rapprochement la narratrice nous fait savoir que la source du fleuve, qui devrait normalement symboliser la vie, apparaît à ses yeux comme «fausse». Ce qui équivaut à dire que notre société industrielle n'est qu'une «fausse source de vie».

Du reste, Iode elle-même a dû se plier à la «fiction». Entre l'immobilité indécise à laquelle l'avait conduite l'échec de ses efforts pour conserver l'intégrité de l'enfance (réaliser l'Idéal) et la mobilité de la vie, qui implique la réalité, elle a dû choisir; entre le conte de fées, évasion illusoire, et la réalité, avec ses fausses apparences. En choisissant d'entreprendre quelque chose — le voyage —, elle a opté pour la réalité: «Entre faire quelque chose (mentir) et rester plantée là à ne rien faire (ne pas mentir), je choisis de faire quelque chose» (p. 167).

L'enlèvement d'Asie Azothe et la volontaire mise au ban de la société qui s'ensuit, et qui figure une réappropriation du conte, ne marquent en réalité qu'une illusoire reprise du conte, une dernière et vaine tentative de se soustraire à la réalité: «Le rapt de Asie Azothe m'a fait sortir de la Milliarde, m'a exilée. La Milliarde m'a vomie: je ne suis plus dans son ventre, je n'étouffe plus» (p. 168). Du reste, la narratrice elle-même, en nous signalant qu'elle vient, avec ses deux compagnons, de sortir de l'enfance, décrète le caractère illusoire de son aspiration Mythique: «Nous avons cessé d'être des enfants. Nous sommes des Uaikoakores maintenant» (p. 169). En fait, ne pas réussir à trouver les matières colorantes qui devraient donner aux enfants «l'air de vrais Uaikoakores» (p. 171) signifie qu'il est désormais impossible pour eux de devenir les Héros de leur Mythe des origines. Celui-ci n'est plus, en effet, qu'un souvenir lointain, inaccessible: «Sous mes bras, le bois cède, mollit, se meut peu à

peu en chairs épaisses, tendres et chaudes, en ventre
de mère. Que fais-tu sur le mont Everest, espèce de
grosse valétudinaire?» (p. 172)

Le fait qu'Iode et Inachos apprennent la chanson
du «petit satyre» de même que la reprise du voyage
sous le signe du détournement du sens que, auparavant, Asie Azothe avait donné à cette chanson en
l'orientant vers le conte, montrent encore que le trajet
des trois enfants appartient à l'univers de l'illusion,
de la fable. Parallèlement, le fait qu'Iode mette les
entreprises d'Hercule et d'Étienne Brûlé sur le même
plan que celle de Faire Faire (p. 174) — indice, dans
son optique, de la dégradation du Mythe héroïque
au niveau du mythe industriel — confirme la corrosion de l'idéal initial et affirme l'impossibilité de sa
réalisation. Voilà pourquoi il n'y a rien d'étonnant
dans la rencontre fortuite avec Faire Faire qui, déclarant qu'elle a tout abandonné pour suivre les
enfants (p. 178 et suiv.) et s'unissant à eux, prend
place dans leur évasion comme image du mythe de la
société industrielle. De la sorte, elle tente de faire
accéder la société dont elle est un symbole au statut
de fable. Il n'y a donc chez Faire Faire, initiatrice à la
réalité industrielle et aux mythes du présent, qu'une
opposition apparente au désir de la narratrice de
retrouver celui qui est son contraire, Michel Lange,
l'initiateur des enfants au monde des voyages imaginaires, c'est-à-dire au monde des mythes actuels que
lui-même encourage et produit. Car la maison de
Michel Lange est un lieu de surprises continuelles —
songeons à la surprise-partie organisée par Ina —, un
lieu de découverte progressive du monde qui autrefois n'avait été que rêvé et qui maintenant est perçu,
compris dans sa réalité.

Espace domestique — où l'on apprivoise (on
assujettit) et guide l'imagination —, la maison de

Michel Lange (figure de l'industrie du cinéma) héberge Ina (ex-Mythe des dieux), ce qui équivaut à s'en emparer. Celle-ci a été transformée en mythe des vedettes, privée de sa divinité, rabaissée au rang des produits marchands, réduite à la condition d'objet érotique, de «dieu» sexe, de mythe du sexe:

> Son peignoir est entrouvert de telle sorte qu'on peut voir tout ce qu'une femme doit cacher.
> — Est-ce dans cette tenue qu'il faut que les reines reçoivent les commissionnaires, maman?
> — En Amérique, ma fille, les reines et les commissionnaires sont traités avec les mêmes égards. D'ailleurs, en Amérique, ceux qui «traitent» ont été commissionnaires ou sont fils de commissionnaires. [...] Quand le garçon de la pharmacie arrivera, envoyez-le dans ma chambre. Et dites-lui de ne pas avoir peur de me réveiller s'il me trouve endormie. L'amour!... (p. 182)

Usine de fabrication de mythes, la maison de Michel Lange (le cinéma) accueille et héberge tout ce qui est susceptible de devenir nouveau mythe. C'est ce qu'indique le fait que, dans cette séquence, s'y trouvent réunis tous les personnages principaux du roman, et d'autres encore, chargés de valeurs symboliques diverses. Cet ensemble de gens n'empêche pas Lange d'exhiber de manière impolie — par le truchement de films vulgaires — son dégoût à l'endroit d'une société qu'il a lui-même contribué à forger, sans avoir fait pourtant quoi que ce soit pour l'améliorer: «Lange, juché sur un escabeau, rote [...] à pierre fendre» (p. 183). Faire Faire, bien entendu, se trouve parfaitement à son aise chez Michel Lange, puisqu'elle est l'image d'une société industrielle qui, uniquement attentive à ses propres intérêts, réussit à concilier les opposés et à soumettre tout le monde: «Faire Faire est

forte en gueule. Cigarette au bec, après avoir réconci-
lié tous les ennemis (y compris Jeanne Politique et
Geneviève Morale), elle se concilie les faveurs de
tous» (p. 182). Circé aux apparences attirantes, elle
montre ici sa véritable essence de réalité aberrante en
hypnotisant tous et chacun, se faisant désirer et invoquer, pour se proclamer ensuite souveraine et proclamer les autres ses esclaves. Des esclaves condamnés à
la réalité la plus abjecte, cette même réalité à laquelle
Iode avait opposé le refus qui avait donné le départ à
son aventure première: «Voilà! C'est fait! Je vous
domine! Je suis la reine et vous êtes les esclaves!
Maintenant, *mangez tous de la merde*[1]!» (p. 186) Vaine
est la tentative d'Asie Azothe de faire s'échapper Iode
de cette usine de mythes[2], de l'éloigner du présent et
de sa réalité: entre Faire Faire et Ina — entre la société
industrielle et les «divinités», les mythes que celle-ci
exalte, comme le mythe du sexe — s'est établie une
alliance qui, visant la destruction des illusions de la
narratrice, ne peut que conduire celle-ci à la découverte totale de la réalité. Quand le voyage, enfin
repris, permet aux trois enfants d'aborder le littoral,
Faire Faire et Ina sont avec eux, images de l'âge adulte
qui les attend, et elles projettent elles aussi leur ombre
sur le «littoral», territoire des origines du Mythe que
la narratrice voulait autrefois explorer pour parvenir à
connaître l'origine primordiale de toute chose, réaliser
un savoir mythique et grâce à ce savoir régénérer le
morne panorama culturel du présent. Ce «littoral»,
l'ombre d'Ina et de Faire Faire le transforme maintenant en zone contrôlée par le mythe industriel et par
le mythe du sexe, en royaume du présent et de sa
réalité. Marcher derrière les autres vers l'océan équi-

---

1. C'est nous qui soulignons.
2. «Sortons d'ici, fille! Sortons vite d'ici, Iode!» (p. 184)

vaut pour Iode à entrer définitivement dans l'âge adulte, tandis que s'accomplit le douloureux abandon de l'enfance et la lacération de ses rêves, comme l'explicite le rappel du mythe de Léda: «Je marche derrière eux vers l'océan, souffrant comme Léda quand le cygne a introduit en elle son long bec emmanché d'un long cou, étant sûre de me tromper, ayant la certitude de marcher vers ma perte» (p. 190). S'asseoir devant l'océan plein de puanteurs et déclarer que mieux vaut y rester équivaut à découvrir que le voyage de sa propre vie — connaître, faire des expériences — conduit inévitablement à la découverte de l'impossibilité de modifier la réalité, à l'acceptation résignée de cette dernière:

> Nous sommes assis devant l'océan. Il pue à s'en boucher le nez. Il étend jusqu'à nos pieds une nappe transparente pleine de morceaux de poissons pourris qu'il ravale aussitôt.
> — Nous y sommes. Soyons-y (p. 190).

La religion

Du jardin au champ de bataille
L'INTERMÈDE DE *L'AVALÉE DES AVALÉS*

> Et Yahvé Dieu le renvoya du jardin
> d'Éden pour cultiver le sol d'où il
> avait été tiré.
>
> Genèse, III, 13.

NÉ DU REFUS d'une réalité religieuse où ceux qui croient en un même Dieu sont séparés en églises et religions dont la diversité de conceptions a plus d'une fois donné lieu à des guerres sanglantes, *L'Avalée des avalés* est le fruit d'une profonde et lancinante exigence de liberté, qui trouve dans la religion, conçue uniquement comme instrument de pouvoir, une limite inacceptable au plein accomplissement de l'homme. Ainsi, ce roman peut être lu comme l'histoire de l'ange rebelle qui nie la supériorité du Créateur et s'oppose à lui d'égal à égal. Il s'agit alors d'une quête de la liberté absolue, d'une aventure aussi désacralisante que fascinante, où l'homme lutte contre ses peurs ataviques, en opposant à la foi la lucide rationalité de son propre intellect, dans le but de s'affranchir enfin de toute sujétion à une quelconque puissance divine ou terrestre.

Toutefois, cette lutte titanesque débouche sur une amère expérience: celle du caractère illusoire d'une telle liberté. L'homme, assujetti au temps et à ses corrosions, finit par être rongé par cet idéal de liberté qui, porté à ses conséquences ultimes, va jusqu'à exiger le sacrifice de vies humaines pour demeurer intact.

1. La sainte famille

Comme dans L'*Océantume* ainsi que — nous le verrons plus loin — dans *Le Nez qui voque*, les premières lignes du deuxième roman de Réjean Ducharme contiennent *in nuce* les motivations et la structure de l'œuvre entière. La première partie présente en effet la narratrice comme l'habitante d'un univers dont les dimensions sont si excessives qu'elles tendent à anéantir celle qui parle: «Tout m'avale. [...] Je suis avalée par le fleuve trop grand, par le ciel trop haut, par les fleurs trop fragiles, par les papillons trop craintifs, par le visage trop beau de ma mère[1].» Cet univers est donc une espèce de monstre devant lequel la narratrice se retrouve seule et apeurée: «Je suis seule et j'ai peur» (p. 7).

La deuxième partie de l'incipit insiste sur l'état de solitude et, tout en identifiant ses causes, suggère la nécessité de l'accepter. Ces causes se trouveraient dans le vide — le néant — qui est le véritable habitat de tout être humain. De plus, en parvenant à ce constat par le biais de la pensée logique, la narratrice indique le moyen à adopter afin de comprendre et de résoudre les problèmes humains: «On est là où on est

---

1. Réjean Ducharme, L'*Avalée des avalés*, Paris, Gallimard, 1966, p. 7. Toutes nos citations et références renvoient à cette édition, dont les pages seront indiquées entre parenthèses directement dans le texte.

quand on a les yeux fermés: on est dans le noir et dans le vide. Il y a ma mère, mon père, mon frère Christian, Constance Chlore. Mais ils ne sont pas là où je suis quand j'ai les yeux fermés» (p. 8).

Plus loin, à travers une apparente présentation de sa famille, la narratrice présente comme éléments constitutifs de son univers — monstre dévorateur — ses deux parents (ils représentent deux grandes religions monothéistes), qui se sont partagé la possession de leurs enfants, c'est-à-dire des hommes: «La famille marche mal [...]. D'après leurs arrangements, le premier rejeton va aux catholiques, le deuxième aux juifs [...] et ainsi de suite jusqu'au trente et unième. Premier rejeton, Christian est à Mme Einberg, et Mme Einberg l'emmène à la messe. Second rejeton, je suis à M. Einberg, et M. Einberg m'emmène à la synagogue. Ils nous ont, et ils nous gardent» (p. 9). Encore insatisfait de ce partage, chacun des parents lutte sans répit dans le but de conserver et d'étendre son pouvoir sur la «propriété» de l'autre: «M. Einberg voit d'un œil irrité son avoir jouer avec l'avoir de Mme Einberg. [...] Il pense que Mme Einberg se sert de Christian pour mettre le grappin sur moi, pour me séduire et me voler. [...] M. Einberg [...] tombe sur le dos de Mme Einberg. Ils se querellent sans arrêt» (p. 9-10).

La dernière partie, enfin, introduit la description du frère de la narratrice, présenté comme seul membre de cette famille — image de deux religions centrées sur le Christ — à posséder des traits positifs: «Il ne fait jamais rien de méchant. Il ne dit jamais rien de dur. Tout ce qu'il fait et tout ce qu'il dit est doux, doux et triste comme une fleur, comme l'eau, comme tout ce qui est tranquille et laisse tranquille» (p. 10). La description suggère que le nom de Christian possède une valeur symbolique, de même que l'attente de son retour par la narratrice: «J'attends que Christian revienne» (p. 10).

Les deux parents — «la famille religieuse de Dieu» —, que toute la première partie du roman montre en train de se battre constamment l'un contre l'autre[1] et dont l'apaisement ultérieur ne sera motivé que par des raisons de pouvoir (p. 170 et 172-73), se trouvent donc à l'origine de cet univers dévorateur qui effraie la narratrice. Elle est assujettie au pouvoir de son père qui n'entend pas la laisser libre:

> — Pourquoi me tiens-tu toujours par la main?
> J'essaie de libérer ma main. Plus je tire, plus il serre (p. 18).

Un père qui, quand il ne se montre pas sourd aux demandes de sa fille, exhibe à son égard la plus complète indifférence: «Einberg n'entend plus. Quand il a entendu le premier mot de la première phrase de ce que je dis, il en a entendu assez. [...] La plupart du temps, il m'ignore» (p. 19). À cette surdité, Einberg joint souvent le mutisme: «— Pourquoi ne réponds-tu jamais à mes questions?» (p. 18) Et s'il lui arrive de parler, c'est pour imposer des interdictions — «Je te défends de jurer. Je t'interdis de prononcer ces mots» (p. 17) —, ou pour faire planer la menace d'un châtiment. Ainsi, par exemple, quand il sera question des «personnes impies et arrogantes», il rappellera que Yahveh a dit à leur propos: «Le feu qui vient les flambera comme paille» (p. 18).

Homme nanti et puissant[2], qui visite fréquemment la synagogue[3], lieu d'adoration du «Yahveh des

---

1. À plusieurs reprises, la narratrice nomme «guerre de Trente Ans» (p. 29 et 49) ou, plus succinctement, «guerre» (p. 60), le rapport entretenu par ses parents.
2. «Einberg est riche et important» (p. 13).
3. «Nous passons la moitié de notre temps à la synagogue. Nous avons la synagogue fréquente» (p. 16).

Armées» (p. 16), où il est l'objet d'un respect et d'une révérence empressés[1], Einberg est, dans la singulière perception de la narratrice, Dieu Père de Christ[ian], qui «précède» donc la venue du Christ et qui, non «atteint» ni «modifié» par le message d'amour de ce dernier, demeure — tout en «cohabitant» avec la religion catholique — le Dieu terrible et distant de la religion hébraïque. Avant même la naissance de la narratrice, c'est Einberg (Dieu le Père) qui a choisi le milieu religieux où elle va évoluer; car bien entendu, le choix de l'univers religieux qui sera le nôtre ne dépend pas de nous. La narratrice apparaît alors comme dominée par un dieu «hybride» qui, d'une part, est insatisfait de ne pas «avoir» Christ[ian], puisque ce dernier appartient à la mère — «Einberg m'a, mais il n'est pas content de m'avoir. Il est jaloux de l'autre. Il aimerait bien mieux avoir Christian» (p. 10) —, et qui craint, d'autre part, que sa progéniture (sa race) élue soit attirée et assimilée par la sphère maternelle (la religion chrétienne): «Que se passe-t-il entre toi et ton frère? me demande Einberg, m'accrochant par un bras. [...] Je vois du Brückner là-dessous! Avoue! Ils cherchent à te convertir! Ils complotent!» (p. 128)

À côté d'Einberg le Père se trouve son épouse — qu'il n'identifie pas en tant que telle, puisqu'il l'appelle par son nom de jeune fille: Brückner (p. 128) —, la mère de la narratrice. Elle est extrêmement belle et l'élégance de ses manières ajoute à cette beauté: «Je trouve ses yeux beaux, ses mains belles, sa bouche belle, ses vêtements beaux, sa façon de se verser du thé belle[2]» (p. 23). C'est une mère amoureuse et fière

---

1. «Quand nous paraissons aux marches de la synagogue, les gens s'élancent, viennent se masser autour de nous» (p. 13).
2. La narratrice souligne à plusieurs reprises le sentiment de beauté et la fascination que lui inspire sa mère. Voir, par exemple, les p. 48, 53, 92, 99, 103, 105 et 161.

de son fils Christian, à qui elle arrive presque à s'identifier, comme l'illustrent ces paroles du jeune garçon: «Elle est si fière de moi. Elle parle de moi comme si j'étais elle. «Comme Christian est intelligent! Comme il est sérieux pour son âge! Comme il a de l'idéal[1]!» (p. 53) Plus encore, elle apparaît comme «l'épouse mystique» de Christ[ian], qu'elle cajole et honore, lui racontant des légendes de saints («histoire sainte»), célébrant presque la messe devant lui:

> Chamomor avait pénétré dans la chambre de Christian et doucement refermé la porte. Elle tenait Christian coincé entre ses bras et sa poitrine. [...] Elle rôdait sur son visage avec sa bouche. [...] Elle ouvrait sur ses genoux son énorme missel à tranche de cinabre et se mettait à lire, de sa belle voix rauque, la légende du saint du jour (p. 263).

La mère de la narratrice est en outre un personnage qui ne semble pas habiter sur terre, qui paraît plutôt appartenir au royaume des «fables»: «Ma mère est toujours dans la lune. À la voir passer le nez en l'air et les yeux surpris dans ma vie, on dirait qu'elle passe ailleurs, qu'elle se promène dans un autre siècle, qu'elle passe au son du cor entre deux rangées serrées d'archers à hoqueton de brocart, qu'elle déambule dans un conte» (p. 24). Voilà qui justifie que Bérénice la perçoive comme insaisissable, située au-delà de ses possibilités de compréhension: «Elle me dépasse. Elle m'échappe» (p. 24).

Cette mère qui échappe à sa fille est toujours accompagnée d'un chat qui, lorsqu'il meurt, transmet son nom à un autre chat qui se distingue de lui par un chiffre (p. 122). Tué, comme le précédent, par Bérénice, ce deuxième chat sera enterré par elle, et le récit

---

1. Voir également p. 262-263.

de l'inhumation donnera lieu à une comparaison avec Jésus-Christ: «Je creuse une fosse au milieu de l'appentis du pavillon du jardinier, y dépose le cadavre [...]. La queue dépasse [...] bien en vue [...], comme la croix du Christ à la surface du Calvaire» (p. 122). Le chat qui viendra occuper la place de celui qui vient de mourir sera encore désigné par un chiffre indiquant l'ordre de succession par rapport aux deux qui l'ont précédé: «Trois» (p. 125). Le chat renvoie ainsi à la figure du Pape: métaphore hardie, sans aucun doute, mais c'est bien la narratrice elle-même qui nous fournit cette clé de lecture au début de son histoire. Au cours de son processus de rejet de sa mère, elle identifie en effet Mme Brückner à l'animal que celle-ci aime, et qui est le chat[1] (p. 24-25).

Et Mme Brückner-Einberg, mère de Christ[ian] et aussi de Bérénice — des autres enfants d'Einberg (Dieu le Père) — représente la mère Église catholique. Comme celle-ci, elle est la gardienne, la dispensatrice et divulgatrice du message de l'amour pour autrui, mais, selon la narratrice, c'est seulement par intérêt: «Il n'y a rien qu'elle ne ferait pour mettre sur le nez d'Einberg combien elle aime son prochain, pour lui faire éprouver tout ce qu'il y a en son cœur de bon et de beau» (p. 57). En même temps, cette «mère» néglige ses fidèles — Bérénice — préférant prodiguer son amour (son culte) à Christ[ian].

La cohabitation des parents Einberg sous le même toit renvoie ainsi au fait que les deux religions qu'ils représentent sont centrées sur le même Dieu et le même Messie, mais qu'elles se livrent un combat perpétuel (p. 9-10, 49 et 75). La narratrice voit donc d'une part l'expression d'un culte au Dieu de la

---

1. Nous reviendrons bien entendu sur cette transformation dans les pages suivantes.

guerre et de la vengeance[1], et de l'autre, une Église ayant cessé d'exprimer l'idéal d'amour du Christ. À cet égard, la demeure où habite la famille Einberg est particulièrement significative. Propriété de la mère (l'Église), cette demeure était autrefois une abbaye, que les nonnes avaient ensuite fortifiée de leur mieux pour combattre les Indiens (p. 22-23). Cette demeure renvoie ainsi au passé de la religion professée par cette Église et identifie ce passé comme une époque de «guerre de religions», menée dans le but de maintenir le pouvoir, comme le suggère le fait qu'elle est présentée précisément comme un fortin. À l'extérieur, la demeure semble être une image fidèle du Christ — «à vol d'oiseau l'abbaye a l'air d'un crucifix[2]» (p. 22) —, mais, à l'intérieur, elle n'est pas habitée par le fils du Dieu des chrétiens: «Christian n'y est pas. Sa place à table, en face de moi, est vide» (p. 25). Rien d'étonnant, alors, dans le fait que la chapelle de l'abbaye — le siège du culte spirituel de Dieu — ait été réduite à la condition de lieu de rencontre mondaine (des hommes): «La chapelle a été plafonnée et transformée en vivoir» (p. 25). Célébrés dans cette chapelle désaffectée, devenue ainsi métaphore d'une église profane ayant perdu tout sens du sacré, les offices deviennent du «théâtre», de simples comédies d'un auteur (le Christ) dont on connaît le texte mais en ne sachant plus qui il était: «Nous faisions du théâtre grec dans la

---

1. À la synagogue, on parle, toujours selon la narratrice, du «Dieu des Armées» et des «impies [qui] seront brûlés comme paille» (p. 11). Voir aussi p. 16.
2. J'aimerais signaler ici l'intérêt et l'importance de l'essai critique de R. Leduc-Park, «Réjean Ducharme, Nietzsche et Dionysos» (*Vie des Lettres québécoises*, Québec, Les Presses de l'Université Laval, 1982), où j'ai relevé plusieurs analogies avec mes propres travaux sur le plan de l'interprétation des symboles, même si nos développements réciproques divergent. Je pense, particulièrement, au symbole de Zio/Zeus plutôt qu'à celui de l'abbaye. (*Cf. ibid.*, p. 103 et 119-120.)

chapelle. Livret en main, on se lançait à la figure les répliques centenaires et centenaires d'une comédie de je ne sais plus qui, quelque Aristophane, quelque Térence. [...] Plus l'heure avançait, plus ça tournait rond. Engourdis de fatigue [...], on soutenait des algarades jusques-à-quand-Catilina d'un quart d'heure sans regarder dans son livret[1]» (p. 75). Ces représentations, qui rappellent la diversité des rites catholiques adoptés par l'Église au cours de son évolution en différents pays — le «théâtre grec» d'Aristophane ou de Térence renvoie aux rites romain et grec orthodoxe —, ont pour fonction de masquer la volonté de puissance et de conquête de toutes les Églises chrétiennes. C'est ce que laissent pressentir ces «armes blanches» (p. 75), «masques, cothurnes, lances, trabées, péplos, pourpres» (p. 75) dont se parent les cousins de Bérénice (membres de la famille de la mère et, par là, figures des diverses religions chrétiennes) pour participer à la représentation.

L'irritation que suscite chez Einberg, rentré de voyage, la découverte des armes éparpillées dans la chapelle rappelle le célèbre passage de l'Évangile racontant comment Jésus chasse les marchands du Temple[2]. Cette irritation matérialise le ressentiment de Dieu le Père contre les religions chrétiennes qui, profanant le culte qu'on lui doit, ainsi que le lieu de ce culte, ont transformé le Sacrifice de la Messe en spectacle, et la religion en instrument (en arme) du pouvoir: «À midi, Einberg rentre de voyage. [...] Trouvant le parquet de la chapelle jonché de masques, de cothurnes et de lances, il part à la recherche de

---

1. Il nous paraît évident que le livret en question, qui renvoie au Nouveau Testament, autour duquel s'organise la Messe et dont cette dernière tire sa raison d'être, est présenté ici en opposition avec le «gros livre rouge à tranche dorée» (p. 12) utilisé par le rabbi Schneider.
2. *Cf.* Luc, XIX, 45.

Chamomor, lui tombe sur le dos. Tout traîne dans cette maison! C'est une vraie porcherie!» (p. 75-76)

Symbole de l'Église catholique, dont le précepte fondamental est l'amour, la mère ne professe en réalité cet amour que verbalement — en le prêchant — ou en dorlotant — adorant — Christ[ian]: «Chat Mort parle de l'amour comme d'un village fortifié, comme d'un refuge où n'atteint aucun mal, comme d'un havre de béatitude, comme d'une enclave luxuriante qu'abrite un toit mouvant de pinsons et de bouvreuils» (p. 30). Mais, en fait, elle néglige ses enfants (Bérénice: les êtres humains) et affiche à leur égard une attitude où se confondent condescendance et détachement: «Quand je la prenais dans mes bras, elle se raidissait, elle se défendait. Reste tranquille! Va jouer dehors! [...] C'était comme si je lui mettais des bâtons dans les roues, comme si elle avait quelque chose d'urgent à faire» (p. 21). À d'autres moments, elle ne fait même pas preuve de cette condescendance détachée et elle ignore tout simplement ses fidèles, comme le suggère Bérénice lorsqu'elle parle de l'attitude de sa mère à son égard: «Quand elle se promenait, je la suivais, je me pendais à sa robe. Elle me laissait la suivre sans s'occuper de moi» (p. 21).

Comme l'Église catholique romaine, la mère se répand dans toutes les directions: «Chat Mort rayonne. Elle est grande, belle, blonde, semblable à la «Vierge» de Baldovinetti» (p. 59). Elle n'a qu'un souci: étendre son pouvoir. Dans ce but, elle rassemble autour d'elle — véritable convocation d'un concile — les cousins «de Pologne, de Russie et des États-Unis» (p. 55), qui font figure d'Églises de la même famille (catholique, grecque orthodoxe et protestante). Et elle réussit à mettre d'accord les différentes Églises — les factions opposées: «Guelfes et Gibelins» (p. 57) — en leur proposant de nouvelles croisades, de nouvelles possibilités d'étendre leur pouvoir. C'est là le sens de l'expédition dans ce cotre qui, restauré, est lancé contre «les couleurs les pires, les couleurs hollandaises[1]» (p. 59), entreprise à laquelle tous participent, «armés jusqu'aux dents» (p. 58). Pour arriver à ses desseins, pour arriver à être reconnue par tous comme «Patronne», comme Église unique, elle ira jusqu'à négliger Christ[ian]: «Comme si elle était en or, les cousins l'ont déifiée puis se sont jetés à ses pieds pour l'adorer. [...] Elle flatte leurs cheveux de sa belle grande main. Elle les presse deux à deux contre ses flancs, amoureusement. [...] Debout dans les haubans, Christian la regarde faire, se mordillant les lèvres, fixant des yeux tristes [...]. On n'a pas l'air d'aimer voir sa mère se livrer à la prostitution» (p. 59-60).

2. Le paradis sur terre

Fille de ces parents (de ces religions) qui semblent avoir établi leur autorité sur le pouvoir plutôt que sur l'amour, Bérénice les condamne de manière catégorique. Elle les rejette en tant que parents — «Au fond, personne n'a de mère. Au fond, je suis ma propre enfant» (p. 21) — et rejette l'assimilation de leurs préceptes: «Ce sont eux qui m'ont sevrée. Mais j'aime mieux croire que je me suis sevrée moi-même» (p. 15). Et par ce double rejet, elle nie appartenir aux religions que ses parents symbolisent. Bérénice a été élevée dans un milieu (au sein de religions) où, selon

---

1. Cet assaut contre les Hollandais peut, à ce qu'il nous semble, renvoyer aux rapports complexes existant entre l'orthodoxie de l'Église catholique romaine et la liberté d'interprétation théologique qui caractérise l'Église.

la narratrice, toute action est motivée par la volonté de s'approprier d'elle: «Quelqu'un qui m'aborde, c'est quelqu'un qui veut quelque chose» (p. 17). Au lieu d'accepter ce milieu où elle a grandi, elle choisit l'isolement: «Ma solitude est mon palais. C'est là que j'ai ma chaise, ma table, mon lit, mon vent et mon soleil. Quand je suis assise ailleurs que dans ma solitude, je suis assise en exil, je suis assise en pays trompeur» (p. 15). Ce choix suppose la volonté de vaincre la peur consécutive au refus de tous ceux qui, Dieu ou hommes, peuvent mettre en danger son indépendance:

> Si j'avais plus d'orgueil, [...] je tuerais Einberg et sa femme. Je tuerais Christian et Constance Chlore. [...] Quand un ami marche dans mon palais, les murs tremblent, l'ombre et l'angoisse s'engouffrent par les fenêtres de lumière et de silence que chacun de ses pas brise. Quand je ne suis pas seule, je me sens malade, en danger (p. 15).

Ainsi, pour Bérénice, le choix de la solitude est la condition même qui va lui permettre d'acquérir une conception autonome du monde: «J'imagine toutes sortes de choses et je les crois, je les fais agir sur moi comme si elles étaient vraies. Il n'y a de vrai que ce que je crois vrai, que ce que j'ose croire vrai» (p. 16).

Cette fière volonté de se suffire à soi-même[1] vise à affranchir l'être humain de l'emprise de Dieu, à éliminer Dieu pour lui substituer l'homme: «J'exècre avoir besoin de quelqu'un. Le meilleur moyen de n'avoir besoin de personne, c'est de rayer tout le

---

1. Encore une fois, nous voyons apparaître ici ce thème de l'autonomie de l'être, présent aussi chez Iode, que Gilles Marcotte a largement développé en dégageant les similitudes et les différences qu'il présente par rapport à Lautréamont. (Gilles Marcotte, «Réjean Ducharme lecteur...», *op. cit.*, p. 95-100.)

monde de sa vie. Ce que j'ai à faire, je le sais: [...]. J'ai à grandir, à me prolonger par en haut, jusqu'à supplanter tout, jusqu'à planer au-dessus des plus hautes montagnes. J'ai à élever [...] une échelle si grande que je pourrai mettre mes mains dans l'azur» (p. 20). Pour se réaliser, une telle volonté exige qu'on soit pleinement maître de soi, qu'on puisse se posséder soimême: «Ce qui importe, c'est vouloir, c'est avoir l'âme qu'on s'est faite, c'est avoir ce qu'on veut dans l'âme» (p. 31). Et, selon Bérénice, cette possession de soi doit se substituer à l'amour pour autrui, à cet amour qui est abandon de soi, renoncement de soi et, par conséquent, souffrance: «Je me révolte contre l'amour, comme ils se révoltent contre la solitude. [...] Aimer veut dire: subir. [...] Je ne veux pas souffrir» (p. 30).

Bérénice est une métaphore de l'ange rebelle. Elle nie la transcendance divine et, en même temps, tend à déifier l'être humain. Cela suppose un processus de destruction et de re-création de soi: «Il faut se recréer, se remettre au monde. [...] Je suis une statue qui travaille à se changer, qui se sculpte elle-même en quelque chose d'autre» (p. 31). Mais ce processus doit atteindre également les autres, qu'il s'agisse de Dieu ou des hommes: «Christian! Constance Chlore... Que sont-ils? Je suis le général et ils sont les forteresses à prendre. Je m'empare d'eux. Je les vole à ce qui les possède. [...] Je les emmène en captivité. J'exerce sur eux mes pouvoirs. [...] Ils sont ma bataille. Chat Mort est ma bataille. Einberg est ma bataille» (p. 32). Mais Bérénice, métaphore religieuse, est aussi une métaphore littéraire, car il s'agit, pour la narratrice, de construire un récit qui sera une profanation de la sainte Bible — livre sacré —, une bible profane, une histoire à bâtir, un roman: «La vie ne se passe pas sur la terre, mais dans ma tête. La vie est dans ma tête et

ma tête est dans ma vie. Je suis englobante et englo-
bée. Je suis l'avalée de l'avalé» (p. 33).

Le projet de Bérénice, qui s'appuie sur le refus de
la Religion, de Dieu et de toute forme de pouvoir
divin sur l'homme, consiste à substituer à la transcendance divine son propre intellect, à se transformer
elle-même en homme-dieu. Étant dieu de par son
intelligence, ce nouvel être crée et *comprend* la réalité,
mais dans la mesure où il est aussi *homme*, il est condi-
tionné par cette même réalité. Et puisque Bérénice
évolue dans un milieu façonné par les religions monothéistes, la re-création de la réalité qu'elle se propose
d'accomplir devra partir de ces religions. Elle devra
partir de cette «île de la transcendance» qui communi-
que avec la réalité humaine, par ce «pont» qu'on
appelle le Christ, et en qui Bérénice ne perçoit qu'un
homme-dieu. Et c'est justement cette dimension
homme-dieu[1] du Christ mise en valeur par Bérénice
que l'Église catholique, pour laquelle il est le Fils,
Dieu devenu Homme, voudrait éliminer (l'histoire
dit: crucifier): «Une chaussée empierrée attache l'île
au continent. Chat Mort déplore cet isthme. Elle parle
de le tuer, de le faire crucifier» (p. 25).

---

1. La narratrice reprend à son compte l'hérésie arienne, apparue vers la
fin du IIe siècle de notre ère. Selon cette hérésie, Dieu est le seul être
transcendant, créateur incré de toute la réalité. Quant au Fils, même s'il
est également appelé Dieu, on ne lui reconnaît pas la même substance
qu'au Père. Bérénice connaît cette hérésie, et celle-ci est bien à l'origine
de son propre projet de re-création de l'univers. C'est ce que démontre
le fait qu'au moment d'expliquer que Christian lui apparaît toujours
sous des aspects différents, elle déclare «l'avoir vu tomber glorieuse-
ment sous les murs de Nicée» (p. 54). Or cette référence renvoie le lecteur au Concile de Nicée qui décréta, contre l'arianisme, la consubstantialité du Père et du Fils. Nous écrirons *homme* avec une minuscule ou
avec une majuscule selon que la narratrice, d'après le contexte du
roman, fera référence respectivement à sa propre perspective, qui nie la
consubstantialité du Père et du Fils, ou à la perspective de l'Église
catholique.

L'île fut autrefois source de vie, comme le suggère le fait que la narratrice la définit aussi comme un navire — «drakkar» (p. 22). Maintenant, elle est, au contraire, source de mort, enfer, car il est dit, toujours dans le registre métaphorique du navire, que ses flancs «chargés de fer et de charbon sont presque engloutis [et que son] mât unique est un orme mort» (p. 22). Pour la narratrice, l'île est donc un ancien paradis terrestre, la terre actuelle, le royaume de l'être humain. Un royaume que Dieu (les peurs ataviques de l'homme) a transformé en lieu d'esclavage, et que le Christ (arbre de Vie), ressuscitant à la Vie Éternelle, mourant en tant qu'homme, a privé de vie.

Une fois accompli ce bouleversement total des symboles et des significations du christianisme, Bérénice, qui fait de l'orme mort l'image d'un Christ dont la transcendance est un signe de mort plutôt que de salut, adopte cet arbre comme étendard de sa re-création de l'univers: «L'orme, c'est mon navire. [...] je m'embarque. J'ai noué une oriflamme jaune au faîte. [...] Larguez les continents. Hissez les horizons. Ici, on part. J'ai mis le cap sur des rivages plus escarpés et plus volcaniques que ceux de ce pays» (p. 12). Cette re-création de l'univers — rappelons-le — est aussi destruction, élimination de Dieu, retour (résurrection) au monde du Christ homme. Plus précisément, du Christ homme mort, homme-dieu qui a cessé d'être transcendant et qui est appelé à instaurer le royaume des hommes impies, sans Dieu, des hommes qui sont eux-mêmes dieu: après avoir entendu le rabbi lire dans son livre (sa Bible) que «les impies seront brûlés comme paille» (p. 11), Bérénice dit de son orme qu'il «doit être un impie» (p. 12). Et elle ajoute: «Je ne lui ai jamais vu de feuilles. Son écorce tombe en lambeaux; on peut la déchirer comme du papier. Sous l'écorce, c'est lisse lisse, doux doux» (p. 12).

La douceur de l'orme renvoie à Christian, qui «est doux comme une chose» (p. 10) et en l'absence de qui Bérénice ne fait que végéter, attendant sa venue pour recommencer à vivre: «Je n'y vis [dans l'abbaye] qu'en attendant, qu'en latence. Christian n'y est pas» (p. 25). Mais pour que Christ[ian] puisse *revenir* parmi les hommes dépouillé de sa transcendance, il est nécessaire, au préalable, de supprimer l'Église, dépositaire du système religieux que Bérénice conteste. Cette dernière, par un acte de volonté qui est déjà une affirmation de la suprématie de l'intellectuel sur le spirituel, transforme la Mère-Église en chat — animal qui, comme nous l'avons vu, est dans le roman une image blasphématoire du Pape —, et plus précisément en chat *mort*. Ayant réduit l'Église à son Chef spirituel, elle fait de ce dernier l'objet d'une réification sacrilège: celui qui symbolisait la promesse de la Vie Éternelle devient un instrument de vie terrestre: «Ma mère est comme un oiseau. Mais ce n'est pas ainsi que je veux qu'elle soit. Je veux qu'elle soit comme un chat mort, comme un chat siamois noyé. J'exige qu'elle soit une chose hideuse, repoussante au possible. Ma mère est repoussante au possible. Ma mère est repoussante comme un chat mort que des vers dévorent. [...] Mme Einberg n'est pas ma mère. C'est Chat Mort» (p. 24-25).

La voie est ainsi ouverte au retour de l'homme-dieu Christ[ian], premier homme-dieu de ce *paradis sur terre* dont Bérénice espère qu'il pourra être son univers profane. Cette connotation de Christian est indiquée par la valeur que la narratrice attribue au gri-gri qu'il lui a donné, «soleil d'ivoire hérissé de rayons d'opale et de saphir» (p. 28), symbole de la lumière de l'intelligence reçu par le petit garçon d'un «scout zoulou» (p. 28) — figure de l'homme primitif. Ce gri-gri devient pour Bérénice, qui jure qu'elle ne s'en séparera jamais (p. 28-29), le symbole du premier homme-dieu, frère en l'intellect: «Nous ne serons amis que par orgueil, que pour la beauté de construire quelque chose, de créer, de mener le bal. Je veux qu'à la longue Christian en vienne à me répugner et à me mépriser. Alors il sera mon ami envers et contre nous» (p. 33). Mais Christian, fils d'Einberg/Dieu-Père, est Christ[ian], Dieu le Fils, Dieu d'amour: «Christian a une façon d'aimer qui désarme. Il aime les petites choses. [...] Il se penche sur elles et, sous mes yeux, je les vois bientôt rayonner du meilleur de l'homme» (p. 33). Et ce Christ[ian] est mort et ressuscité pour accomplir la rédemption des hommes, comme il essaie lui-même de le faire comprendre à Bérénice par le biais de la «parabole» de la livie. Cette livie, qu'il a assommée au point qu'elle a l'air «d'une larve» (p. 34), qu'elle paraît morte, «ressuscite» — «reprend connaissance» (p. 35) — après avoir été introduite dans un bocal, c'est-à-dire après avoir été introduite dans l'«univers» de Christ[ian]. Une fois que Bérénice a compris la parabole, elle rejette cette résurrection parce qu'elle implique la transcendance et regarde la livie «se lancer en tous sens, se disperser en pure perte» (p. 35).

Minée de l'intérieur par la nature divine de Christ[ian], la re-création du paradis sur terre apparaît comme une reproduction mimétique de la Genèse. Reproduction profane et profanatrice, où le rôle de Yahveh est tenu par Christian et Bérénice, premier couple fraternel homme-dieu du paradis sur terre. Ainsi, le déluge qui, par la volonté divine, châtie «la méchanceté de l'homme [...] sur la terre[1]», n'épargnant que Noé et sa famille, devient ici feu: l'incendie d'herbe sèche, provoqué par Bérénice, homme-dieu, et par l'homme-dieu Christ[ian], qui dévaste l'île des

---

1. Genèse, VI, 5.

religions (de la transcendance) en n'épargnant que l'orme mort (p. 38-40). De même, l'inventaire qu'ils font ensuite de la faune de l'île, et d'où il appert que les rats constituent le gros de sa population (p. 48-49), renvoie à l'arche de Noé et au groupe d'hommes et d'animaux qui en descendit afin de peupler la terre. Ces rats, que Christian commande et soigne amoureusement[1], que Chat Mort aime[2], et qu'Einberg voudrait bien exterminer (p. 49), la narratrice les présente comme membres d'une race capable d'un amour pour la liberté que Christ[ian] ne possède pas[3]. Pour Bérénice, ces rongeurs constituent un symbole de la fière race humaine qui, aimant la liberté au point de ne pas craindre Dieu — au point d'être impie —, peuplera un jour son paradis sur terre. Les rats qui habitent l'île, parmi lesquels se trouve le courageux ondatra (p. 50-51), sont les descendants des rongeurs qui envahirent l'abbaye et l'île entière et chassèrent les nonnes (la religion) à la suite de la mystérieuse «incinération» de l'abbesse impie dont, après qu'elle eut «brûlé», il était resté deux squelettes recroquevillés se tournant mutuellement le dos (p. 45-47), indice évident de son péché, parmi une multitude de rats. Cette histoire, racontée à plusieurs reprises par la nourrice de Bérénice qui chaque fois, en l'écoutant, se transformait elle-même en abbesse[4], est une mise en abyme de

---

1. «En plus d'être le général des rats, Christian est leur mère et leur docteur» (p. 50).
2. «Comme moi, mais pour d'autres raisons, elle a fini par s'enticher des affreux rongeurs» (p. 50).
3. Après avoir rendu compte de l'épisode de l'ondatra qui se mange la patte pour se libérer d'un piège, épisode pendant lequel Christian fait preuve de lâcheté (frappé par le braconnier, il s'enfuit, abandonnant à ce dernier la bête qu'il était en train de soigner), la narratrice commente: «Un rat a de l'âme plein le ventre. Un Christian n'en a pas assez pour remplir son petit orteil» (p. 51).
4. «Alors je voyais la nouvelle abbesse. Je la sentais vivre en moi» (p. 48).

l'aventure de la narratrice elle-même. Ange rebelle, l'abbesse incinérée par les puissances divines fait face à ces dernières, survivant dans les deux squelettes jumelés, image de sa condition d'homme-dieu, et, en outre, «engendrant» un lignage d'impies (les rats) qui chassent les sœurs (la transcendance divine) de l'abbaye et de toute l'île pour transformer cette dernière en leur terre — le monde des non-croyants.

Mais le rêve de la narratrice de se changer en dieu et de changer Christ[ian] en homme-dieu, frère dans l'idéal d'une humanité qui fonde sa puissance sur l'intelligence, se heurte aux intentions de Christian qui sont très différentes des siennes. En effet, ce dernier, en parlant à Bérénice de son désir secret d'«être lanceur de javelot» (p. 52), se révèle homme, certes, mais Christian-chrétien, c'est-à-dire apôtre du Christ, souhaitant lancer (porter) le plus loin possible (au plus grand nombre d'êtres humains possible) le message du Christ. Telle nous semble être en effet la signification métaphorique du lanceur de javelot dans ce texte. «Il rêve de battre tous les records, de représenter le Canada aux Jeux Olympiques» (p. 52). Déconcertée par ce frère qui tantôt est Christ[ian], Fils du Père gouvernant les êtres humains (les rats) et les soignant amoureusement, tantôt simplement «Christian», fils de la mère-Église représentant le Christ, Bérénice fait un pas de plus dans la re-création de son univers en se proclamant elle-même créatrice de Christian: «Je m'aperçois qu'il suffit que mes dispositions changent au sujet du Christian que je porte pour que le Christian dont je connais seulement le visage se modifie, s'adapte. Donc, Christian n'existe pas. Donc je l'ai créé. Donc, gaiement, continuons de le créer» (p. 54). Créé par un être qui ne tire sa divinité que de la puissance lucide de son propre esprit, Christ[ian] subit ainsi une ultérieure dégradation et, d'homme-dieu, il est ravalé à la simple condition d'homme, de Christian-chrétien: «il y a de multiples Christian, autant de Christian qu'il y en a qui l'inventent» (p. 55). L'Église supprimée et Christian réduit à sa condition de chrétien, Bérénice peut se transformer en dieu unique, en maître absolu de l'univers. Elle pourra alors gouverner tous les êtres de l'univers, qu'ils soient inanimés — «S'il n'y a personne d'autre que moi sous le soleil, c'est à moi le soleil, c'est moi le possesseur et le créateur du soleil» (p. 55) — ou animés: «De Pologne, de Russie et des États-Unis, mes nombreux cousins s'élancent à ma rencontre. [...] Sans même savoir de quoi ont l'air la plupart de mes cousins, je hais passionnément chacun d'entre eux. [...] Cela ne fait que rafraîchir la certitude que j'ai toujours eue que Bérénice Einberg [...] commande à toute la création» (p. 55).

À la pensée, à la volonté de Bérénice de priver l'homme (Christian) des pouvoirs qui le rendaient semblable à Dieu fait suite un événement qui l'actualise, selon un procédé narratif typique de tout le récit de la re-création du paradis sur terre. Ce procédé consiste, à notre avis, à transposer dans la forme narrative un concept de prédestination qui, niant le libre arbitre, rend Dieu seul responsable du bien et du mal faits par l'homme. Premier homme-dieu du paradis sur terre, Christian, que Bérénice-dieu a déjà prédestiné à devenir uniquement homme, est ainsi tenté — cause «matérielle» (apparente) d'une dégradation déjà décrétée — par sa cousine Mingrélie. Cette cousine est noble, à en juger par la manière dont la désigne Bérénice: «la grande-duchesse de Mingrélie» (p. 39). Sa beauté est supérieure à tout ce qu'on peut humainement concevoir, et comparable seulement à celle de Chat Mort: «Elle est d'un règne supérieur, du règne des papillons, des arbres et des étoiles, du règne du beau. Elle est comme Chat Mort. Elle n'a qu'à être pour être glorieuse. [...] Il lui suffit de se porter pour que je la trouve resplendissante» (p. 45). De plus, Mingrélie est experte dans les choses mondaines — «Elle a mangé dans les restaurants des plus grandes villes des cinq continents. Elle a été au théâtre à Hambourg, à l'opéra à Oslo» (p. 43) — et possède de multiples sciences et connaissances: «Je ne connais rien à la chimie, à la géométrie, au grec, à l'hébreu, à la musique, au ballet, à l'équitation et au sexe. Il n'y a pas un secret de ces sciences, de ces langues et de ces arts que Mingrélie n'ait appris au collège, deviné ou violé» (p. 43). Enfin, cette cousine sans âme[1] est méchante et, seule maîtresse d'elle-même, elle ne se donne pas: «L'idéal serait d'avoir un être humain beau, sauvage et méchant comme Mingrélie» — commente la narratrice, en proie à son désir de posséder tout ce qui, selon les religions monothéistes occidentales, a été créé par Dieu —; «Mais, ajoute-t-elle, je perdrais mon temps à essayer de l'avoir: un tel être humain ne se laisse pas avoir» (p. 72). Mingrélie est donc bien le serpent de la tentation qui pousse Christian à la désobéissance (à s'éloigner de Bérénice), en le rendant amoureux d'elle — «Christian m'échappe. Christian est dans l'amour jusque par-dessus la tête» (p. 60) — et en l'induisant à commettre le péché d'impureté:

> Elle porte un soutien-gorge, comme une vraie femme. Elle l'enlève [...]. Elle regarde Christian. Elle l'appelle. [...]
> —Tu peux regarder, si tu veux. Ce n'est pas si grave! Et puis tu es mon amant. Je ne suis pas toute nue, toute nue... [...] Enfin, ce n'est pas si grave! (p. 64-65)

---

1. «Qu'importe si elle n'a pas d'âme?» (p. 45)

Reproduction parodique de l'histoire d'Adam et Ève, la tentation de Christian voit ainsi le péché originel — péché d'orgueil qui en faisant accéder l'homme du paradis terrestre à l'arbre de la science du bien et du mal (de la connaissance) entraîne sa dégradation à la condition d'homme de la terre — se changer en «péché d'amour» qui conduit à la «connaissance» du sexe, privant l'homme-dieu Christian de l'intellect et le réduisant à la condition d'homme. Si, dans la Bible, le péché originel fait chasser les pécheurs de l'Éden, la «chute» de Christian provoque inversement, dans cette parodie, le départ d'Einberg, Père-Dieu gouvernant les hommes (p. 67), qui s'éloigne en effet du «paradis sur terre», lequel devient ainsi le royaume de la liberté totale, de la licence absolue, présidé par Mingrélie:

> Depuis qu'Einberg est parti en voyage, l'ordre qu'il faisait observer à table est tout désorganisé, tout démantibulé. Bons et Méchants (Guelfes et Gibelins) dînent maintenant coude à coude, l'amour et la haine présidant à l'élection des commensaux latéraux. Car maintenant, enhardi par l'exemple de Mingrélie, tout le monde aime et hait à cœur joie (p. 71).

Lourd de conséquences pour les hommes, le péché originel contamine avant tout ici ceux qui en sont la cause et frappe aussi la mère de Christian (l'Église spirituelle). Après être déjà tombée — comme on l'a vu — à la condition de mère de l'homme-dieu Christian (de Chat Mort), devenue par conséquent mère de vie terrestre (symbole d'une religion fondée sur la réalisation de l'homme-dieu dans le paradis sur terre), celle-ci devient en fait maintenant Chamomor: «Je la déteste!» — s'exclame Bérénice — «Chat Mort! Chameau Mort! Chamomor!

Chamomor!» (p. 62) Ce changement renvoie bien sûr au célèbre passage de l'Évangile — «Il est plus facile à un chameau de passer par le trou d'une aiguille qu'à un riche d'entrer dans le Royaume de Dieu[1]!» — et il indique que la mère de l'homme Christian a définitivement perdu toute «connotation divine». Si Christian est un homme-sexe, privé d'intellect, sa mère, ravalée à sa condition de femme, ne peut être que le symbole de la religion des hommes: le sexe. Privé de son caractère divin, réduit à la fonction d'homme-sexe, Christian devient objet de querelle pour Chamomor et Mingrélie (p. 71-72), la mère et la «maîtresse». Cette dernière, en apprenant à la mère la secrète ambition de son fils de devenir lanceur de javelot et en faisant participer le garçon à une épreuve pour laquelle il n'est pas encore assez préparé et où il échoue (p. 73), finit par se révéler comme le véritable *dominus* de Christian, démon faisant échouer toute tentative de «lancer» le message divin.

Mingrélie transforme ainsi l'île en «terre du sexe». Mais quand la jeune fille part avec tous les cousins, Bérénice redevient maîtresse des lieux. Elle est l'«œil de Dieu», comme l'illustre l'épisode où, par le trou d'une serrure, elle regarde ses parents qui discutent dans «l'abside dite petit salon» (p. 176). Elle est le dieu qui observe ses créatures agir sous une impulsion jaillie en eux de par sa volonté. Leur histoire devient ainsi son histoire, et ce qui arrive dans l'abside, ex-lieu sacré, constitue une ex-Histoire Sainte, une reconstitution profane de cette dernière par la narratrice. Einberg, contaminé lui aussi par le «péché» de Christian, cesse d'être Dieu de l'amour spirituel (Esprit Saint) pour devenir dieu de chair, dieu de la chair, c'est-à-dire du sexe:

---

1. Marc, X, 25.

Eh bien, oui! Là! J'ai pris une maîtresse [...] elle
n'est même pas jolie, elle ne sait même pas
s'habiller et elle n'a même pas l'air intelligente. Elle
ne porte pas bien sa tête, mais qu'importe à un
homme qui n'a pas besoin de tête? Elle a un sexe
de femme entre les jambes, elle le porte haut et
droit, et un sexe, ma bonne amie, c'est tout ce dont
un homme a besoin quand il prend une maîtresse
(p. 76).

Quant à Chamomor, ancienne Église de l'espoir
du Salut par le Christ, épouse mystique de Dieu, elle
se révèle femme-sexe, objet de la violence physique
des hommes: «Tes frères, MM. les Polonais, venaient
de te violer...» (p. 77). Cette violence l'a conduite au
désespoir et l'a menée — encore inconsciente de la
portée de son «renoncement», blasphématoire version «en négatif» de l'acceptation de sa condition de
la part de la Mère de Dieu — à s'offrir à Dieu, c'est-
à-dire, dans notre histoire, à s'unir en mariage avec
Einberg: «J'étais folle, Mauritius Einberg! Le désespoir
m'avait rendue folle. J'avais treize ans. [...] Quand
vous m'avez trouvée, j'avais perdu la raison. Vous
l'avez vu. Et vous en avez profité» (p. 77-78).
À la réification sacrilège de Dieu et de son épouse
mystique, l'Église, s'ajoute — pour parfaire la subver-
sion de l'univers religieux chrétien — l'avènement de
Mingrélie (le diable) au rang de symbole d'un monde
de candeur et de sérénité dont la beauté est due à la
nudité (à la corporalité) de ses habitants et dont Bérénice elle-même est la propriétaire (le dieu absolu):

Je fais un cauchemar. Tout est blanc ici, d'une blan-
cheur éblouissante. [...] Il y a des filles debout
devant les fenêtres blanches, des filles qui n'ont
presque rien sur le dos, comme Mingrélie dans la
grange abandonnée. [...] Je frappe dans mes mains.

Les filles se retournent. Elles ont toutes le même visage: le visage de Mingrélie. Comme elles sont belles! Comme mes êtres humains sont beaux! Tout m'appartient ici. Tout est à moi ici (p. 78).

Einberg, Dieu le Père réduit à la condition d'homme, demeure le père de Bérénice, symbole d'une autorité humaine qui ne peut approuver le projet «révolutionnaire» de sa fille. «Expédier» cette dernière en Californie, comme il le fait (p. 78), équivaut à l'éloigner de son frère, que sa condition d'homme-sexe a rendu faible et donc plus facile à posséder[1]. Cet exil (p. 79) dans lequel se trouve Bérénice par rapport à Christian — exil qui la prive de la possibilité de réaliser le paradis sur terre et qu'elle tente d'annuler grâce à la lettre où elle rappelle à son frère son idéal d'homme-dieu, sa religion de l'intelligence[2] — équivaut en effet à l'absence de celle qui re-crée l'«Histoire» de l'île des religions de Yahveh (Dieu), de sorte que l'univers religieux, troublé par Bérénice et ravagé par Mingrélie, peut maintenant se remettre en place.

«L'ordre revenu, je vois que Maman Brückner, Papa Einberg et toi occupez toujours la totalité de la place qu'il y a dans ma vie» (p. 81), dit en effet Christian à Bérénice dans une lettre qui est une réaffirmation complète de l'ordre religieux traditionnel: réintégration du Pape comme Chef spirituel des hommes[3], énergique proclamation du respect dû à l'Église et à Dieu (p. 82) et de la conception qui fait des aventures humaines un produit des desseins insondables de la Divine Providence (p. 82).

---

1. «Terrassé par le départ soudain de Mingrélie, il ne reste plus qu'à l'achever et le prendre» (p. 78).
2. «J'embrasse ton beau soleil zoulou; je le conserve religieusement» (p. 79).
3. Le chat Mauriac II fait tomber de son trône le pouvoir temporel: il brise l'aquarium en forme de buste de Louis XIV. (*Cf.* p. 82.)

Le retour de la narratrice est ainsi un retour à l'île des religions, de la guerre et du pouvoir: Einberg et le rabbi Schneider définissent en effet la guerre d'Israël comme une «guerre sainte» (p. 83). C'est aussi le retour à un Christ[ian] qui, Dieu Homme, demeure sourd aux prières par lesquelles la jeune fille — qui s'est elle-même proclamée dieu après avoir eu raison de ses propres craintes[1] —, répétant la scène où le diable tente Jésus au terme de ses quarante jours dans le désert[2], incite son frère à prendre possession du monde, à détruire les Églises et à jouir de la vie et de ses plaisirs physiques (p. 90).

En poussant Christian à se faire homme-dieu, seigneur de ce monde, Bérénice vise encore une fois à réinstaurer sur la terre et maintenant le paradis: «Partir. Il faut partir et aller défendre les domaines, les domaines que nous tenions de nos pères qui les tenaient de leurs pères» (p. 88). Mais Christ[ian] (Dieu) ne peut entendre ni exaucer un tel désir: «Christian ne répond rien. Il n'a pas de voix. Même s'il voulait, il ne pourrait pas répondre» (p. 88). Ce silence de Christ[ian], qui demeure un Dieu insensible à ce que Bérénice fait miroiter devant lui pour qu'il revienne en homme-dieu collaborer à la re-création du paradis sur la terre, confirme, aux yeux de la narratrice, le désintérêt de Dieu pour l'homme. Face à ce Dieu créé par l'homme — contre ce Dieu —, Bérénice réaffirme violemment sa propre autonomie: «J'appelle le désordre. [...] J'appelle la guerre de l'homme contre ce qu'il a fait. [...] Ils courent après moi comme après un assassin et je n'ai pas assassiné. [...] J'ai de l'assassin ce que le feu a de l'incendie. Et ils le savent. Il ne faut pas laisser traîner du feu. Il faut que je fuie comme un voleur et je n'ai rien pris d'autre que ma vie» (p. 90). Nouvelle négation

---

1. «Je mets ma robe d'apparat, ma belle robe de damas au corsage lacé, ma robe blanche et comme sculptée, [...] ma robe d'intronisation» (p. 87).
2. *Cf.* Luc, IV, 1-13.

implicite de toute transcendance, la réappropriation de sa propre vie est une «condamnation à mort de Dieu» par laquelle Bérénice redevient maîtresse du monde et, donc, de toute vie (p. 90).

Mais «éliminer» Dieu pour se substituer à lui suppose un refus de la condition humaine, des limites imposées à l'homme. Ce refus, lui-même né de la non-acceptation du principe de réalité, conduit la narratrice à refuser la vie elle-même: «Je m'appelle Neurasthénique. [...] Je ne suis pas malade. Je suis morte. Je ne suis plus qu'un reflet de mon âme. [...] Je plane dans l'éther des espaces sidéraux, souverainement et définitivement indifférente. Je ne mange plus. Mon organisme se soulève contre tout ce que les vivants appellent nourriture, aliment, repas» (p. 90-91). Cette dissociation par rapport à son propre corps, qui est refus de la réalité au nom du paradis sur terre[1], et que l'histoire raconte comme une phase de neurasthénie obligeant l'héroïne à garder le lit, implique la tentation parallèle et progressive chez Bérénice de céder à sa mère (l'Église): «Il y a en elle quelque chose qui me fascine, m'attire, quelque chose comme un vide» (p. 92); de céder à la Grâce de la foi — seul moyen d'obtenir le Salut (vraie Vie) — qui, don de Dieu à l'homme, est souvent prodiguée à celui-ci par le truchement de l'Église: «Au travers des ténèbres, je vois quelqu'un, je les vois: elle et son chat. Elle est dans ma chambre. Elle me protège. [...] Seule dans cette chambre, dans l'état où je suis, la mort aurait beau jeu» (p. 91). Cette tentation d'ordre spirituel, et donc repoussée par la narratrice comme irrationnelle[2], alterne, en s'y oppo-

---

1. Une telle identification de la réalité avec le «corps» est caractéristique de l'univers ducharmien. Nous la retrouverons dans *Le Nez qui voque*, où l'image du corps, conservant une signification identique, est transférée au sexe.
2. «Tout ceci n'est qu'instinct, lâcheté, désespoir, aberration» (p. 92).

sant — ce qui imprime au récit une allure typique-
ment schizophrénique — avec les conclusions auxquelles elle est parvenue, dans sa quête rationnelle
sur son propre être, quant à l'impossibilité de réaliser
le paradis sur terre grâce à l'intelligence: «J'ambition-
nais de refaire le chaos en moi-même, de tout reprendre à zéro. J'ai bien peur qu'en arrivant à zéro, il n'y
ait plus rien à reprendre» (p. 93).

Engrenage qui «démonte» toute «foi», l'intellect
finit inévitablement, en effet, par mettre en lumière le
caractère illusoire de l'idéal même qui fait de lui l'instrument de la création de l'homme-dieu: «Je ne pourrai jamais plus croire. Les engrenages et les ressorts de
mes sentiments sont finis. Je ne crois en personne. Je
ne crois en rien» (p. 94); il démontre aussi que mener
des recherches rationnelles sur le monde conduit à la
découverte que la vie équivaut à la mort, au néant:
«Celui qui se cherche cherche quelqu'un d'autre que
lui-même en lui-même. S'il va jusqu'au bout, il trouve
un protozoaire. Au-delà du protozoaire, c'est la
matière. Au-delà de la matière, c'est le néant» (p. 94).
Consciente du fait que continuer de croire à son idéal
équivaut à tricher avec la vie (p. 95), la narratrice en
vient à éprouver un désir de mort qui se concrétise
par une baisse corporelle (perte de matérialité). Le fait
que Bérénice en soit réduite à n'avoir plus que la peau
sur les os, c'est-à-dire à sa structure essentielle — «Je
ne suis que l'habit d'un squelette. Je maigris. Je suis
maigre comme un cure-dent» (p. 99) —, est l'indice de
la place de plus en plus grande que l'idéal prend dans
l'esprit de la narratrice: «Je suis légère, plus légère
qu'un oiseau. Je ne suis qu'une paire d'ailes d'hiron-
delle et je nage dans l'air» (p. 99), tandis que parallèlement se renforce, comme nous l'avons déjà vu,
l'attraction exercée par la mère: «Fidèlement, opiniâ-
trement, Chamomor passe ses nuits à mon chevet.

J'entends ronronner le chat, et c'est comme si j'entendais de l'amour ruisseler d'une vasque» (p. 99).

De plus en plus «faible» (p. 100), de plus en plus assujettie à la fascination de la mère (l'Église), Bérénice parvient cependant, encore une fois, grâce à un acte de volonté, à se dérober à l'emprise de cette dernière, en tuant (supprimant) son image de symbole de l'Église et en la laissant vivre uniquement en tant que mère, femme: «Ses lèvres sont mouillées de cognac, ses lèvres de Kabyle, ses lèvres unies comme le bord d'un verre, ses lèvres épaisses comme le bord d'un seau. J'imagine qu'avec un asseau j'enfonce des clous dans son front large et uni» (p. 103). Maintenant que sa mère est uniquement un être humain, une créature de son paradis sur terre, Bérénice pourra enfin s'abandonner à l'amour et s'exalter jusqu'à croire à la possibilité de s'emparer d'elle, de se faire le dieu de Chamomor: «elle me donne l'impression de se laisser appartenir, de me laisser la posséder. [...] À la regarder être étendue au-dessous de moi dans mon lit, dans le bateau de ma peur et de mes cauchemars, j'ai, violemment, la sensation de la prendre, de la garder, de l'avoir dans l'âme» (p. 106). Cette expérience de l'amour propre au paradis sur terre se conclut par le rabaissement du «vidrecome[1]» (p. 108) — calice de la transsubstantiation que boit (consomme) Chamomor (l'Église) — à l'état de verre de visions fantastiques chez quiconque désire croire qu'il a le pouvoir de les produire:

> Elle serre le vidrecome. [...] Elle me fait signe d'approcher doucement les yeux.
> — Regarde, ma chérie: c'est une ville engloutie.

---

1. *Vidrecome:* «Grand gobelet, verre à boire qui se passait de convive en convive en Allemagne» (*Le Robert*, t. VI, 1966, p. 804).

D'abord, je ne vois d'englouti que le cristal taillé en losanges du fond du vidrecome. Puis je comprends que pour voir une ville au fond d'un verre il faut se forcer (p. 108).

Pour Bérénice, le rapprochement avec Chamomor crée l'illusion d'une «possession» d'amour à conserver jalousement (p. 110), sous peine de la perdre: «Mon idylle avec la panthère blanche aux yeux d'azur ne dure plus, n'a plus cours. Elle a vécu ce que vit toute douceur: l'espace d'un malentendu. C'est sa faute. [...] Je l'aimais comme un garçon aime une fille. [...] Je l'embrassais avec ma plus noire passion» (p. 110). Pour la mère, en revanche, ce rapprochement est motif de vantardise, miracle digne d'être divulgué, action divine qui confirme sa condition d'Église dont Bérénice a horreur: «Depuis que je suis guérie, elle me montre. Je lui laisse croire qu'en vérité [...] elle m'a ressuscitée» (p. 111-112).

Morte cette illusion de l'amour maternel, Bérénice est prête à reprendre sa tentative de transformer Christ[ian] en homme-dieu, prête à faire avec lui un voyage «au bout du monde» (p. 111), nouvelle prise de possession du monde pour y instaurer le paradis sur terre des hommes-dieux: «Je gronde Christian. Il m'a promis de m'emmener au bout du monde aussitôt que je serais guérie. Il n'a encore rien fait» (p. 111). Ce royaume, qui suppose pour la narratrice la libération de l'homme de l'assujettissement à Dieu, ce monde sans dieu est ouvert pour elle à toutes les possibilités: «Christian me promet que nous partirons aussitôt que je serai guérie — raconte Bérénice au cours de sa maladie —, que nous irons n'importe où. N'importe où, c'est là où l'on trouve n'importe quoi, c'est-à-dire tout» (p. 91). Et Christian, en effet, honore enfin sa promesse: «Christian m'arrive, tout pâle. Il m'annonce que ça y est. [...] Un homme d'honneur n'a qu'une parole. Il m'a dit qu'il m'emmènerait au bout du monde. Il m'emmène au bout du monde. Nous partons» (p. 112).

Mais une équivoque fondamentale mine leur voyage dès le départ. Christ[ian] est l'image du Christ mort sur la croix pour sauver l'humanité, et qui indique aux hommes en cette croix le modèle à suivre pour atteindre la vraie Vie: «Sur le lit, nous étendons une carte de la région. Nous nous agenouillons, les coudes sur le lit, et il m'apprend le langage de la carte. [...] À l'endroit du port, la terre se dentelle de petits rectangles: ce sont les quais. Dramatiquement, d'une grosse croix, Christian marque celui de ces quais qui s'appelle Victoria» (p. 112-113). C'est pourquoi Christ[ian] ne peut concevoir le voyage souhaité par sa sœur — voyage vers le monde et par le monde — que comme une entreprise «mortelle» pour l'âme qui s'y engage:

> Plus je regarde Christian, plus je le trouve triste. [...] Soudain, une immense peur me prend: tout va tomber à l'eau! [...] Je prends le poignet de Christian, repousse sa manche. [...]
> — C'est l'heure, Christian. Je t'en supplie, Christian: déshabillons-nous et plongeons!
> — Tu n'y songes pas sérieusement, Bérénice. Nous attraperons notre coup de mort (p. 115).

Pour Bérénice, au contraire, voyager équivaut à sortir de l'île, c'est-à-dire de la religion monothéiste, à s'engager sur le chemin de la liberté totale pour s'approprier l'univers et en devenir le dieu: «Notre adresse, messieurs, c'est: Monsieur et Madame Homme, Planète Terre, Système solaire, Infini» (p. 118). Voyager signifie, pour Bérénice, recommencer l'aventure humaine à partir de son début, tout en étant pleinement consciente du néant où elle se déroule lorsqu'on ne croit plus en Dieu: «Les dernières minutes de ma vieille vie s'en vont. Fébrilement, j'écoute partir de moi les dernières minutes d'une vie désolée, plate comme un atlas, misérable, méchante. Une autre vie s'avance, toute neuve sur l'eau sale, toute blanche dans la nuit, toute chaude dans le froid. [...] Mes nouveaux jours et mes nouvelles saisons s'étendent dans le néant comme une fresque sur un mur» (p. 114).

Aussi, lorsque Bérénice, attristée et déçue par ce qui lui semble être un manque de courage chez Christian — «Il évite mon regard. Il me déçoit si cruellement! Il m'inspire un si amer mépris» (p. 116) — exhorte son frère — «Faisons au moins semblant de partir» (p. 116) —, celui-ci cédera. Mais leur voyage sera, justement, «faux», réplique à la fois de la vie terrestre du Christ et de qui ne le suit pas — «Tantôt nous marchons chacun sur son rail, les bras en croix, comme des funambules» (p. 116) —, marche en avant sur ce parcours «obligé», tout tracé — «Nous prenons le chemin de fer, la mer de fer, le souterrain de fer» (p. 116) — qu'est la vie de l'homme chrétien «sorti» de la religion. Convaincu qu'il est libre — «C'est comme si nous marchions où les oiseaux volent, où les poissons nagent, où les astres tournent» (p. 116) —, bien souvent cet homme erre: «Nous faisons souvent des faux pas» (p. 117), et croyant choisir son parcours, à grand-peine il ne s'élève que pour choir plus douloureusement à son but: «Tout à coup, peu après une bifurcation, une haute barrière de fer à treillis se dresse devant nous. L'ascension et la descente s'avèrent dangereuses, douloureuses, sanglantes même. [...] nous décidons de nous parachuter. Et, sautant, nous nous fêlons tous les os du corps» (p. 117). Et ce but, c'est le seuil putride du royaume enflammé des démons et de la mort. Les deux jeunes gens arrivent en effet à une raffinerie de pétrole ayant tout l'air d'un lieu infernal, où les rails semblent des serpents démoniaques, puis s'interrompent soudain, ce qui correspond à la fin du «voyage» de la vie à l'enseigne de la liberté:

> Nous sommes tombés sur le terrain d'une raffinerie de pétrole. Plus nous avançons, plus ça pue. Au fond, plein l'horizon, des tours, toutes sortes de hauts fours et de hauts échafaudages se profilent. Tout au-dessus, au bout d'une cheminée, une grosse flamme rose flotte. [...] Des tuyaux de toutes tailles filent en tous sens. Celui qui court le long de nos pas est gros comme quatre boas. Il y en a qui zigzaguent entre ciel et terre, d'autres qui jaillissent du sol, d'autres qui jaillissent des ténèbres. Fidèlement, nous suivons notre chemin de fer. Soudain [...] les rails dressent deux formidables crocs et disparaissent. C'est fini (p. 117-118).

C'est l'aspiration à la liberté de la narratrice qui motivait ce voyage, dont la fin confirme une fois encore à Bérénice l'inexistence du libre arbitre: l'homme est prédestiné au salut ou à la damnation, aussi bien dans la religion chrétienne que dans la religion juive: «Tu as choisi la mauvaise voie exprès, *Christian Einberg*[1]!» (p. 118). Pour Christ[ian], en revanche, le voyage est un parcours librement choisi par l'homme qui, en péchant, a rendu nécessaire la mort sur la croix du Rédempteur: «Je t'en prie! s'écrie Christian, léchant une paume déchiquetée. Si je ne t'avais pas écoutée, nous ne serions pas dans un tel pétrin» (p. 118). Bérénice est finalement parvenue à entraîner Chris-

---

1. C'est nous qui soulignons.

tian dans son «voyage» nocturne, même si c'est un «faux» voyage, c'est-à-dire un rêve de liberté par rapport à tout lien religieux: «Reniflant d'émotion, pleine de la nostalgie de ce qui aurait pu être, je jure à Christian une éternelle loyauté» (p. 119). Mais ce voyage voulu par la jeune fille ne peut être pour Christ[ian], comme nous l'avons vu, qu'un symbole de la fin inévitable qui attend le Christian (chrétien) pécheur. D'où sa «crise religieuse» (p. 121) qui donne à Bérénice l'occasion d'essayer encore une fois de convaincre son frère de l'inexistence de Dieu. À cette fin, Bérénice fait du confesseur non pas un représentant de Dieu mais un être humain tout court:

> Comme tous les samedis depuis un mois et demi, nous procédons à la répétition générale de «la Confession des péchés que Christian a faits avec Min-grélie». [...]
> — Tu es seul au monde, Christian. Tu es le seul être humain du monde. De qui as-tu donc peur? Mon père, je m'accuse d'avoir eu de mauvaises pensées au sujet de ma cousine treize fois. Vas-y, Christian. Ce n'est que moi. N'aie pas peur. Il n'y a personne (p. 126).

Cet épisode est une parodie blasphématoire qui substitue l'épanchement, la confidence humaine, au sacrement de la confession:

> — Tu ne sais pas tout. Je te cache des péchés encore plus écœurants que ceux que je t'ai dits.
> — Dis-moi tout, Christian! Si tu es encore si malheureux, c'est justement parce que tu ne m'as pas tout dit. Vide ton cœur. Donne à ta petite sœur. Ton cœur sera si léger quand il sera vide (p. 127).

Et cette parodie blasphématoire voit Bérénice s'affirmer à nouveau dieu en la personne du confesseur — qui au nom de Dieu pardonne les péchés —, et le Christ[ian]-Dieu se transformer en pécheur.

Après avoir réduit Christian à la condition d'homme, Bérénice, en se faisant surprendre par Einberg (le père) au moment où elle est en train d'embrasser son frère, se propose à présent de «jouer» Dieu (p. 127-128) de la façon la plus blasphématoire possible:

> — Que se passe-t-il entre toi et ton frère, me demande Einberg, m'accrochant par un bras. [...]
> — Il ne se passe rien... dis-je, faisant la tête que je fais quand je mens.
> — Je vois du Brückner là-dessous! Avoue! Ils cherchent à te convertir! Ils complotent!
> — La religion n'a rien à voir là-dedans! [...] Elles m'écœurent toutes vos religions (p. 128).

Feindre un amour incestueux pour son frère Christ[ian] et vouloir qu'il soit découvert et tenu pour tel par Einberg (Dieu le Père) et Chamomor (la Mère-Église) équivaut à se moquer de Dieu et du Christ. Car il s'agit de masquer, par un «excès» d'amour fraternel, la réduction que la narratrice fait subir au Dieu d'amour, dont elle fait au contraire un Dieu «manquant» d'amour. Car le jeune garçon a «manqué» d'amour pour sa sœur, dans la mesure où, «aimé» de Bérénice qui a cherché désespérément à faire de lui un frère en l'intellect, un homme-dieu du paradis sur terre, il l'a repoussée, il n'a pas accédé à ses demandes, mettant ainsi fin au fier et fascinant idéal de la narratrice.

3. L'ange rebelle

Le refus de Christ[ian] de consentir à la re-création du paradis sur terre condamne Bérénice à l'exil sur la terre de Dieu[1]. Dans le récit, cette condamnation prend la forme d'une expulsion: par la volonté d'Einberg (Dieu le Père), la jeune fille est chassée de l'île et envoyée à New York, pour habiter chez Zio: «Tu pars pour New York le 24. Tu n'y seras pas en villégiature. Non. Tu y seras en demeure. [...] Je te confie à une famille de saints. [...] Tu dois oublier cette île, cette abbaye sinistre, ton frère, ta mère...» (p. 133). Dans l'impossibilité de s'opposer à la volonté d'Einberg et armée uniquement de son intelligence, la narratrice brandit face à la condamnation de Dieu la pureté d'intentions de son projet et confie la reconnaissance de son innocence à Chamomor (l'Église) elle-même: «Je ne serai pas seule en mon exil. J'y serai avec Constance Chlore. Je dois ce charmant édulcorant à Chamomor» (p. 137).

Constance Chlore est présentée, dès le début du récit, comme l'un des personnages essentiels de l'univers de la narratrice: «Il y a ma mère, mon père, [...] Christian, Constance Chlore» (p. 8). Elle est, selon Bérénice, une créature exceptionnelle: «Constance Chlore, le plus pâle et le plus décoloré d'entre les plus beaux êtres humains, la plus douce, l'exquise, la divine, la véritable gazelle» (p. 84). Ailleurs, Bérénice dira son amour pour celle qui mérite pareil éloge: «J'aime Constance Chlore. Ce soir, Constance Chlore, tu es le seul visage que j'aime» (p. 55). Elle l'aime, elle en est obsédée — comme elle l'est par Christian — et souffre à cause d'elle: «il reste que Christian et Constance Chlore me hantent, que je les cherche, que je les

---

1. «Je ne serai pas seule en mon exil» (p. 137).

attends, qu'il faudrait que je les possède, qu'il faudrait que je ne souffre pas à cause d'eux» (p. 32-33).
Constance Chlore honore d'autre part son prénom,
comme le souligne ailleurs la narratrice, en faisant
référence à l'immuabilité et à la persévérance du personnage: «Que fait Constance Chlore pour être si
constante, si égale à elle-même, si conséquente dans
ses gestes, ses paroles et ses sentiments?» (p. 145)
Mais Constance Chlore est aussi incolore et stérile,
donc non sujette à la corrosion du temps qu'implique
l'engendrement: «Constance Chlore, pâle comme les
prairies de l'automne, comme le sable, comme la cendre, comme tout ce qui est stérile» (p. 145). De plus,
son patronyme renvoie aux propriétés blanchissantes
et antiseptiques du corps chimique homonyme et souligne la valeur symbolique du personnage: ce personnage est l'innocence. Cette innocence qui — nous
l'avons vu dans *L'Océantume* et nous le verrons plus
loin dans *Le Nez qui voque* — connote l'enfance, les
origines individuelles et celles de l'homme, ainsi que
les illusions et les idéaux qui accompagnent toujours
le «début» de toute chose. Idée obsédante d'une innocence perdue par les Églises monothéistes — Constance Chlore est introuvable dans la synagogue[1] et
inconnue par Christian (le chrétien[2]) — mais qui
existe dans le monde harmonieux de l'enfance — «La
Chorale des Enfants des Enfants de Dieu en exil au
Canada» (p. 12) — et que la narratrice, enfant elle-
même, possède encore: «Ici [en Californie, avec la

----

1. «[...] je fouille des yeux la morne assemblée. Je glisse des regards
entre les épaules, j'en lance par-dessus les chapeaux. De visage en
visage, le même visage anonyme et repoussant se reproduit. Nulle trace
de Constance Chlore» (p. 16). Pour une recherche pareillement infruc-
tueuse, voir aussi p. 13.
2. «Constance Chlore est aussi savante que Christian. Il faudra que je la
lui présente un de ces jours» (p. 147).

Chorale], je suis avec Constance Chlore. Dans les
autobus, nous nous asseyons sur le même siège. Dans
les hôtels, nous dormons dans la même chambre»
(p. 79). Pendant le premier séjour de Bérénice à New
York, Constance Chlore est constamment à ses côtés,
et sa présence atteste l'innocence du passé de la narratrice, tandis que sa disparition soulignera l'entrée de
cette dernière dans le monde de la réalité.

Défini par le récit comme un changement de
famille[1], le transfert de l'abbaye à l'appartement de
Zio marque le passage de l'idéal paradis sur terre des
hommes-dieux à la réalité de la Loi de Yahveh, Loi
qui conditionne matériellement la liberté des individus et constitue une métaphore des règles régissant le
monde des hommes — un monde matérialiste, privé
de spiritualité.

Pour Bérénice, «Zio n'est qu'un aveugle-sourd,
n'est qu'un autre de ces imbéciles graves qui m'ont fait
le monde que j'ai» (p. 177), alors que tout le monde le
prend «pour un homme digne et respectable» (p. 178), à
ce point qu'«il est écouté, puissant [et] jouit d'un grand
ascendant sur tous et sur *tout ce qu'ils ont fait*[2]» (p. 178).
Il est doté d'une longue barbe (p. 133 et 178) et «d'une
assurance d'acier» (p. 177) si peu commune que la narratrice est portée à remarquer: «À moins qu'il se prenne
pour autre chose qu'un être humain. Peut-être se prend-
il pour un Zio...» (p. 178). Ainsi, Zio est bien Yahveh, le
Dieu des Hébreux qui est intervenu directement dans la
vie de son peuple, décidant de son destin, choisissant
ses chefs, le faisant aller d'un lieu à l'autre jusqu'à ce
qu'il atteigne la terre promise: «Il a fondé la fortune de
chacun. Il a trouvé une femme adéquate à chacun. Il
dirige l'éducation de leurs fils. Il les fait émigrer et

1. «Tu changes de famille» (p. 133).
2. C'est nous qui soulignons.

immigrer en tous sens» (p. 178). Yahveh était le Dieu d'un maigre groupe de bergers — donc un Dieu pauvre, comme Zio à son départ d'Arménie —, puis il est devenu le Dieu d'un peuple qui, selon la conviction commune, a construit sa puissance et sa richesse en prêtant de l'argent — donc un Dieu riche, comme Zio s'est lui-même enrichi —, et il exerce maintenant son pouvoir en «prêtant» à d'autres une vie qu'il grève de l'hypothèque de la foi en Lui — ce que Zio fait avec l'argent: «Parti d'Arménie et de haillons, il dirige maintenant, vêtu d'un complet de fin lainage britannique et chaussé à l'italienne, une très importante société de prêts sur hypothèque» (p. 178). Cette foi est en effet, selon Lui, l'élément indispensable au bonheur des hommes: «Il s'imagine que, par l'entremise de sa société de prêt sur hypothèque, de ses connaissances de massorète, de sa longue barbe artisonnée et de je ne sais plus quoi, il contribue à relever le niveau de bonheur des êtres humains» (p. 186).

Les illusions de la narratrice commencent ainsi à se désagréger dès le moment où elle entre dans l'appartement de Zio. Cet appartement constitue le lieu privilégié (élevé) de cette «cage» (prison) à plusieurs étages qui est l'édifice de la religion au sommet duquel se trouve Dieu, et il est bondé à craquer par sa nichée (son peuple): «Nous arrivons chez Zio comme des thons dans une boîte de sardines à l'huile. Il n'y a pas de place dans la neuvième cage du columbarium prismatique à dix cages où il a juché sa nichée» (p. 138). Cet appartement qui a l'air d'une prison est la métaphore d'une religion dont les fidèles sont considérés comme des prisonniers de leur propre foi, d'autant plus saints qu'ils ressemblent davantage à des singes. La sainteté équivaut en effet, pour notre narratrice, à la capacité de se soumettre passivement à l'observance et à la répétition d'un rituel purement extérieur:

Zio ne fait pas vivre sa famille au sommet de ce columbarium parce qu'il est pauvre. Non. Il est très riche. Il la fait vivre au sommet de ce columbarium par sainteté. Quand on est saint, il faut avoir l'air pauvre. Ceux qui, par ouï-dire, doutent de la sainteté de Zio et de sa nichée n'ont qu'à venir voir. La longue barbe artisonnée de Zio et les tempes à queue de ses fils sont catégoriques, mettent fin à toute discussion. Pour moi, saints ou non, ce sont des singes (p. 139).

Métaphore, avons-nous dit, du monde réel où ce qui compte est le respect apparent des règles de la société, la religion hébraïque est ici présentée par la narratrice comme l'observation rigide de normes qui n'ont rien à voir avec la spiritualité: c'est, par exemple, le port de la calotte — «Mes cousins portent une calotte, comme des évêques» (p. 139) —, le bain lustral de la Yom-Kippour — «Ce qu'il faut qu'un être humain fasse le matin de la Yom-Kippour, Zio en est sûr, c'est aller faire trempette dans les eaux de l'Hudson» (p. 178) —, l'interdiction de porter un maquillage trop lourd et des coiffures ridicules lorsqu'on doit s'asseoir «à la table de Yahveh» (p. 188), le respect rigoureux du repos le samedi: «Ici, samedi est sabbat. Et toutes les prescriptions bibliques concernant le jour consacré par Moïse à l'ennui sont strictement observées» (p. 148). Zio pousse l'observation du sabbat jusqu'à imposer la prohibition absolue de la lumière, qui est pour Bérénice le symbole de l'intellect: «il ne souffre aucun accroc aux lois qu'il a instituées quant au bannissement de toute lumière non céleste[1]» (p. 148), et cette interdiction confirme à ses yeux le fait que toute la «Loi» a pour seul but d'empêcher l'homme d'accéder librement à la connaissance qui, lumière de l'intellect, lui permettrait de

---

1. En ce qui concerne l'ironie avec laquelle la narratrice condamne le respect des Lois relatives au sabbat, on verra toute la page 148.

«voir» (de comprendre) l'inutilité (l'inexistence) d'un Dieu incapable de secourir les hommes quand il s'agit des seules exigences vraiment humaines, qui sont d'ordre spirituel: «J'ai si mal à l'âme, Zio [se lamente Bérénice], et cela a si peu d'importance pour toi!» (p. 187). Entrer dans la maison de «Zio» équivaut ainsi, pour Bérénice, à s'introduire dans l'antre de l'«ogre» (Yahveh): «Il faut entrer ici [dans l'appartement de Zio] comme on entre dans une rivière de crocodiles, comme on entre dans un marais d'hippopotames» (p. 139). «Ogre» dévorateur (dominateur) d'hommes, qui engloutit leur liberté — «Dès le seuil, on peut voir leurs cœurs ouvrir une énorme gueule armée d'épées, une benne preneuse faite pour dévorer vif» (p. 139) —, Zio exerce son immense pouvoir à travers un système fondé sur la foi et sur l'observance de la «Loi», système qui a conduit ces «esclaves-nés» que sont les croyants à l'ériger en seigneur et maître: «Car Zio est pris pour un maître par les esclaves-nés. Car Zio est pris pour le grand maître des morues par les morues» (p. 178).

Expérience d'une religion qui, selon la narratrice, tue l'innocence sous couvert de la protéger — la chambre assignée aux deux jeunes filles, «réservée de tout temps pour faire de la philanthropie», est en fait «habitée de fantômes d'enfants plus infirmes et plus tristes les uns que les autres» (p. 140) —, le séjour de Bérénice dans le «columbarium» de «Zio» est une période de captivité dans la terre de Yahveh (de la religion hébraïque). Période de captivité que Bérénice emploiera, toutefois, à exorciser le pouvoir que Yahveh a sur elle, en substituant la connaissance à la croyance, la rationalité à la foi, et à l'Amour divin, divine Providence, la révolte de sa propre volonté: «Dans le cœur d'une laide comme moi, d'une mise au monde rien que pour souffrir comme moi, seuls haine et désespoir ont place» (p. 140). Bérénice se prononce ainsi contre l'acceptation du monde — contre le principe de réalité — et en faveur du pouvoir de création de sa propre imagination.

Si la présence de Constance Chlore aux côtés de Bérénice, à New York, est bien l'indice de l'innocence de l'héroïne ainsi que de la force de son idéal, il ne faut pas oublier que la narratrice la présente aussi dès le début comme un obstacle à son processus de libération:

> — [...] Nous sommes presque heureuses cette nuit, les jambes contre les petites jambes froides de Constance Chlore.
> Ce n'est pas vrai! Que m'ont-ils fait encore? Ô Satan, que je me le rappelle!... Je leur reprendrai ce qu'ils m'ont pris! Mes forces sont à se faire... Je sens des ailes grandir aux dépens de mon corps, s'élargir, se gonfler au hasard des coups de vent et m'arracher du sol (p. 140-141).

Et si Constance Chlore est un obstacle, c'est comme un idéal beau mais illusoire pour qui, voulant accéder à une liberté absolue de l'esprit, ne peut qu'éliminer toute illusion humaine et rejeter toute croyance qui poserait la possibilité d'une modification (amélioration) de l'homme et nierait sa sujétion à la prédestination:

> J'ai tout compris. [...] Le seul moyen de s'appartenir est de comprendre. Les seules mains capables de saisir la vie sont à l'intérieur de la tête, dans le cerveau.
> Je ne suis pas responsable de moi et ne peux le devenir. Comme tout ce qui a été fait, comme la chaise et le calorifère, je n'ai à répondre de rien. [...] j'ai été faite Bérénice comme le calorifère a été fait calorifère. Je peux résister à Bérénice et essayer d'être une autre, mais, pas plus qu'un calorifère ne peut se changer en boa, je ne pourrai me changer en Constance Chlore. Quand on a été fait indifférent, méchant et dur, on ne peut être sensible, charitable et doux (p. 141-142).

Bérénice est née vers l'âge de cinq ans[1], avec l'illusion de pouvoir voler (s'élever spirituellement): «Naissant, j'ai cru avoir le choix et j'ai choisi d'être un papillon aux ailes constituées de vitraux jaune-orange» (p. 143). Cette naissance et ce «vol» renvoient évidemment au début de sa formation religieuse et à la conviction qu'elle avait alors de pouvoir s'élever, de pouvoir s'améliorer spirituellement. Mais elle a vite reconnu le caractère illusoire de cette aspiration, car elle a pris conscience de sa nature matérielle (terrestre) et, pour elle, cette nature matérielle est un obstacle à la réalisation spirituelle: «[...] je me suis élancée du haut du donjon où j'étais. Hélas! je n'étais pas un papillon. J'étais un buffle. [...] j'étais engagée au plus fort du fleuve qu'est un destin [...]. J'ai nagé à contre-courant comme une forcenée, en pure perte» (p. 143).

S'étant engagée sur la voie de la recherche intellectuelle des causes de son être par la négation de la prédestination au sens néo-testamentaire[2] au profit d'une adhésion aux théories qui scindent l'humanité en élus et damnés pour l'éternité par la volonté de

---

1. «Je suis née vers l'âge de cinq ans, si je m'en souviens bien» (p. 143).
2. Comme on sait, ce terme est présent dans le Nouveau Testament, où il désigne la volonté de Dieu d'apporter le salut, de toute éternité, aux élus. Le concept apparaît au demeurant dans l'Ancien Testament et a été l'objet de larges développements par saint Paul. Ce dernier affirme que Dieu, «avant même la fondation du monde, [...] nous a prédestinés à devenir ses fils adoptifs par l'intermédiaire de Jésus-Christ.» (Épître aux Éphésiens, I, 4-5.) Ultérieurement, à partir de saint Augustin, ce même concept a été l'objet de nombreux développements, dont la conception manichéiste calviniste selon laquelle Dieu prédestine une partie de ses créatures au salut et une autre partie à la damnation. De tels développements trouvent leur point culminant dans les théories jansénistes selon lesquelles le Christ est mort uniquement pour le salut de quelques élus et non de tous les hommes. Plusieurs disputes ont eu lieu sur cette question à l'intérieur même de la théologie catholique. Aujourd'hui, le problème de la prédestination est en général renvoyé à la perspective biblique selon laquelle, tel qu'il est écrit dans le Nouveau Testament, le salut concerne tous les hommes.

Dieu, la narratrice en vient à nier Dieu lui-même par l'affirmation de l'univers comme œuvre d'un dieu-monstre, d'un géant à la force brute et à la volonté aveugle, contre lequel elle se rebelle: «L'univers, lui, est commandé par un titan qui essaie de me faire avoir peur, qui veut que je me soumette à lui. Maintenant, je sais que l'univers est la maison d'un autre» (p. 154). C'est en tant que dieu d'elle-même que Bérénice s'oppose à ce titan, lui montrant qu'elle est capable de re-créer, par sa volonté et son imagination, un univers qui, défini (construit) dans l'écriture, renvoie au roman que nous sommes en train de lire et dont elle est l'écrivante[1], le dieu créateur: «Pour parer à l'insuffisance qui ne me permet pas d'agir sur les choses et les activités indéfinissables de la vie, je les définis noir sur blanc sur une feuille de papier et j'adhère de toute l'âme aux représentations fantaisistes ou noires que je me forge ainsi de ces choses et de ces activités[2]» (p. 153).

À mesure que la narratrice avance dans cette activité imaginative qui démontre son effort pour trouver en elle-même les moyens de s'opposer à la réalité, Constance Chlore se charge progressivement d'une connotation d'évasion, d'illusion: «Jouons à croire à toutes sortes de choses impossibles. D'accord?» propose Constance Chlore à Bérénice. Celle-ci répond:

---

1. Nous employons ce terme pour désigner le personnage qui écrit l'histoire racontée, et le distinguer de l'écrivain qui signe le roman.

2. Cette déclaration de la narratrice est, selon nous, l'indice d'un renvoi au roman, et cela nous paraît confirmé par la déclaration analogue, quoiqu'un peu plus explicite, du narrateur — écrivant — d'un autre roman du même auteur. En effet, dans *Les Enfantômes*, le narrateur déclare à la fin de son récit: «Tout ça, c'est des idées qu'on se fait, des choses qu'on se figure. On se donne un genre et on se figure, à mesure, avec ce que le hasard nous offre, une vie qui entre dans le genre qu'on a pris.» (Réjean Ducharme, *Les Enfantômes*, Ottawa-Paris, Lacombe-Gallimard, 1976, p. 284.)

«Croyons que les étoiles ont des yeux! Croyons que les être humains ont trois bras!» Et Bérénice note, à son propos: «Elle me donne vivement la réplique et nous jouons à croire à toutes sortes de choses impossibles jusqu'à perte d'haleine» (p. 146). Constance Chlore est l'idéal de pureté d'un monde qui recommence son existence à partir de ses origines, l'Océan:

> Il neige, pour la première fois cette hiver. [...] Le Canada, quand ils l'ont vu pour la première fois, ils l'ont appelé Nouveau Monde. Le parc frais rempli de neige, c'est le Nouvel Océan. Nous y courons en tous sens, Constance Chlore et moi; et courir devient découvrir. [...] Tout ce que nous faisons dans cette première neige devient premier comme la neige, nouveau comme la neige, neuf (p. 155).

Mais Constance Chlore est un rêve illusoire qui charme la narratrice et la porte à s'abandonner jusqu'à tout oublier. Bérénice arrive toutefois à se soustraire à ce charme, car elle prend conscience du risque d'anéantissement qu'il comporte: «Regarder dans les yeux de Constance Chlore me fait mal. C'est si... fascinant. Ce n'est pas fascinant, c'est avalant, étouffant, asphyxiant. Je dis à Constance Chlore que j'ai envie de la battre, la tuer» (p. 150).

Apparemment unies par l'activité imaginative, les deux jeunes filles suivent en vérité, par l'exercice de cette activité même, deux voies appelées à les séparer. En effet, si, pour Bérénice, l'imagination est un instrument de rébellion face aux conditionnements du réel, pour Constance Chlore elle n'est qu'une des formes qu'emprunte l'idéal. Image d'une innocence pour laquelle «le savoir» est exclu, si Constance Chlore pénètre malgré tout avec Bérénice dans la «sphère de l'interdit» (p. 149), de la connaissance, en allumant la lumière durant le sabbat, elle signale en effet que son geste est une infraction aux limites imposées aux humains: «Je sais que tu me fais faire du mal, tu sais» (p. 150). Constance Chlore entend ainsi amener son amie à réfléchir sur la folie de son entreprise, et elle le fait très explicitement en lui lisant des poèmes de Nelligan: «Alors, s'asseyant à mon chevet, bien droite sur la chaise, elle me lit les poèmes qu'elle aime, comme à une reine. Elle est amoureuse folle de Nelligan, d'Émile, le poète devenu fou à l'âge de devenir adulte, le poète qui s'enfermait la nuit dans les églises pour crier ses poèmes à la Vierge Marie» (p. 151).

Les lumières que Bérénice et Constance Chlore allument sont un «feu» destiné à Yahveh: «Constance Chlore a embrassé de la totalité de ses doigts le petit bout de bougie que nous avons cueilli à l'une des branches du chandelier à sept branches. C'est le feu, la lumière, le mal» (p. 149). Posséder ce feu, c'est commettre le vol de la connaissance, car il est la lumière de l'intellect qui efface les ombres (Dieu) et conduit l'homme à accepter le monde sans illusions: «Je pense! Je pense! [...] Je n'ai qu'un visage, [...] mais j'ai le choix entre trente grimaces. Quelle grimace choisirai-je? [...] Je choisis le rire. Le rire! Le rire est le signe de la lumière. Quand, soudain, la lumière se répand dans les ténèbres où il a peur, l'enfant éclate de rire» (p. 143).

Le fait que Bérénice s'éloigne de l'innocence (de ses idéaux d'autrefois) est d'ailleurs confirmé par les lettres qu'elle envoie à Christian, lettres dont le but réel n'est plus de rappeler à son frère son idéal passé, mais d'affirmer son indépendance par rapport aux religions: «J'adresse, au soin de Chamomor, de longues lettres à Christian. Le plus important n'est pas que Christian reçoive ces lettres, car elles ne sont pas vraies. Le plus important est que Chamomor ou Einberg les lisent, soient scandalisés, découragés, abasourdis, écœurés» (p. 144). S'étant rendue indépendante par rapport aux religions, et ayant discerné le caractère illusoire de sa tentative de réaliser ses propres idéaux, Bérénice rit amèrement, accomplissant un geste qui est toujours, chez Ducharme, indice d'une réalité décevante. Ce rire amer souligne la conscience qu'a la narratrice des limites contraignantes que suppose son appartenance à l'espèce humaine. Il souligne aussi sa conscience du fait que seule l'imagination inventive peut la libérer, lui permettre de détruire l'existant et ainsi, en devenir le *dominus*:

> «Le monde me colle à la peau comme des poux au cuir chevelu. Et j'en ai assez. Et j'en ai suffisamment.» Pénétrée de cette sombre hypothèse, je monte sur la tribune, prends la craie et trace sur l'ardoise une vague tête d'éléphant.
> — C'est la terre! dis-je. [...]
> Ensuite, je trace un petit triangle à l'intérieur de la tête de l'éléphant.
> — Et ce triangle, c'est moi, Bérénice Einberg. Comme vous le voyez, la terre me borne des trois côtés, la terre me presse de toutes parts. [...] Or donc, je ne suis pas un être libre et indépendant [...]. Voilà ce qu'il faudra que je fasse pour être libre: tout détruire. Je ne dis pas nier, je dis détruire. Je suis l'œuvre et l'artiste. Ce qui m'entoure, ce que je vois, ce que j'entends, c'est le marbre d'où je dois sortir, à coups de hache, de ciseau et de brosse (p. 159-160).

Bérénice préfère cette imaginaire destruction du monde, de la réalité, à une autre possibilité qui consisterait à «tout avaler, me répandre sur tout, tout englober, imposer ma loi à tout, tout soumettre: du noyau de la pêche au noyau de la terre elle-même» (p. 160).

Une telle préférence est un indice de la maîtrise qu'a la narratrice sur la narration et renvoie au roman lui-même, à la fiction littéraire entendue comme seul lieu où l'on peut réaliser cette liberté totale dont le besoin est déterminé par la réalité vécue — par l'Histoire — et qui se déploie justement grâce à l'imagination, dans la littérature: «Je cours après toutes les Bérénice de la littérature et de l'histoire. [...] L'influence qu'exercent sur moi ces Bérénice n'est pas à négliger. J'ai tellement besoin de croire en quelque chose et peux si peu croire en ce qu'on croit» (p. 161).

Préférer la destruction du monde à son *avalement* revient ainsi à rechercher dans l'imagination — et à confier au roman, à la littérature — un pouvoir que l'homme ne possède pas. Mais, étant donné que Bérénice est une narratrice autodiégétique, son choix revient également à décider de se construire elle-même en tant qu'héroïne, contre le monde et selon ses propres exigences intimes, au lieu de se laisser «assimiler» par le monde. Et, puisque ce monde — l'univers contre lequel elle se façonne: celui du roman que nous lisons — est structuré sur la religion et, par conséquent, présuppose la foi, il n'y a pas d'autre manière de le détruire que de poursuivre sa propre recherche cognitive et de supprimer la croyance en la remplaçant par un savoir total. Voilà pourquoi Bérénice peut dire: «Je veux tout savoir» (p. 162), expression qui implique la volonté de posséder la connaissance du bien et du mal. La perte de l'innocence que cette connaissance comporte est représentée dans le récit par le développement physiologique de la jeune fille: «C'était écrit, il fallait que je fasse la rencontre de mesdemoiselles les menstruations» (p. 162). Cette perte va de pair avec l'acquisition d'une conscience de la corrosion (corruption) de l'innocence, inévitablement liée à l'écoulement implacable du temps:

Je vois les pores s'ouvrir comme pour un tamis dans le nacre du visage de Constance Chlore. [...] Je vois ses chairs fermes comme pierre se relâcher, fondre, se distendre, se charger de poix. Je vois sa tête de diamant se ratatiner comme une pomme malade. [...] Je vois sa peau jaunir comme de l'étamine qui pourrit et se boursoufler comme ce que vous voudrez. [...] Je la vois changer, changer jusqu'à disparaître (p. 163).

Rien d'étonnant, alors, dans le fait que Bérénice ressente maintenant le besoin de supprimer de sa propre vie — de l'histoire du roman — le symbole même de l'innocence: Constance Chlore. Celle-ci est tuée, selon le récit, par une automobile[1], symbole — aussi bien dans *L'Avalée des avalés* que dans *Le Nez qui voque* — d'un monde qui, dépourvu d'âme, dédaigne et exclut tout ce qui appartient à l'ordre spirituel. Mais en fait, c'est la narratrice du roman qui la supprime, qui l'élimine en tant que personnage: «Je l'ai tuée; je l'affirme froidement, je le crois dur comme fer. [...] C'est moi qui ai tué Constance Chlore» (p. 169). En privant ainsi Constance Chlore de son corps, la narratrice tente de la soustraire à la corrosion du temps — «Il faut qu'elle demeure, qu'elle ne change pas» (p. 163) —, car elle a l'a élue gardienne de la pérennité de son propre idéal: «Elle reste [...] pour monter la garde devant notre enfance» (p. 164). Mais en fait, elle ne réussit qu'à transformer son ancienne amie en spectre, ombre incorruptible, souvenir de son idéal qui était de ne pas céder au monde, de ne pas admettre de compromis avec lui:

---

1. «Constance Chlore [...], malgré l'heure tardive, et la défense des avunculaires, est venue à ma rencontre. [...] Soudain, une auto sport sort à reculons d'un sous-sol, surgit vivement à la hauteur de Constance Chlore, se dresse contre elle de toute son immonde ferraille. J'ai à peine le temps de crier. L'auto l'a renversée et broyée. Déjà le sang noircit le trottoir» (p. 167).

Je pense beaucoup à Constance Exsangue. Quand je subis mes pires secousses de désespoir, je prends son spectre dans mes bras et je le serre très fort. [...] — Je ne t'ai pas trahi, beau spectre. Je ne te trahirai pas, beau spectre. Car c'est toi, n'est-ce pas, l'objet de la trahison qu'ils veulent m'arracher? Car c'est pour que je te perde qu'ils veulent que je les supplie et me traîne à leurs pieds, n'est-ce pas? (p. 201-202)

Faire sortir le symbole de l'innocence de sa propre histoire équivaut en réalité, pour la narratrice, à faire sortir l'innocence de sa vie, à rendre l'esprit (l'idéal) silencieux — «Morte, Constance Chlore ne me dit rien...» (p. 168) — afin de se jeter dans un voyage cognitif qui va consister, et il ne peut en être autrement, à apprendre des matières (à «avaler» de la matière): «Pour ce qui est de notions, de connaissances, je mange n'importe quoi, n'importe quand, n'importe comment. Ma voracité fait le ravissement de mes professeurs» (p. 189-190). Étudier, comme lire, devient alors consommer (ingurgiter) et comprendre (faire sienne) une réalité auparavant ignorée dans sa matérialité. «Consomme[r]» «toute la littérature pornographique» (p. 170) possible équivaut ainsi à comprendre que la pornographie[1], c'est-à-dire la littérature — «le pornographe [est] appelé aussi écrivain, auteur, romancier et poète» (p. 214) —, est une écriture qui traite de la prostitution, une écriture de prostitution, le travail de celui qui se prostitue dans l'écriture pour vivre: «Entrez! Entrez! Mettez-vous à l'aise. N'ayez pas peur. Je ne mange pas les jeunes filles» (p. 210), s'exclame Blasey Blasey, le «pornographe favori» (p. 218) de Bérénice, au moment où il la reçoit chez

---

1. *Pornographie:* «V. Traité sur la prostitution» (*Le Robert,* t. VII, 1966-1970, p. 336).

lui. Et il ajoute: «J'ai une femme et quatre enfants, et j'adore ma femme. [...] À cause du genre un peu spécial de mon œuvre, ils me prennent tous pour un obsédé. Mais, encore une fois, ne craignez rien. J'écris comme d'autres vont à l'usine. Il faut que je fasse vivre ma petite famille» (p. 210).

Dans la même lancée, Bérénice perçoit aussi les religions comme des prostituées qui attirent à elles les hommes, en leur offrant en échange l'agneau (la victime rédemptrice) qui, pour la narratrice, est privé de son pouvoir salvateur car il est mort à la vie (monté au ciel), absent de la terre. Et cette dégradation ultérieure des religions est signifiée, aux yeux de la narratrice, par l'épisode des gants que chacun de ses parents voudrait lui offrir: «Je t'apporte des gants de mouton mort-né d'Estrées-Saint-Denis» (p. 172) — dit Einberg lors d'une visite à Bérénice, essayant de la convaincre de lui ouvrir la porte (de se laisser prendre par lui). Et il ajoute: «Je les ai personnellement commandés à l'artisan. Une jeune fille de ton âge et de ta condition se doit de porter des gants de mouton mort-né d'Estrées-Saint-Denis. Dis-moi que tu les veux» (p. 172). Plus loin, la narratrice note: «une heure plus tard, Chamomor revient. Elle s'est chargée des gants de mouton mort-né d'Estrées-Saint-Denis» (p. 173). L'Église catholique est disposée en outre à «se prostituer» à la religion hébraïque — à se réconcilier avec elle — pour s'en réapproprier les fidèles: «J'ai entendu dire à travers les branches qu'Einberg et Chamomor cherchent à se réconcilier. Ce qui veut dire, je pense, que Chamomor est prête à recoucher avec Einberg pour remettre la main sur sa sainte famille. Je n'aurais jamais compris ça si je n'avais jamais lu de livres pornographiques» (p. 170-171).

Littérature et religion ne sont, au demeurant, que des exemples représentatifs de toute la culture. Car celle-ci, dans n'importe lequel de ses versants, n'est qu'un faux but donné à la vie, une prostitution de soi à la vie à travers les différents aspects de la culture, à laquelle échappe uniquement qui n'y a pas eu accès, c'est-à-dire l'enfance:

> une fois par semaine [...], je suis monitrice de gymnastique. Je suis chargée des petites filles de cinquième. [...] Je pénètre en sueur dans la salle de basket-ball. J'ai l'impression d'entrer dans un sanctuaire. [...] Comme je suis heureuse. Comme il est beau le monde sans art, sans littérature, sans politique, sans affaires, sans automobiles et sans coucheries où ils m'emmènent (p. 205-206).

Son processus cognitif dévoile à Bérénice, dans sa matérialité, un monde imposé, non voulu, auquel elle continue de s'opposer: «Je me refuse à tout commerce avec le monde immonde qu'on m'a imposé, où l'on m'a jeté sans procès comme des esclaves aux galères» (p. 173-174). Ce refus du commerce avec le monde va de pair, d'une part, avec un autre refus, celui de l'assujettissement aux «Seigneurs» — Dieu et les pouvoirs humains — reconnus par les autres et, d'autre part, avec une adhésion au Seigneur (Christ[ian]-homme), qui a été mis au ban par les «maîtres» du monde, mais qui reste l'étendard de Bérénice:

> J'ai choisi d'être fidèle, loyale, de défendre jusqu'à mon dernier couac la cause perdue, les enseignes de l'armée vaincue. Mon maître est en otage. Mon maître est ailleurs. Mon maître s'est fait battre. [...] Je ne suis la servante ni des présidents des pays de la terre, ni des Yahveh des pays du ciel. [...] Je ne prie et ne m'agenouille pour aucun pardon, aucune rémission, aucun salut, aucune salade, aucune

automobile, aucune monnaie. Je me souviens que j'ai été battue, que j'avais un autre maître. Je suis debout, à le rappeler. Je me souviens que je suis dans un camp ennemi (p. 174-175).

Imprégnée du souvenir de son idéal, mais exilée (p. 173) de l'arbre mort de l'île auquel elle voulait redonner la vie par et dans la fraternité humaine — son frère Christian (Christ homme) —, Bérénice entreprend maintenant une expérience analogue et essaie de transformer l'arbre vivant de la ville — «Le crépuscule embrase le frêne à quatre feuilles de chez Dick Dong, le seul arbre en vue» (p. 167) —, symbole de l'homme de la ville — «Il me semble que Dick Dong aussi, qui demeure à trois-quatre pâtés de maisons vers l'est, manifeste à mon égard un intérêt de garçon» (p. 175) —, en arbre de la vie spirituelle (de l'esprit): «Quand il aura oublié que nous sommes garçon et fille, il sera fils du Vent et du Feu, et, quand je l'embrasserai, son âme frémira avec la pureté du ruisseau qui frémit sous le souffle du vent et l'éclat du soleil» (p. 185). Ce garçon est une image substitutive de Christian qui, malgré son absence, demeure le seul «époux» possible pour Bérénice — «si je me marie, ce sera avec Christian ou avec un crocodile» (p. 176) —, en même temps frère et «amant» — «Mon amour, mon chéri, mon trésor, mon amant, mon frère» (p. 176) —, idéal unique et absolu d'une fraternité totale. Pour Bérénice, cette fraternité trouve dans l'union physique le symbole le plus puissant qui soit d'une réalisation voulant donner ses fruits sur la terre, hors de toute finalité transcendante. Mais Christian continue d'opposer à cet idéal son aspiration à constituer une grande famille spirituelle, l'Église, qui pour Bérénice n'est qu'un rêve: «Il noie notre amitié dans la grandeur délétère de la famille homogénéisée et pasteurisée dont il rêve» (p. 189).

Christ[ian] est pur esprit, il n'est frère de l'homme qu'en esprit et continue de se montrer enclin à stimuler la spiritualité de l'homme. C'est-à-dire qu'il continue à représenter le chrétien qui propage la foi en Dieu: «Christian ne cesse de lancer le javelot» (p. 184). Ainsi, il fait obstacle au projet de Bérénice qui veut redonner vie à l'arbre de l'île et créer son paradis sur terre. Dick Dong, quant à lui, est l'opposé de Christ[ian], car s'il est arbre vivant, c'est uniquement de la vie d'un monde matérialiste, dont New York, la ville qu'il habite, est l'emblème par excellence. Bérénice dira à propos de ce garçon qu'«il n'a pas la foi» (p. 184), elle répétera qu'il est sans foi, elle soulignera son manque d'un idéal autre que matériel, et plus encore elle précisera que son seul intérêt est le sexe. Du reste, Dick Dong se charge lui-même de souligner son manque d'idéaux par cette tirade qu'il adresse à la jeune fille: «Nous sortons ensemble depuis un mois. Une fille normale se laisse embrasser à la deuxième sortie. Si tu ne te laisses pas embrasser à notre prochaine sortie, je te laisse tomber» (p. 185).

L'échec de la tentative de réaliser la fraternité avec l'arbre vivant (l'homme) de la ville est l'indice de l'impossibilité d'instaurer le royaume de la fraternité avec l'homme de la matière (matérialiste). Après cet échec, Bérénice devra en subir un autre. Il advient à la suite de la demande de fraternité, à laquelle notre histoire donne le nom de «tendresse», qu'elle adresse à Jerry de Vignac: «J'entraîne Jerry de Vignac dehors. [...] Voici ce que j'ai dans la tête. [...] Nous louerons une chambre d'hôtel et là, nous ne ferons pas l'amour, mais la tendresse; et là, nous ferons la tendresse jusqu'à ce que nous soyons vidés, délivrés, morts. [...] C'est un peu de tendresse et la mort...» (p. 215-216).

Elle est repoussée, et cet échec démontre encore une fois l'impossibilité, pour l'homme de la ville, d'adhérer à un projet rénovateur comme celui de Bérénice et confirme que son idéal de fraternité humaine est irréalisable sur la terre.

Après avoir perdu l'innocence et s'être lancée dans un processus cognitif qui lui révèle le monde tout entier en tant que matière, en tant qu'espace privé d'idéal, Bérénice utilise le fruit de ses spéculations mentales pour s'opposer à Zio (Yahveh) en refusant d'abord les multiples rituels qu'il lui impose:

> Zio a des idées bien arrêtées sur toute chose comme sur toute personne. Il m'embête. [...] S'il croit qu'il a de l'autorité sur moi, il va être amèrement déçu. Finis, le silence, le jeûne, l'immobilité et la noirceur des samedis! Il n'y a plus de Zio qui tienne! Le samedi, dorénavant, je mangerai plein mon ventre trois fois par jour, et à son nez, et à sa longue barbe. [...] Et des prières, matin et soir, mon cher, dorénavant, je n'en fais plus, je ne fais même plus semblant d'en faire (p. 177).

Puis ce refus atteint l'essence même de Dieu, ainsi nié dans son existence:

> Tourmentée par l'éblouissant aspect du néant, dans un effort maladroit pour le travestir, je refusais de croire que Zio n'existe pas, qu'il n'existe en rien, qu'il ne jouit par lui-même d'aucune sorte d'existence, qu'il n'existe que par moi, qu'il commence à exister quand je fixe mon attention sur lui et qu'il cesse d'exister quand il cesse d'occuper ma pensée (p. 191).

Processus de libération des peurs ataviques de l'homme — «Je suis libre! libre!» (p. 191) —, la négation de Dieu rend Bérénice maîtresse d'elle-même et maîtresse du monde, l'élève à la condition de dieu souverain — unique et solitaire — de l'univers tout entier, en décrétant la disparition de toute illusion et l'inutilité de tout idéal, de l'innocence et de son spectre:

> Personne n'a de pouvoir sur moi que moi-même. [...] Assez de spectres et d'ombres! Du solide s.v.p.! Du courage aussi! Mais, si je tranche tout bien, je bondis en plein éther et il me semble (et ce qui me semble est important) être plus seule en plein éther que sur la surface boisée et montagneuse... Soit!... Ce sera dur en plein éther [...]. Soit! Préfères-tu apprivoiser des illusions et étreindre des fantômes? [...] Quelqu'un qui suit la vérité jusqu'au bout, qui en a la force, est quelqu'un qui escalade un rayon de soleil et finit par tomber dans le soleil (p. 191-192).

Cette «simple vérité» qui frappe la narratrice de manière «fulgurante» (p. 191) l'engage dans une longue lutte contre Zio (Dieu), une lutte destinée à la faire sortir de la prison — du columbarium —, c'est-à-dire de la religion dans laquelle elle a été élevée (placée): «Zio se met à me séquestrer, à me murer pour des jours sans plus de pain et d'eau que de vent et de soleil» (p. 197). Une lutte qui la conduit progressivement à la conviction la plus totale de la validité de son raisonnement sous les espèces d'une folie enivrante: «Je sens l'ivresse de la folie me prendre au ventre, au cœur, à la tête» (p. 197). Mais il ne s'agit pas de démence, bien au contraire: «Folie n'est pas déraison, mais foudroyante lucidité» (p. 278). L'aspiration de Bérénice à la liberté totale de l'homme la pousse à fièrement tenter de détruire, avec les pauvres moyens humains, une vaste construction — la Religion — érigée par les hommes au cours des millénaires afin de se défendre contre leurs propres peurs: «Ils m'ont enfermée dans l'armoire de la salle de bains. [...] J'ai entrepris de déloger les treize tuiles du rectangle de carrelage de mon petit royaume. [...] Je ne suis armée que d'une épingle de nourrice. [...] Ensuite, je m'attaquerai aux planches, aux poutres, à la cheminée. Qui n'a pas rêvé de débâtir un columbarium de dix cages avec rien qu'une épingle de nourrice?» (p. 200-201) Bérénice triomphera enfin de Zio (Dieu), au moment même où ce dernier l'expulse du columbarium. Il admet alors, aux yeux de la narratrice, qu'il est Zeus, invention mythologique, être inexistant, impuissant face à la corrosion que la raison opère sur le «mythe», auquel seuls les innocents, ceux qui n'ont pas le «savoir», peuvent croire:

> Zio met les pouces. [...]
> — Tu gagnes! [...] Fais ta valise! Évacue vite cette chaste demeure! (p. 217)

4. La terre promise

Pour se libérer de Zio (de Dieu), Bérénice a dû perdre son innocence[1] et, avec elle, toute illusion sur la possibilité de réaliser ses idéaux: «Je réalise tout à coup que je ne suis plus un enfant» (p. 218). Mais cette libération suppose également que Bérénice sait, au-delà de son besoin désespéré de se cramponner à son ancien idéal de fraternité, qu'elle doit s'en détacher,

---

1. Voir à ce sujet la relecture faite par Bérénice, avant de quitter New York, des «dialogues subreptices» qu'elle avait tenus avec Constance Exsangue (p. 218-219). Ces dialogues constituent un indice transparent de l'impossibilité, pour les jeunes filles, de rester «fidèles» à leurs idéaux et donc, de les réaliser.

car cet idéal ne s'est jamais réalisé et ne se réalisera jamais: «Christian... Christian, au terme de cet exil, je t'appelle, tout bas, d'une voix blanche, sans trop y croire» (p. 218).

Rentrer à l'île équivaut ainsi, pour la narratrice, à revenir au monde de l'enfance (des illusions anciennes) — «Partir, ce n'est pas guérir, car on demeure. Revenir, c'est pareil» (p. 219) — pour découvrir qu'il est trop étroit (limité): «Je me sens engoncée dans ce qui a été ma chambre, disproportionnée. Ma chambre a rapetissé. À côté de ce qu'elle était, elle a l'air d'une chambre de poupée» (p. 220). Univers étroit parce que perçu par quelqu'un qui s'est dressé contre Dieu, qui est devenu maître absolu de soi-même et qui désire ardemment faire l'expérience de sa liberté, de son pouvoir, de sa maîtrise sur le monde:

> Il est l'heure que je me mette à tuer des hommes blancs, des femmes blanches et des enfants blancs avec un tisonnier. [...] Je veux une goutte d'eau forte sur ma langue pâteuse. Je veux brûler jusqu'aux racines le goût de banane pourrie qui s'est incrusté dans mes muqueuses. Je veux d'autres versants à la colline, dix autres versants, mille autres versants. Les marguerites ne poussent pas assez vite, ça me fait macérer; il est l'heure que leurs boutons éclatent avec foudre et que leurs pétales s'élancent vers le ciel comme les gerbes d'une bombe qui explose (p. 219-220).

Bérénice se croit complètement libre de toute peur et de toute forme d'assujettissement, au point qu'elle pense pouvoir subvertir l'ordre du monde à commencer par celui de l'abbaye (de l'Église): «Regarde-toi! Il suffirait de te secouer un peu pour que tu tombes en poussière», crie-t-elle, se révoltant contre Einberg et se moquant de lui. Et elle poursuit:

Regarde-moi! Je suis si agile qu'un lièvre ne pourrait me rattraper! Vive la jeunesse! Désormais, c'est moi, la jeunesse, qui commande ici! C'est à moi qu'il faut se fier pour ne pas que le monde sombre! [...] La haine délivre! La bonté et l'humilité ne sont que connivence! [...] Elles permettent aux vieux, aux infirmes et aux malades d'imposer, en toute sécurité, le vieux, l'infirme et le malade à la terre (p. 224).

Mais tout cela n'est qu'un vain espoir, une nouvelle forme d'illusion: «L'espérance est se briser le cœur en tombant vers le haut, dans les nuages» (p. 222). Et le fait de s'être convaincue de l'inexistence de Dieu ne l'empêche pas en effet de ressentir encore la fascination de sa mère: «Pourquoi la présence de cette maudite femme me donne-t-elle toujours, plus ou moins, envie de pleurer? [...] Il faudrait que je me ferme les oreilles. Car si je succombe à la tentation de l'écouter, elle me pénètre et je suis finie, morte, vaincue» (p. 226). Et cette mère continue de s'affirmer comme métaphore d'une Église dont la tâche essentielle est de «pêcher» les hommes pour les accueillir en son sein, c'est-à-dire les priver de leur liberté[1], comme fait précisément Mme Einberg avec les poissons qu'elle met dans ses aquariums en croyant faire plaisir à son fils Christ[ian]: «J'ai voulu lui dire qu'une mère est l'esclave enchantée de ses enfants» (p. 229). Quant à Christ[ian], il continue de lancer son message (javelot) le plus loin possible (dans le but d'atteindre le plus grand nombre d'hommes possible):

Christian est à Vancouver. Il participe là à des compétitions d'athlétisme. [...]
— [...] Il n'a que son satané javelot en tête (p. 226-227).

---

1. Voir, pour la pêche des poissons de l'aquarium, p. 226-229.

Encore une fois séduite et vaincue par sa mère —
«Tu t'es fait battre, vieux ventregris, hein!» (p. 230) —,
donc tentée d'embrasser la religion catholique — «J'ai
envie d'embrasser Chamomor» (p. 230) —, elle qui
vient justement de se convaincre qu'elle a battu et
supprimé Zio (Dieu) de sa vie, Bérénice rejette ce nouvel élan parce qu'il comporte une illusion, une évasion hors de la réalité qui ne peut procurer que les
déceptions les plus amères. De la sorte, elle se soustrait complètement à la religion qu'elle tient pour un
«opium des peuples» — «Les sociétés qui condam-
nent l'opium devraient aussi, si elles étaient logiques,
condamner l'orgasme, les religions et autres voyages
vers le haut» (p. 231) —, et elle le fait au nom d'une
liberté acquise, au nom de sa volonté de vivre dans la
lumière et de son acceptation du néant comme seule
vérité (p. 231-232). Tout semble ainsi inchangé, et
Bérénice se laisse gagner encore une fois par le désir
de redonner vie à son idéal de re-création, de restituer
à l'Histoire — à son histoire — l'homme Christ[ian]:
«J'ai réappris à parler avec Christian. Avec lui, tout est
merveilleusement facile: il se laisse faire. [...] On pourrait faire n'importe quoi avec lui, même des miracles.
Il est gentil, doucement passif. Assis là, il attend
qu'on se serve de lui. C'est l'être humain qu'il me
faut» (p. 237).

Retrouver Christ[ian], être avec lui, c'est retrouver le souffle de la vie, la source de vie: «L'air que je
respire est si dru, si désaltérant, que je n'en serai
jamais rassasiée. [...] Je n'ai plus besoin de rien. Je suis
comblée. [...] Je suis fière de Christian [...]. Je suis prise
d'une écrasante et vertigineuse sensation d'abondance et de liberté» (p. 238). Mais redonner vie aux
idéaux perdus est une tâche impossible. Si Bérénice
réussit un instant «à faire taire [son] passé» (p. 235), à
oublier qu'elle a été dieu — «Mon passé s'étant tu,

j'aspire profondément une gorgée de ténèbres»
(p. 235) —, cela ne servira qu'à lui faire découvrir que
le temps des rêves s'en va sans qu'on s'en aperçoive
et que maintenant, sur l'île, c'est le temps de Chamomor, c'est-à-dire de l'Église:

> — [...] Cette horloge marche très bien [...]. Les
> aiguilles ne tournent qu'à chaque heure. Ce n'est
> pas bien malin pourtant, madame Einberg.
> — Oh! Ah! Ah! s'écrie Chamomor. Elles tournent.
> Voyez!
> Les aiguilles tournent si vite qu'elles font du vent.
> [...] Et c'est les cheveux dans les yeux qu'elle
> compte à l'horloger les quelques sous qu'il lui a
> demandés pour sa bizarre horloge (p. 237).

La volonté de Bérénice de réduire Christ[ian] à la
condition d'homme-dieu ne peut donc être perçue
que comme une dangereuse menace à la stabilité de
l'île des religions de Dieu. C'est ainsi, précisément,
que le Père voit les choses, à ce point qu'il est amené à
bannir sa fille de l'île, à la condamner à l'ostracisme[1]:
«Ta soi-disant amitié pour Christian passe les bornes.
Au-delà des bornes, il n'y a pas de limites. Tu pars
pour Israël, demain, à l'aube» (p. 239).

Après ce bannissement, la narratrice tentera, une
dernière fois, de convaincre Christ[ian] de la suivre
dans l'Histoire — dans l'immanence du monde:

> — [...] Nous irons à Cunaxa. À Cunaxa, nous cour-
> rons parmi les ruines de la défaite de Cyrus [...]. Je
> nous vois nous baisser pour ramasser le fer qu'a
> perdu le cheval de Tissapherne [...].
> — [...]

---

1. «Einberg m'emmène encore une fois dans son officine. Et, soudain,
comme par magie, la métalepse d'hier s'éclaire. L'ostracisme! Encore
l'ostracisme! Toujours l'ostracisme!» (p. 239)

— La plume de Xénophon elle-même! La plume
d'oie qu'il trempait dans son sang pour être histo-
rien! (p. 240-241)

Bérénice est disposée à laisser son frère choisir, en
tant qu'homme, entre continuer de lancer son message spirituel et adhérer, comme elle, à la science, à la
pure rationalité: «tu pourras, à ton choix, te remettre à
lancer le javelot ou achever tes études de biolo-
gie» (p. 241). Mais la tâche est vaine. Le Christ entièrement Dieu et entièrement Homme ne peut que refuser d'être réduit à la condition d'homme dans l'histoire. Bérénice sera donc astreinte à partir seule pour
Israël. «Terre promise» de la liberté du peuple hébraïque, Israël est pour Bérénice la terre, le monde où il
serait possible de tenter de réaliser l'homme véritable,
l'homme délivré des peurs à l'origine — selon elle —
des religions et du conséquent esclavage humain.

Terre de la liberté conquise par Yahveh pour son
peuple afin que celui-ci croie en Lui et se soumette à
Lui, Israël apparaîtra à Bérénice comme un monde
qui a fait de la guerre son seul credo: «des jeunes femmes en chemise kaki et en jupe kaki, béret noir sur
l'oreille et fusil en bandoulière, marchent en rangs
d'école au pas de l'oie. [...] Elles ont l'air d'avoir à
mort ce que Chamomor appelle la foi» (p. 242). Un
monde dont les habitants ne se rendent pas compte
que le Dieu au nom duquel ils combattent n'est que le
fruit du «mal qu'a l'homme à l'âme» (p. 244), un mal
qui n'est autre chose que le déguisement d'une aspiration aussi inavouée que généralisée à avoir la haute
main sur tout: «Quel être humain n'aime pas mieux
dominer qu'être écrasé? Qui ne se sent pas appelé à
régner? Combien osent se lever?» (p. 245) La «terre
promise» n'est donc, pour Bérénice, que le pays de la
religion de la guerre, dont les prêtres officiants sont —

comme l'illustre le rabbi Schneider[1] — des officiers attachés au culte du dieu de la guerre. Fidèles à leur condition de peuple «élu» par Yahveh, ils excluent tous ceux qui ne sont pas des leurs: «Le major Schneider a une manie: les autochtones. Tout doit être autochtone: les soldats comme les violons, les violons comme les légumes» (p. 248).

Terre promise de la liberté réservée au seul peuple élu, Israël est ici le symbole de toute religion qui exclut du salut éternel, qui est, enfin, liberté totale, quiconque ne lui appartient pas. Mais ce pays est en même temps la métaphore d'un monde qui, privant le concept de liberté de sa valeur morale de libération de l'homme par rapport à toute sujétion spirituelle, en a complètement bouleversé le sens. Car ce sens a été réduit et ne signifie plus que la lutte physique, la guerre pour une liberté qui, corporelle ou territoriale, ne touche que l'ordre matériel:

> Graham Rosenkreutz est notre vedette. [...] On ne sait presque rien de lui. [...] Arrivé ici de nulle part [...], il est arrêté et emprisonné [...]. Il s'évade, court au front, se bat et s'illustre. Il est de nouveau arrêté. Il refuse de dire qui il est, d'où il vient. Une fois encore, il échappe à ses geôliers. Et cette fois, en une seule nuit [...], il détraque deux chars d'assaut et détruit quatre nids de mitrailleuses. Il est remarqué par le lieutenant Schneider d'alors qui le défend en cour martiale et offre de se porter garant de lui (p. 246-247).

Tombée dans cette «réserve de la liberté», Bérénice, «agressivement apatride, follement heimatlos» (p. 248), partisane que nul n'écoute de la liberté,

---

1. «Son uniforme malseyant de major d'aviation ne fait qu'ajouter à sa maigreur d'épouvantail. [...] Il ne reste plus du rabbi Schneider que les beaux grands yeux de vache du rabbi Schneider» (p. 242).

renonce à communiquer — renonce à gagner des adeptes à sa théorie et, par conséquent, à re-créer le monde — et elle exprime cette renonciation en inventant une nouvelle langue qui lui permet de «dire» ses idéaux, des idéaux que les adultes ne connaissent plus et que, par conséquent, ils ne peuvent formuler par la parole. Tel est le sens, à notre avis, du «bérénicien» (p. 250), langue de l'idéal de liberté absolue par rapport à toute peur, langue de l'homme-dieu, qui comble les lacunes du langage humain: «Le bérénicien a comblé une lacune. Il appelle «dions» les êtres humains qui vivront dans la lumière, il appelle «granchanchelles» les anches de demain» (p. 250). C'est dire que cette nouvelle langue veut signifier des intentions et des théories reliées à une morale qui reste incompréhensible pour le commun des mortels: «Les préoccupations des êtres humains sont sexuelles. Seules mes préoccupations sont afro-morales. Sexuel est français. Afro-moral est bérénicien et d'une signification qui est et qui demeure obscure» (p. 269).

Langue d'un idéal paradis sur terre, le bérénicien est l'arme avec laquelle Bérénice se défend *in extremis* contre la réalité dans laquelle elle se trouve plongée. En ce sens, il constitue une sorte de cri désespéré de celle qui, face à l'inanité de ses tentatives réitérées de re-créer le monde, de redonner vie à l'homme-dieu Christ[ian] — «Une lettre adressée à Christian à l'abbaye m'est retournée avec cette mention: «Inconnu ici» (p. 252) —, a perdu «le contact» avec l'univers de l'innocence qui rendait crédible la réalisation d'un tel projet: «Deux amis qui se sont éloignés l'un de l'autre en forêt ne se voient plus et cherchent à se retrouver, répondent à l'appel l'un de l'autre par un autre appel. «Nahanni» est un appel à un appel. Quand Constance Exsangue m'appelle, je réponds: «Nahanni!» (p. 250)

Rester en Israël en pleine guerre, s'entraîner à combattre pour la liberté territoriale du pays, équivaut à accepter le langage du monde et ses valeurs, à renoncer au passé et à ses idéaux pour vivre dans le présent tel qu'il est: «Je me laisse mourir de mort naturelle. Je flanche. Je m'aplatis. [...] J'ai développé, peu à peu, pour tout ce que j'ai nié et méprisé, un appétit boulimique» (p. 253). Ainsi, à Constance Exsangue — l'innocence — se substitue «Gloria («Lesbienne» de son surnom[1])» (p. 246). Malodorante à dessein — «Elle se vante de ne jamais se laver» (p. 258) —, animée par des tendances suicidaires (p. 259 et 266) et ayant une réputation si mauvaise qu'elle entache celle des personnes qui la fréquentent — «Si on ne veut pas se souiller la réputation, il ne faut pas trop sourire à Lesbienne» (p. 252) —, Gloria est le symbole de la corruption du monde. En la choisissant comme amie, Bérénice donne un indice de la transformation qu'elle a subie, de son adhésion à la réalité. Parallèlement, en reconnaissant une sorte de sœur en Bérénice, et en devenant ainsi le substitut de Christ[ian], frère dans l'idéal de l'homme-dieu, Graham Rosenkreutz, héros de guerre, dieu des batailles, homme qui combat en réalité pour sa propre liberté physique en ce monde, nous fait entendre que le concept de liberté s'est diamétralement transformé dans l'esprit de la narratrice: il n'appartient plus à l'ordre spirituel mais à l'ordre matériel, il n'est plus une exigence intellectuelle mais un instinct physique: «Tu sais [dit Graham Rosenkreutz à la jeune fille], j'ai comme de la tendresse pour toi. Tu es un peu comme ma petite sœur et je suis un peu comme ton grand frère» (p. 273).

---

1. Particulièrement significative à ce sujet est la promenade sous la pluie de Gloria et Bérénice, pendant laquelle cette dernière répète à sa nouvelle amie des paroles dites par Constance Exsangue. Ce faisant, Bérénice trahit l'idéal du passé, car elle l'offre à celle qui est symbole de la corruption et, ainsi, accepte qu'il soit corrompu. (*Cf.* p. 252-253.)

La terre promise de la liberté se révèle une terre d'esclavage, de soumission au pouvoir de cette réalité que la narratrice, longtemps auparavant, s'était mise à combattre. Un pouvoir auquel — elle le sait maintenant — il est impossible d'échapper: «Ô horreur! Soudain, à partir du point que je fixe, une pyramide naît, s'emplit, se développe, descend, s'avance vers moi. Je vois la section de la pyramide grandir, grandir, grandir. Je sens la pyramide fondre sur moi, m'écraser, *m'englober*, croître à la vitesse d'un train, pousser audelà du plancher, au-delà du sol, au-delà de l'univers[1]» (p. 271).

Engloutie par une réalité qu'elle croyait pouvoir maîtriser au moyen de l'intellect, Bérénice, ange rebelle, être humain ayant fait de soi le dieu de la liberté humaine, se trouve ainsi dégradée à la condition de dieu-héros, artisan d'une liberté uniquement physique. Se servir du corps de Gloria, rejetée par tous, comme d'un bouclier pour éviter d'être tuée par les Arabes, et raconter ensuite que son amie s'est sacrifiée pour la sauver, équivaut à transformer Gloria en cette «gloire ovale, gloire en forme d'amande» (p. 258) que, pendant toute la période israélienne, la narratrice avait présentée comme la récompense offerte par le monde corrompu à ceux qui ont perdu leur innocence: «Si je continue à bien oublier comment Constance Exsangue m'a appris à me conduire, je serai certainement décorée par l'Académie hollandaise. Peut-être même l'Académie luxembourgeoise me donnera-t-elle la croix Danebrog. Et quand je serai morte, les prêtres du titan orneront mon image d'une mandorle, gloire ovale, gloire en forme d'amande[2]» (p. 258). Le geste de Bérénice signifie donc qu'elle a

---

1. C'est nous qui soulignons.
2. On trouvera la formulation d'une idée analogue à la page 255.

fait de Gloria la victime innocente, c'est-à-dire le Christ, sacrifiée par l'homme (Bérénice), afin que les autres hommes puissent la transformer en leur héroïne, en leur divinité: «Justement, ils avaient besoin d'héroïnes» (p. 282). Cet acte violent et sacri-lège, à cause du sens caché dans la métaphore, consa-cre la réification des idéaux de la narratrice et son assimilation par le présent, son «avalement» par un monde d'«avalés».

L'Histoire

Évocation et oubli
LE CONFLIT AVEC LA RÉALITÉ DANS
*LE NEZ QUI VOQUE**

Un *roman* dont la devise est *Je m'oublie*.

L ORSQUE Réjean Ducharme écrivit ce roman, l'histoire tourmentée du Québec avait depuis peu abouti à une prise de conscience collective du risque de disparition de sa langue et de sa culture, sous l'emprise d'un monde anglophone dévorant. L'activité apparemment ludique que Ducharme accomplit sur cette langue acquiert ainsi une signification qui dépasse largement celle du jeu. Cette activité implique, en fait, la dénonciation de l'effritement du français — ce qui n'est pas seulement virtualité mais fait concret — dans tous les autres domaines sémantiques. Et on ne s'étonnera pas de constater que, parmi les fantasmes qui hantent cet écrivain, celui de son pays tout à coup s'impose à lui, le sollicitant et le

---

* Ce chapitre est le produit d'une réélaboration d'un essai sur le même roman que nous avons publié dans *Critica testuale ed esegesi del testo. Studi in onore di Marco Boni offerti dagli amici e collaboratori dell'Istituto di Filologie Romanza dell'Università di Bologna*, Bologne, Pàtron, 1983.

pressant au point de l'inciter à composer une œuvre
où, pour n'y apparaître qu'insinuée et insinuante,
l'Histoire de ce pays n'en a pas moins une présence
très forte, semblant même être à l'origine de toute la
composition. Plus encore: une œuvre dont le moteur
essentiel est la problématique du pays.

1. La littérature

D'emblée — à travers son titre, les citations de son
«avant-préface» et sa préface elle-même — , *Le Nez qui
voque* exhibe sa condition de calembour littéraire, de
nonsense purement ludique; mais il s'agit d'une apparence, car en fait, ce roman est né de la prise de conscience d'un drame: celui de l'impossibilité d'installer
un passé idéal à la place du présent, de substituer l'utopie à la réalité. La page qui précède la préface, et que
nous nommerons provisoirement par commodité
«avant-préface», est constituée par un ensemble de
citations de divers auteurs «GLANÉ[ES] AU HASARD DE
LEURS ŒUVRES POUR L'ÉDIFICATION (ÉRECTION) DES
RACES (D'ÉRASME[1])». Ce titre est déjà un indice évident
de l'importance prêtée par Ducharme aux jeux de mots
en tant qu'instrument d'une écriture renvoyant à autre
chose que la simple signification des termes qui la com-
posent. Les citations qui suivent — toutes «signées» —
peuvent être classées en trois groupes. Le premier est
représenté par la seule citation d'auteur connu qui soit
complète et transcrite «de mémoire»; il s'agit d'une
strophe de Nelligan, ce poète qui, très jeune, «étourdi

---

1. Réjean Ducharme, *Le Nez qui voque*, Paris, Gallimard, 1967, p. 7. Toutes nos citations et références renvoient à cette édition dont les pages
seront indiquées entre parenthèses dans le texte.

par son aigle, s'est égaré dans la luxuriance de la folie»
(p. 135), et qui devient, précisément parce qu'il est cité
de mémoire, le type d'écrivain auquel l'auteur de la
citation s'identifie. Ce n'est donc pas une coïncidence si
Mille Milles lui-même, auteur fictif du cahier qui constitue le roman, a composé aussi des poèmes insérés
dans ce cahier, et s'il affirme de manière péremptoire:
«Je suis un poète; qu'on se le dise; qu'on ne me prenne
pas pour un vulgaire prosateur» (p. 166).

Les citations du deuxième groupe sont attribuées
à des écrivains connus (Colette, Barrès, Mauriac, Musset, Sand, Gide), mais aussi à des philosophes (Platon,
Kierkegaard), à un chef d'État (Hitler), à un homme
d'armes devenu figure historique (Iberville). Ces citations comportent à peine des exclamations, des pronoms ou des bribes de phrases, ce qui les rend inter-
changeables et les prive de la possibilité de renvoyer à
un lieu précis de l'œuvre de leurs auteurs et, même,
d'avoir un sens quelconque.

Quant au troisième groupe de citations, il est
formé de deux phrases complètes imputables à un
certain Léandre Ducharme — nom qui renvoie de
manière transparente à l'auteur lui-même — et d'une
phrase ultime attribuée à un «Auteur imaginaire». Ce
dernier fait également signe à l'auteur, car sa phrase
héberge un calembour qui, clos par la formule «Le
beau nez!», renvoie au titre du roman que nous sommes en train de lire. Ce jeu de mots, qui scelle la citation liminaire par laquelle l'auteur se définit comme
poète, ainsi que les citations insignifiantes de gens
célèbres et les deux phrases de Léandre Ducharme,
suggère que, pour l'auteur du *Nez qui voque*, il n'existe
ni génie ni œuvre sublime, mais seulement une écriture qui, comme la poésie, est jeu de et sur les mots.
Un jeu qui compte parmi les plus riches et les plus
difficiles à décoder.

Cette page inaugurale apparaît ainsi comme une sorte de synthèse et, du même coup, d'adaptation libre de *L'Éloge de la folie*, d'Érasme — adaptation composée du reste *pour le plaisir et le divertissement de ce philosophe*. La très singulière «déesse» de *L'Éloge* déclare qu'il n'existe «aucun art» qu'elle n'ait «inventé[1]», qu'est fou celui qui s'engage dans les guerres[2], que sont fous les philosophes[3] et, en dernière instance, tous les hommes, et elle dénigre «les écrivains [...] qui soignent leur style pour mériter l'approbation de quelques gens cultivés[4]». En revanche, elle loue «celui qui écrit sous [son] inspiration» parce qu'il «jouit pendant ce temps d'une heureuse folie, couchant aussitôt par écrit tout ce qui lui passe par la tête, et transcrivant directement ses rêveries, sans qu'il lui en coûte autre chose qu'un bout de papier[5]». De surcroît, cette Folie louée par Érasme dit reconnaître chez les poètes des «Esprits indépendants», satisfaits de composer à l'intention d'autres «fous» «des fables ridicules», et elle ajoute cette explication: «C'en est assez, à leurs yeux, non seulement pour leur ouvrir l'accès à la béatitude des Immortels, mais pour leur permettre d'y introduire leurs héros[6].»

Que cette première page ou «avant-préface» constitue le «Manifeste» programmatique du roman est d'ailleurs confirmé par les innombrables indices désignant un connaisseur d'Érasme en Mille Milles,

---

1. Érasme, *L'Éloge de la folie*, dans *Philosophie chrétienne* (Introduction, traduction et notes par Pierre Mesnard), Paris, Vrin, 1970, p. 53.
2. *Ibid.*
3. *Ibid.*, p. 78.
4. *Ibid.*, p. 76.
5. *Ibid.*
6. *Ibid.*

lequel de surcroît se met tout à coup à paraphraser…
cette même «avant-préface» (p. 103-104). Contentons-
nous de rappeler, parmi plusieurs autres exemples
possibles, les très fréquentes références au fait que
Mille Milles ne se gêne pas pour écrire ce qui lui passe
par la tête (p. 80[1]) et qu'il se soucie fort peu du
volume de papier dont il a besoin pour le faire (p. 45,
80 et 133). Mais, surtout, l'ensemble du texte regorge
de concepts et d'exemples tirés du traité d'Érasme,
diversement et librement adaptés selon les besoins
intrinsèques du roman.

Autre par rapport aux hommes illustres qu'il cite,
et dernier de cette liste d'écrivains *banals* qu'il dresse,
l'auteur revendique le droit de faire œuvre de «fou»
dans la littérature, au sein de laquelle il ne prend
pourtant pas moins sa place, en toute connaissance de
cause. C'est dire que son «avant-préface» contient, en
dépit de son apparente insignifiance, un discours
implicite sur la conception ducharmienne de la littérature et, plus spécifiquement, du texte que cette page
inaugure. Une conception selon laquelle le roman
serait de la poésie entendue à la fois, dans une perspective érasmienne, comme production de fables, et,
selon Ducharme, comme jeu de mots qui en masque
délibérément le sens véritable.

La conscience critique dont témoignent ces lignes
et les modalités choisies pour en transmettre les concepts se retrouvent aussi dans la «Préface» du *Nez qui
voque*. Composée de deux parties distinctes, cette préface présente, dans son premier volet, un éclaircisse-
ment sur les éléments constitutifs de l'œuvre. Sous la
forme d'une question rhétorique, ce premier volet crée

---

1. Voir en outre les pages 27, 44, 126 et 146.

une opposition entre les démonstratifs *ça* et *cela*[1], opposition qui, si on se réfère à Freud[2], masque la distinction entre ce qui est intérieur[3] — donc non concret, intangible, dont la «réalité» ne peut être l'objet de la raison ou d'expériences scientifiques, comme ce magma inconscient peuplant l'intériorité de chaque homme qu'est le *Ça* freudien — et un *cela* qui, de manière antithétique, se configure comme quelque chose d'extérieur, de matériel, susceptible d'être objet d'expérience pour un *Moi* rationnel et lui-même intelligible[4]. Cette antinomie, qui exprime l'impossibilité d'une coexistence entre le non-réel et la réalité, renvoie au texte auquel elle prélude. Au demeurant, le narrateur reprendra lui-même, quelques pages après le début du récit, cette réflexion sur l'opposition entre *ça* et *cela*. Il s'agit du moment où, après avoir disserté sur la totale ignorance de Chateaugué à propos de ses organes génitaux et en avoir souligné la «virginitude», Mille Milles se sent attiré par la jeune fille endormie et met un frein à son désir en disant: «Halte-là! Halte-là! Halte-là! C'est cela. Cela est cela. Ça est ça. Béatitude rime avec virginitude, mais non avec virginité. La virginitude est un état, une sorte de béatitude» (p. 37).

Extrapolé du texte — mais également inséré dans le contexte, si on se limite à une lecture «de surface» —, ce segment narratif apparaît seulement comme la manifestation d'un contrôle du Moi sur les pulsions

---

1. «Quel est celui de ces deux pronoms démonstratifs qui est le meilleur: cela, ça? Si c'est *ça* ce n'est pas *cela* et si c'est *cela* ce n'est pas *ça*» (p. 8). (Italiques dans le texte.)
2. Freud est souvent cité par le narrateur du roman, qui déclare être «imbattable en psychanalyse» (p. 51). (*Cf.* p. 37, 129 et 164.)
3. «La vie, la vraie, est intérieure, tout intérieure» (p. 134), affirmera Mille Milles.
4. *Cf.* S. Freud, *Le Moi et le Ça* (1923), traduit de l'allemand par V. Jankélévitch, dans *Essais de psychanalyse*, Paris, PUF, 1971, p. 177-234.

du Ça. Mais, en réalité, ce segment contient un message bien plus complexe, car il est un des indices — nous verrons qu'il y en a un grand nombre — de la tentation du narrateur de passer du conte (monde du non-réel, où les héros, encore une fois selon Érasme, ont accès à «l'état de béatitude des Immortels») au roman (monde de la réalité).

Sur la base de cette première partie de la préface, il est possible d'avancer que le texte est conçu comme l'expression d'une impossible coexistence de ces deux mondes. Voilà pourquoi le lecteur qui voudra accéder à la richesse sémantique du roman devra partir à la recherche de ce qui, n'étant pas explicité, se camoufle dans l'écriture en tant que force parfois opérante, parfois maîtrisée, c'est-à-dire l'élan du narrateur vers le conte de fées et l'écrasement de cet élan par le roman.

Toute la deuxième partie de la préface joue sur ce thème de la duplicité. Composée comme une sorte de comptine, cette deuxième partie propose au lecteur une énigme dont la solution se trouve dans l'identification du parallélisme liant le premier et le dernier des syntagmes qui la constituent. Si l'ambiguïté de la formulation, inhérente à toute expression de ce genre, annonce le caractère équivoque du texte qui va suivre, le parallélisme, lui, en nous faisant savoir que la dernière ligne de l'énigme dit le contraire de la vérité, précise que son auteur veut être considéré comme un écrivain et non comme un homme; car cette dernière ligne affirme: «Je ne suis pas un homme de lettres. Je suis un homme[1].»

---

1. Rappelons intégralement la deuxième partie de la préface:

> Un ciel de lit regarda un ciel et lui dit:
> — Je ne suis pas un ciel de lit. Je suis un ciel.
> Un ciel, qui ne voulait pas être pris pour un ciel de lit par les autres ciels, regarda les autres ciels et leur dit:
> — Je suis un ciel. Je ne suis pas un ciel de lit.
> Je ne suis pas un homme de lettres. Je suis un homme.

L'œuvre annoncée par cette préface doit donc être lue comme une énigme. Une énigme qui, au-delà des jeux de mots, s'insère pleinement dans la série «littérature», à la fois en tant qu'expression des fantasmes inconscients qui se profilent, se pressent et se heurtent à la barrière du rationnel et du réel, et en tant qu'expression de la forme qui les masque dans l'œuvre littéraire — acte de délivrance dont ils émergent.

2. L'Histoire

Les théories de Ducharme, qui n'ont rien de ludique, quoiqu'elles soient exposées très joyeusement dans le roman, trouvent un partisan enthousiaste chez le jeune Mille Milles. Et ce n'est pas un hasard: en tant que narrateur de l'histoire, il en est aussi l'écrivant.

Le premier paragraphe du livre, qui correspond à la première page du cahier de Mille Milles, constitue lui aussi une sorte d'anticipation du reste du récit, en ce qu'il contient, de manière implicite et *in nuce*, les éléments fondamentaux de la composition tout entière et les théories qui la sous-tendent. Cette «préface» d'un Moi narrant encore innommé peut être divisée en trois parties. La première — refus du réel appliqué à l'histoire, comme cela a été relevé par Marcotte[1] — fournit, en quatre lignes, des informations sur deux moments importants du passé du pays: «la reddition de Bréda[2]» (p. 9) et la mort de Maurice

1. *Cf.* Gilles Marcotte, «La problématique du récit dans le roman québécois d'aujourd'hui», *Revue des sciences humaines*, vol. XLV, n⁰ 173, janvier-mars 1979, p. 59-69.
2. Le traité de Bréda, signé en 1667 par la France, l'Angleterre, le Danemark et les Provinces Unies, octroyait Nieuw Amsterdam (la future New York) à l'Angleterre de Charles II, restituait l'Acadie à la France et établissait la possibilité du libre-échange dans les ports anglais des Provinces Unies.

Duplessis. Ces événements semblent présentés dans le style âpre et aseptique de la plus objective des chroniques historiques — nom, fait, lieu, date —, n'était-ce la très subtile pointe d'ironie qui anime ce même style. En outre, à y regarder de plus près, on remarque que la date du premier événement mentionné est erronée[1], que le nom du personnage évoqué est apocryphe et que — comme Marcotte l'a montré[2] — l'acte qu'on lui attribue n'est pas vérifiable. De sorte qu'on ne tarde pas à s'apercevoir qu'au lieu d'une chronique historique, on a affaire à des lambeaux d'Histoire, dont quelques-uns ont été inventés pour combler des lacunes. Le procédé entraîne la transformation en farce — en une farce fortement symbolique, toutefois, comme nous le verrons plus loin — d'une perte de mémoire qui, parce qu'elle touche le passé du Pays, revêt un caractère tragique pour l'identité de son peuple.

Dans la deuxième partie de sa préface, de loin la plus longue des trois, le narrateur se met, sans solution de continuité, à parler de lui-même: «J'ai seize ans et je suis un enfant de huit ans» (p. 9). Formulée comme un constat et non comme le produit d'un désir, cette réduction de l'âge du narrateur se montre, dans les lignes qui suivent, comme la matérialisation d'une aspiration à retrouver l'incorruptibilité et l'intégrité symbolisées par le passé — par la condition enfantine — et s'oppose en cela à la mort en cours qu'est le présent: «Je laisse tout s'avilir, s'empuantir, se dessécher. Je les laisse tous vieillir, loin devant moi. Je reste derrière, avec moi, avec moi l'enfant, loin derrière, seul, intact, incorruptible; frais et amer comme

---

1. M. Duplessis, premier ministre du Québec de 1936 à 1959, sauf pour la période 1939-1944, est mort en réalité à Schefferville en 1959.
2. Cf. Gilles Marcotte, «La problématique...», op. cit.

une pomme verte, dur et solide comme une roche»
(p. 9). Veillée funèbre et solitaire devant l'idéal d'un
passé enterré dans le grotesque cimetière du présent[1],
cette aventure est constamment menacée par l'oubli;
voilà pourquoi le Moi narrant souligne qu'il a besoin
d'aide pour ne pas céder au présent et à sa réalité: «Je
ne peux pas laisser moi l'enfant seul dans le passé,
seul présent dans toute l'absence, à la merci de
l'oubli» (p. 9).

La troisième partie du fragment inaugural du
cahier de Mille Milles, centrée sur le texte lui-même,
explique — façon de parler — et synthétise les deux
précédentes: «Mais les hommes ont besoin des hommes, même de ceux qui sont morts. J'ai besoin des
hommes. Je rédige cette chronique pour les hommes
comme ils écrivent des lettres à leur fiancée. [...] J'écris
mal et je suis assez vulgaire. Je m'en réjouis» (p. 10).
Le terme polysémique de *chronique*, qui renvoie directement au texte que le Moi narrant est en train de
rédiger, contient une référence apparemment inconsciente — et, pour l'instant, voilée — à l'Histoire des
premières lignes. L'Histoire est ainsi située sur le
même pied que le Moi — quoique de façon assez
ténue —, objet, pour le narrateur, d'une «relation
objective». Ainsi, et même si c'est de la façon la plus
discrète, l'Histoire apparaît être autant que le Moi la
matière d'un «récit objectif» qui, se niant à mesure
qu'il se définit, se veut passionné, jailli non pas de la
raison mais des sentiments, et délivré des canons propres aux conventions littéraires. Or l'Histoire est le
passé du Pays, comme l'enfance est le passé du Moi

---

1. «Je veille, le ventre dans toute la cendre, avec des cadavres qui me
laissent tranquille, avec tout ce qui est cadavre, seul avec l'enfant moi,
seul avec une image dont le tain s'use sous mes doigts» (p. 9-10).

narrant. De sorte que, sous la différence apparente des deux premières parties du fragment inaugural du cahier de Mille Milles, on peut discerner une identité discursive. Cette identité est centrée sur le refus de la réalité et sur une volonté de retrouver le passé — collectif dans un cas, individuel dans l'autre — portant le sceau de cette perte de mémoire qui affecte déjà la communauté et qui menace le narrateur.

Assis à «cette table [...] où des personnes imaginaires sont réunies pour entendre» (p. 10), le narrateur veut nous proposer un récit qui, tout en portant la connotation du merveilleux — en raison de l'appel à l'enfance et des pouvoirs magiques dont le héros semble doué pour maîtriser le temps —, renvoie aussi à l'Histoire. Mais cette Histoire, on ne peut l'atteindre, à l'origine (au commencement) de la création (de l'écriture) du texte, que par des chemins peu aisés et souvent secrets, et elle ne saurait de toute façon être confondue avec la réalité.

Objet apparemment fortuit et injustifié du début du cahier de Mille Milles, le passé du Québec et du Canada se révèle déjà dans les premières lignes du deuxième paragraphe comme le fantasme inspirateur de tout le roman:

> Ils sont en train de refaire le dôme du marché Bon-Secours. Ils sont en train de restaurer les lucarnes de la maison de Papineau. Ils ont des tâches historiques. Sans accent circonflexe, nous obtiendrons: ils ont des taches historiques. C'est une équivoque. C'est un nez qui voque. Mon nez voque. Je suis un nez qui voque. Mon cher nom est Mille Milles (p. 10).

Ce passage, qui rappelle la nature ludique du texte, nous livre un indice sur les modalités de lecture qu'on peut faire du titre du roman et du roman tout entier. En effet, le jeu de mots anagrammatique qui transforme «une équivoque» en «un nez qui voque» convie le lecteur à mettre à l'œuvre une technique analogue pour interpréter le syntagme, en apparence insignifiant, qui nomme le roman sur la couverture. Ainsi, puisque le narrateur (N), qui dit s'appeler Mille Milles, s'identifie à «un nez qui voque», on aura:

N = Mille Milles = Un nez qui voque = Un N qui évoque — Le nez qui voque = Le N [narrateur] qui évoque.

Ce que le roman raconte serait ainsi l'histoire d'un narrateur et de son évocation. Partant de cette idée, on pourra en effet constater que le texte tout entier est tourné vers les divers signifiés du terme évocation et que ce terme y est employé dans toutes ses acceptions, depuis les plus anciennes, qui renvoient à l'origine étymologique, comme «faire venir» et «appeler», usitées au XIVe siècle, jusqu'aux plus communes de «rappeler à la mémoire» ou «faire apparaître à l'esprit (par l'imagination, l'association d'idées[1])». Rien dans le roman n'est alors directement signifiant; tout devient allusif et renvoie secrètement à une signification cachée et complexe qui transcende le sens visible et «apparent». Cela détermine un bouleversement total du sens et du lien entre les diverses composantes du texte, que ce soit sur le plan du discours — syntagmes, mots, noms propres — ou sur le plan du récit — espace et temps. Le narrateur est d'ailleurs lui-même victime, mais il ne l'ignore pas, de cette activité polysémique

---

1. *Évoquer*, dans *Le Robert*, t. II, 1966-1970, p. 710.

et polymorphe qu'est l'évocation. Conditionnant et modifiant les fantasmes de son inspiration, l'évocation en détermine l'émergence et l'évanouissement, elle en fixe les modalités de concrétisation et la durée dans le récit, de sorte qu'elle se constitue en *dominus* incontesté de la narration. L'évocation, qui se trouve à l'origine du roman et qui conditionne sa constitution, est donc selon toute évidence l'élément générateur fondamental de sa forme. Le narrateur, au demeurant, ne manque pas d'engager le lecteur sur ce sentier en lui adressant des questions comme «Est-ce clair? Est-ce assez clair?» (p. 29[1]) Ces questions renvoient à ce qui les précède dans le discours comme à quelque chose d'obscur, ce qui porte le lecteur à se demander ce qui se cache sous l'évidence et quelles sont les associations éventuelles et invisibles qui relient cette évidence au reste de l'œuvre. Deux types de jeu de mots dont Mille Milles raffole constituent à cet égard des indices encore plus «évocateurs» et donc essentiellement plus explicites. L'un d'eux consiste à décomposer les mots pour y découvrir des mots cachés: «Est-ce que tu as vu les oignons dans additio*nnions*? As-tu vu les lions dans appe*lions*? As-tu vu la pomme dans *appel*ions[2]?» (p. 85); «Qui est-ce qui a mis (*amis!*) [...]» (p. 105); «Si nous avions... As-tu vu l'aéroplane dans *avions*?» (p. 125); «Jeanne d'Arc [...]. Voyez-vous l'âne dans *Je*anne?» (p. 132); «Il y a quatre jours, je découvrais la joie. Depuis cat (avez-vous vu le chat?) jours [...]» (p. 215).

---

1. Voir aussi p. 30 et 80.
2. Dans cette citation, comme dans les suivantes, les italiques reprennent celles de l'original.

Ce type de jeu met l'accent sur l'évocation comme faculté de faire apparaître quelque chose par le biais des images et suggère en même temps qu'il faut «regarder» ce que cachent les mots, au point que la compagne de Mille Milles est amenée à cet aveu: «Tu regardes ce que je te dis. Tu n'écoutes même pas ce que je dis» (p. 85). Quant à l'autre type de jeu de mots, il consiste en une sorte de prolifération verbale, parfois signifiante, parfois non, et s'appuie sur les emplois les plus variés des associations d'idées: «des arrière-pensées, des arrière-saisons, des arrière-scènes, des arrière-grand-mères et des arrière-goûts» (p. 117); «Ouach! Ouachington! Jefferson! Lincoln! Buick! De Soto! Chevrolet! Plymouth!» (p. 133); «*Idée* me fait penser à César. César fut assassiné aux ides de mars et il y a *ides* dans *idée*. Quelle sorte de littérature fais-je, Elphège? Est-ce de la littérature surréaliste, surrectionnelle, ou surrénale?» (p. 133); «Les gymnases, les gymnastes, les gymnasiarques [...]» (p. 50); «Nous avons ouvert les vasistas, pour laisser entrer la chaleur. Laissez venir à moi les petits enfants par les vasistas. Je ne suis pas responsable de mes associations d'idées» (p. 129).

Au sein du système évocatif qui préside à l'organisation de l'ensemble du roman s'inscrit également, à notre avis, l'emploi singulier du *comme*, conjonction qui, à sa fonction habituelle d'introduire une comparaison, ajoute ici celle de faire appel à la mémoire. Ces appels sont faits à travers un réseau serré, très varié et parfois tortueux de liens qui sont à l'occasion explicités par le narrateur lui-même et appartiennent tous au champ sémantique de l'évocation: «Je rédige cette chronique pour les hommes comme ils écrivent des lettres à leur fiancée» (p. 10); «Chateaugué est ici assis sur le lit (*assis* rime avec ici, mais point *assise*) derrière mon dos comme une goutte d'eau. En effet, si nous sommes comme deux gouttes d'eau, chacun de nous est comme une goutte d'eau» (p. 21[1]); «Une femme, c'est comme un cheval; ce n'est bon qu'à échanger contre des moutons. Une femme, c'est comme un écureuil; c'est beau [...]. Avoir une belle femme, c'est comme avoir un beau cheval. [...] La femme peut être prêtée, échangée, vendue, perdue et donnée, comme un cheval» (p. 45); «La gloire, c'est comme un dictionnaire. Un dictionnaire, c'est comme une porte: cela s'ouvre et se ferme» (p. 45); «Le sexuel est, comme le communisme, la solution la plus facile» (p. 50).

Marcotte a déjà relevé que Ducharme ne se sert pas du *comme* «pour établir un réseau de comparaisons qui confirmeraient le sens dans sa progression[2]». Le même critique souligne en même temps — mais il se réfère spécifiquement à *L'Avalée des avalés* — que le *comme* ducharmien a plutôt pour fonction de produire «un «jeu de vertige» où le langage, fou de lui-même, s'égare comme dire et se retrouve comme pur mouvement, jeu, action[3]», pour ensuite atteindre une fonction d'appel. «Comme, poursuit-il, se référant maintenant au *Nez qui voque*, est appel, invitation, par entraînement sonore: «Viens! Viens! Viens! Kommm! «Kommm! Kommm! Kommm[4]!». «Violemment érotique[5]» dans l'histoire, comme le souligne Marcotte dans son récent article, cet appel, selon notre point de vue, s'adresse précisément à l'imaginaire afin que celui-ci donne «corps» à l'évocation, qu'il la concrétise dans l'histoire. Ainsi, dans le cas cité par Marcotte, en répétant son «Viens! [...] Kommm! Kommm!...»,

---

1. Italiques dans le texte.
2. Gilles Marcotte, «Réjean Ducharme contre Blasey Blasey», *op. cit.*, p. 82.
3. *Ibid.*
4. *Ibid.*, p. 83. Italiques dans le texte.
5. Gilles Marcotte, «Réjean Ducharme lecteur de Lautréamont», *op. cit.*, p. 111.

Mille Milles invite Chateaugué à revenir à lui. Mais en réalité, cette séquence est la métaphore du désir qu'a le narrateur d'être encore «visité» par le désir du conte représenté par Chateaugué.

L'identification de l'évocation comme élément constitutif fondamental de ce roman confirme et éclaire la fonction programmatique de son premier paragraphe narratif. Dans la mesure où, au début du roman, le Moi narrant omet de se nommer, il se présente comme un narrateur qui nous renseigne sur la matière qui l'intéresse et qui, dans le même mouvement, expose la technique dont il entend se servir, mettant ainsi l'accent sur l'attention qu'il doit consacrer aux problèmes posés par l'activité spécifique qu'il accomplit. Le passé du pays et le passé personnel du narrateur s'étaient déjà montrés comme points focaux de la thématique du cahier, mais on découvre maintenant que la peur du narrateur d'«adresser directement la parole» (p. 10) aux hommes manifeste sa crainte de devoir abandonner le système de l'évocation — système *indirect* car, lié au passé, il suppose un champ magique et imaginaire, psychique, intérieur, non rationnel — pour celui du réel — qui implique l'actualité, le caractère concret, la vérifiabilité directe à travers la raison. Voilà qui réitère de manière plus circonstanciée l'opposition, relevée dans la préface, entre *ça* et *cela*. Pourtant, n'importe quelle évocation peut prendre la réalité comme point de départ. C'est le cas, précisément, de l'évocation du narrateur du *Nez qui voque*, car son premier geste consiste à évoquer la réalité — l'histoire de son pays —, ce qui menace le récit, sur le plan formel, depuis son commencement même.

Les premières pages du roman narrent en effet les difficultés et les incertitudes du narrateur face aux obstacles que la réalité oppose à sa tentative d'évocation. Son éloignement de ses parents — dont il ne sera plus question au cours du récit — et le départ de «l'île qu'ils habitent au milieu du fleuve Saint-Laurent» (p. 10-11) constituent, à notre avis, l'abandon symbolique d'une longue tradition culturelle qui faisait des Français les ancêtres et, de la France, la mère d'une culture définie, comme ses dépositaires, canadienne-française — et ce non par hasard. Les cent dollars que Mille Milles dérobe de «la fortune familiale» en les prenant «dans la cassette où maman thésaurise les pièces de cinquante cents» (p. 12) dévoilent la nature de la séparation du garçon d'avec sa famille. Parce que cette séparation va de pair avec la réappropriation d'un bien à ce point précieux pour Mille Milles qu'il constitue la condition *sine qua non* de son aventure narrative — la production d'une œuvre personnelle, d'une contribution à la constitution d'une littérature proprement québécoise —, un bien dont la juste valeur a été si mal comprise par la mère qui, en l'amassant de manière non productive, en bloquait les possibilités de développement. La seule exception au silence significatif que garde Mille Milles à propos de ses parents après cette brève allusion à sa famille ne fait que confirmer, selon nous, le caractère purement symbolique et évocateur d'une réalité qui s'oppose à l'idéal auquel on aspire. Il s'agit de l'épisode où le narrateur, de plus en plus attiré par le roman, se promène avec Chateaugué et les trois petites Anne, qui appellent Chateaugué «ma tante» et Mille Milles «mon oncle». À un moment de la promenade, ce dernier se souvient: «Chateaugué, dans le temps, appelait mon père «mon oncle» et ma mère «ma tante». Me voilà devenu aussi vieux, aussi gâteux que père et mère» (p. 245).

En se déclarant vieux et gâteux, et, par conséquent, privé d'élan vers l'idéal, et en s'identifiant en tant que tel à ses parents qu'au début il rejetait, Mille Milles signale sa «rentrée dans l'ordre», l'évanouissement, dans le passé, d'un rêve d'intégrité écrasé par la décomposition en acte qu'est le présent. La réalité culturelle de ce présent dont le narrateur avait voulu s'éloigner à l'époque où il était à la recherche d'une narration qui serait «appel» à la vie adressé à un passé idéal reviendra, malgré tout, tendre des pièges à l'évocation, sous les formes les plus diverses de la culture aujourd'hui prédominante au Québec. Dès le début du roman, le narrateur avait parlé de quelques-unes de ces formes. L'une d'elles est le cinéma: «S'il n'y avait pas de Français de France ici, il n'y aurait pas de cinéma ici. [...] Réjouissons-nous. Il vient ici pour déniaiser les masses qui sont niaises et qui ne savent pas dire con» (p. 28). Une autre de ces formes est le théâtre: «Les snobs canadiens-français ne disent pas théâtre mais théâtre. Ce sont des hosties de comiques» (p. 66). Mais il y a aussi la mode et les centres de formation intellectuelle: «Portons des pantalons serrés et achetons des automobiles sexuelles. Allons faire un stage à la Sorbonne. Fréquentons les désuniversités françaises et ayons honte de n'avoir fréquenté que la désuniversité de Montréal» (p. 28). Ajoutons, enfin, la langue — instrument par excellence de l'expression d'une culture — menacée de mort par le pouvoir anglophone régnant, car le pays apparaît au début comme appartenant aux anglophones et existant pour eux, tel que le montrent les titres des films et les noms des salles de cinéma ou encore les signaux de la route: «D'ailleurs, en anglais, il y a ça d'écrit, là, sur cette planchette: Construction interdite aux piétons et aux cyclistes sous peine d'amende» (p. 14).

Après avoir pris ses distances par rapport à la culture «officielle» de la tradition grâce à l'éloignement symbolique de ses parents, le narrateur emploie une semblable technique d'évocation pour nous informer que son activité exclut aussi la réalité historique du

Québec: «la chapelle de Notre-Dame-de-Bon-Secours
[...] qui bouche toute ma fenêtre comme une affiche
d'elle-même [...] recèle un musée de Marguerite Bour-
geoys; à côté de l'huis pend une inscription au néon et
en anglais: SAILORS' CHURCH 1654. Ils font de la
publicité, de l'aplaventrisme, pour mettre l'eau à la
bouche des touristes de langue anglaise. Go
homme[1]» (p. 11). Cet ordre de quitter les lieux, aussi
catégorique qu'amer et ironique, adressé en apparence
aux touristes parlant anglais, exprime la volonté du
narrateur d'exclure également de son récit l'encom-
brante réalité d'une Église («la chapelle») qui s'est
entièrement approprié l'Histoire et s'est constituée en
dominus du peuple canadien-français. Une Église qui,
«conservant» ce peuple tel qu'il était, en a empêché le
développement et le progrès, le rendant ainsi, de fait,
soumis aux Anglais. Réalité exposée avec éclat à la
risée de tout le peuple par les intellectuels québécois
au temps où Ducharme (pardon, la plume m'a four-
ché, comme aurait dit notre narrateur: au temps plutôt
où Mille Milles) écrit — «septembre mille neuf cent
soixante-cinq» (p. 10) —, l'Église est radicalement
expulsée de son univers imaginaire. La chapelle symbolique est située, en effet, «de l'autre côté de la rue»
(p. 11) où se trouve la maison de Mille Milles, qui la
considère comme un obstacle à sa «vision», à son évocation.

Mais il ne suffit pas de souhaiter la disparition de
la réalité historique pour l'empêcher de se faufiler
parmi les fantasmes de l'évocation et d'y agir, comme
facteur de dévoiement, avec toute la force qui lui vient
de sa capacité de constituer le présent. L'évocation
apparaît déjà comme tiraillée par la réalité historique

---

1. Majuscules dans le texte.

dans un passage cité plus haut qui révèle les intentions de restauration de celui qui évoque et, en même temps, désigne le passé réel du pays comme objet de cette restauration. Ce passage établit que «les tâches (taches) historiques» de ceux qui, apparemment, président à la conservation du pays touchent deux édifices: le marché Bon-Secours (lieu d'échanges commerciaux) et la maison de Papineau, qui renvoie à la rébellion de 1837 contre la domination anglaise, dont Papineau fut à la fois héros et victime — elle lui coûta les longues années d'exil que l'on sait —, une maison marquée donc par le signe de la liberté et par celui de la perte de la liberté, c'est-à-dire de la mort. L'«équivoque» qui, avant de se métamorphoser en «nez qui voque», transforme les *tâches historiques* en *taches historiques*, est porteuse d'un sens qu'elle souligne et, en même temps, rend opaque. Car ce jeu de mots, qui fusionne puis dissocie les symboles du passé du pays, exprime le désir de distinguer les «qualités» de ce passé et l'intention de les «restaurer» par le biais de l'évocation. Complexe et articulé dans son déroulement, ce passé est ici présenté d'une manière synthétique dans ses composantes fondamentales: aspiration idéale à la liberté et donc à l'indépendance; privation, imposée par d'autres, de la condition de nation, et conséquent «esclavage» économique et culturel du peuple. S'étant présentée à l'esprit du narrateur tel un «marché», toute l'Histoire de la Nouvelle-France des origines à nos jours est évoquée à l'instar d'une série de «ventes», qui ont réduit un possible «continent français d'Amérique» (p. 13) aux dimensions — à l'hybride culturel — du Canada actuel.

Cette relecture donne une nouvelle valeur à la référence historique par laquelle s'ouvre le cahier de Mille Milles et, en même temps, permet de discerner la teneur symbolique du nom du signataire de la reddition de Bréda en 1667 (p. 9). Roger de la Tour de Babel[1] renvoie à l'Angleterre par son prénom et à la France par son nom de famille. La première de ces nations fit l'achat de Nieuw Amsterdam — la future New York — et la seconde l'accepta, ce qui créa les conditions d'existence d'une tour de Babel linguistique appelée à s'étendre au-delà de ses premières frontières avec le démembrement progressif de la Nouvelle-France, sa réduction au Canada actuel et les vagues d'immigration de différents groupes linguistiques qui purent envahir une nation d'où les Français s'étaient «enfuis» après le Traité de Paris de 1763. Ce traité, qui n'est pas directement nommé par le roman, constitue, implicitement, une autre «vente» territoriale, car il implique la perte du pouvoir des Français du Canada, la cession de leur seigneurie aux Anglais habitant la même terre: «Cuthbert, officier écossais ami du général Wolfe, a acheté la seigneurie de Berthier en 1765» (p. 23). Comme conséquence de cet acte, les Canadiens français devinrent les sujets des Anglais, d'un point de vue non seulement politique mais également économique. Les premiers restèrent liés à la terre, tandis que les Anglais s'enrichissaient avec le commerce et, plus tard, avec l'industrie: «Puis, vinrent les forgerons et les automobilistes. Ici, automobilistes veut dire: fabricants d'hommilistes» (p. 19). Ainsi le rappelle Mille Milles, après nous avoir

---

1. Partant de la présence de ce nom de famille dans *Le Nez qui voque,* A. M. Jaton a finement mis en lumière la façon dont une «tour de Babel» y prend forme. En partant d'une autre perspective, elle souligne encore le fait que cette tour de Babel devient particulièrement manifeste au restaurant où travaille Mille Milles et qu'elle constitue l'indice d'un plurilinguisme perçu comme obstacle à la fraternisation. (*Cf.* A. M. Jaton, «Le Canada, le Québec et les improvisations linguistiques dans *Le Nez qui voque* de Réjean Ducharme», dans *Letteratura Francofona del Canada,* a cura di Liano Petroni, «Quaderni di Francofonia», Bologne, CLUEB, n° 1, 1983, p. 173-185.)

informé de son antipathie pour les voitures («hommilistes») et leurs chauffeurs, qu'il appelle «automobiles» (p. 12). La haine que le narrateur voue au «présent» représenté par les «hommilistes» rejoint ainsi celle, bien plus ancienne, que les pauvres agriculteurs canadiens-français ressentaient à l'endroit du pouvoir industriel anglophone; ce pouvoir força chacun des descendants des lointains seigneurs à travailler «en dégénéré», à se vendre «pour 1,75 dollar de l'heure» (p. 19).

Après avoir évoqué l'appauvrissement économique et politique des Canadiens français à la suite de la cession du Canada, le narrateur se tourne vers l'appauvrissement territorial entendu comme impossibilité, pour son peuple, de s'étendre sur les Amériques — «Qui a vendu la Louisiane, toute la vallée de ce Mississipi que Cavelier de La Salle descendait en canot[1]?» (p. 19) — et comme démembrement du Pays: «L'Alaska fait partie du Canada comme le pied du panda fait partie du panda. Panda rime avec Canada et avec Alaska. Qui est le vendu qui a vendu l'Alaska aux États-Désunis?» (p. 26) Un démembrement ayant entraîné l'assujettissement de ce qui est resté de l'ancienne Nouvelle-France — le Canada anglophone — à l'empire économique états-unien: «Texaco vient du mot Texas. La gazoline Texaco est une gazoline canadienne. Est-ce que cela tient debout?» (p. 123) Le pronom «ils», quand il désigne ceux qui ont des *tâches* (*taches*) historiques, renvoie ainsi à une unité multiple, constituée aussi bien par des Français que par des Canadiens anglophones que le narrateur dénonce comme responsa-

---

1. Cavelier de La Salle fut le premier explorateur du Mississipi (*sic*).

bles d'un marché honteux accompli à travers le temps, depuis cette lointaine année 1667 jusqu'à nos jours. Un marché qui, commencé dans les terres françaises d'Amérique, a atteint les Québécois d'aujourd'hui et déterminé le «vidage» du Pays, occulté par les uns et les autres sous le masque des tâches («devoirs») historiques.

Le passé de l'Histoire, depuis cette date tristement notoire, et ses conséquences se rejoignent dans la réalité d'un présent qui marque le Canada d'un double signe de mort: d'une part, la disparition complète de ses premiers colons, les Canadiens français; d'autre part, la conséquente assimilation des Canadiens par les États-Unis. Écoutons ce que le narrateur déclare au début du roman: «Je ne veux pas aller plus loin: je reste donc arrêté. Je ne veux pas continuer car je ne veux pas finir fini» (p. 9). Bien plus tard, alors que la tentative de «restaurer» le pays s'est révélée vaine, alors que le conte qui raconte cette tentative a été étouffé par le présent (la réalité) du roman, la déclaration initiale que l'on vient de rappeler, éclairée par l'évocation du «vidage» et de l'inexistence du pays sur laquelle nous venons de nous attarder, se change en dénonciation amère et angoissée de la tragique situation actuelle de la nation et de ses habitants:

Le Canada est un vaste pays vide, une terre sans maisons et sans hommes, sauf au sud, sauf le long de la frontière des États-Désunis, sauf là où les Américains ont débordé. [...] Le Canada est-il ou n'est-il pas? Au Canada, il n'y a que les visons et les Esquimaux qui ne parlent, ne chantent, ne dansent, ne mangent et ne s'habillent pas en américain. [...] Ils disent qu'il y a vingt millions de Canadiens. Où vivent-ils? Où sont-ils partis? Où sont-ils tous? Il n'y a pas un seul Canadien au Canada. Où sont

les vingt millions de Canadiens? Où sommes-nous?
[...] Canada est un nom propre désignant un domi-
nion qui n'existe pas, faute de Canadiens (p. 121-
123).

L'affirmation paradoxale qui clôt ce passage
amalgame les «Canadiens français (le nom seul est
ainsi)» et «les autres Canadiens (le nom seul est
ainsi)» (p. 124) au sein d'une réalité aberrante
caractérisée par une assimilation culturelle et économique de plus en plus engloutissante, au profit
des États-Unis. Dans cette force qui, depuis le sud,
fait pression sur le Pays et empiète sur lui, le narrateur perçoit la cause de la perte d'identité de tout le
peuple canadien. C'est pourquoi il ne peut que rejeter cette force au moment de mettre en branle son
intuition évocatrice, dont le point de départ est
quelque chose qu'on ne voit plus ou qu'on ne voit
pas encore: le passé et son idéalisation. Quelque
chose dont on entend toutefois, de temps à autre,
l'appel, comme c'est le cas pour le Saint-Laurent, ce
fleuve d'où émerge l'île que Mille Milles a quittée,
et qui coule maintenant sans qu'il puisse le voir de
sa chambre, au-delà des maisons de Montréal:
«c'est le plus solide de mes amis d'enfance, c'est le
Saint-Laurent. Des fois, on entend crier un
navire» (p. 12).

Présenté par le narrateur comme «le fleuve qui
m'accompagne depuis le début du malentendu»
(p. 12) — depuis, donc, une équivoque qui s'est résolue en *un N qui évoque* —, le fleuve se change ensuite
en bouche d'un fantastique «continent français
d'Amérique»: «Ce continent a une bouche, une gueule
molle de vieux loup soûl: le Saint-Laurent. Et cette
gueule parle français» (p. 13). Étant donné que la distance désignée par le nom de Mille Milles correspond

approximativement à la longueur du Saint-Laurent[1], ce fleuve jouit, dans *Le Nez qui voque*, d'une grande richesse sémantique et d'une énorme capacité de renvoyer à autre chose que lui-même. De même que le Saint-Laurent, grâce à Jacques Cartier, donna vie au Canada et le peupla de Français, de même Mille Milles, en prenant comme point de départ ce fleuve, symbole de la naissance du pays réel, donne une vie et un peuple à son pays idéal.

3. Le conte merveilleux

Le Saint-Laurent, que le narrateur définit comme «le plus solide de mes amis d'enfance» (p. 12), est donc à l'origine d'une évocation qui, une fois la réalité historique du Québec exclue et le Canada déclaré con-

---

1. Telle est en fait, à peu de choses près, la longueur du Saint-Laurent si on exclut, comme il paraît logique de le faire, son bras de source — Saint Louis River — et les lacs qu'il traverse. Les interprétations du nom de Mille Milles avancées par les critiques sont nombreuses. Pour M. Chouinard, ce nom ferait allusion aux courses d'automobiles d'Indianapolis et soulignerait la non-appartenance du jeune garçon à un lieu spécifique, et sa conséquente condamnation à l'errance perpétuelle. (*Cf.* M. Chouinard, «Réjean Ducharme: un langage violenté», *Liberté*, vol. XII, n° 1, janvier-février 1970, p. 120.) J. D. Bond propose de son côté que, même si Mille Milles voyage en réalité très peu, le nom qu'il porte fait référence à sa nature infatigable et au fait qu'il ne se sent chez lui nulle part. (*Cf.* J. D. Bond, «The Search for Identity in the Novels of Réjean Ducharme», *Mosaic*, vol. IX, n° 2, hiver 1976, p. 40.) L'interprétation la plus pertinente, parce que conforme au message du texte, nous semble être celle — quelque peu différente de la nôtre — de A. M. Jaton, qui voit dans le nom de Mille Milles une allusion au système de mesure d'avant la transformation, allusion dans laquelle on devrait discerner une volonté de «canadianiser» le nom du héros. (*Cf.* A. M. Jaton, «Le Canada, le Québec et les improvisations linguistiques dans *Le Nez qui voque* de Réjean Ducharme», *op. cit.*, p. 183-184.)

tenant vide — «Le mot Canada serait né des mots espagnols *aca* et *nada* qui signifient: rien ici[1]» (p. 12) —, tente de créer un «Nouveau-Québec, d'où Ivugivic vient» (p. 12), pour le substituer au Québec présent. «Nouveau-Québec» et Ivugivic: pays utopique et habitante symbolique de la restauration du passé dont elle va permettre le récit. Car s'il existe bien dans la réalité un Nouveau-Québec, il n'en est pas moins vrai que le «Nouveau-Québec» de notre histoire ne lui ressemble guère. La dérivation notoire du nom Nouveau-Québec de celui de Nouvelle-France dit assez que l'époque à laquelle l'évocation remonte est celle des origines du pays, époque qui a précédé l'invasion des «barbares» anglais chez les Français du Canada[2]. Mais, d'autre part, la substitution de *Québec* à *France* que ce nom opère constitue un indice de l'intention du narrateur de raconter une histoire qui, libre des contraintes du passé et non conditionnée par le présent — c'est ce que souligne l'adjectif *Nouveau* —, narre la «reconstruction» idéale du Québec. Notons ici que le fleuve — qui est, dans ce roman, à l'origine du conte en tant qu'«origine» du pays — recèle parfois, dans les deux autres romans que nous avons examinés, une valeur dont la dimension merveilleuse n'est qu'apparente. Mille Milles provient du fleuve, vit sur ses rives et, dans cette fluvialité, s'associe sa compagne Chateaugué: «Nous sommes les Fluviaux, Chateaugué et moi. Nous sommes des amis qui vivent côte à côte sur les rives d'un fleuve» (p. 18). Ce sont là autant de faits qui soulignent l'intention fabuleuse du récit, tandis qu'ailleurs, et en particulier dans *L'Océan-*

---

1. Italiques dans le texte.
2.«Je ne veux pas voir d'Anglais avec les Esquimaux. C'est un génocide. C'est comme le massacre de Gênes par les Huns et les autres» (p. 12).

tume, le fleuve, envisagé au début comme élément possible de l'aventure mythique, ne tarde pas à se révéler comme symbole de la réalité. L'évocation — invitation lancée au pays utopique à sortir d'un passé lointain pour revivre dans un présent toujours nouveau (p. 12) afin d'y demeurer «intact, incorruptible» (p. 9) comme l'enfance, qui en est le symbole — manifeste clairement, dans *Le Nez qui voque*, qu'elle est indissociablement liée à l'irréel, où il suffit de proférer des paroles pour créer, et de croire pour réaliser l'impossible, jusques et y compris l'arrêt du temps et son recul: «crois, crois (surtout aux mots). Le remède universel, la pierre philosophique *(sic)*, c'est croire» (p. 197). Cette fois, ce penchant à croire «surtout aux mots», ne peut être, pour un personnage narrateur, que le signe de sa foi dans le pouvoir créateur d'une parole qui, de nommer, donne vie à l'inexistant et transforme l'irréel en réel. C'est la foi qui peut déplacer des montagnes, prêter une voix aux objets inanimés, donner apparence humaine à une idée, corps à un rêve, semblant de matière à une illusion, réalité à l'utopie. C'est la foi d'où naît le conte, fait de paroles qui paraissent coïncider avec la réalité.

Mais le conte naît ici en liaison avec l'Histoire, et donc avec une science qui a le réel pour objet. Ce réel se présente très fréquemment au narrateur qui, de diverses manières, l'identifie comme un obstacle au déroulement du conte. Et puisque l'évocation donne son titre au roman, c'est elle qui, la plupart du temps, en tant qu'association d'idées, pose des difficultés au narrateur, car elle le détourne du sens que, dès le départ, il lui a donné: celui d'*appel*, adressé au fantôme du passé pour le faire sortir des ténèbres de l'oubli, but premier et avoué de son récit. Ainsi, les difficultés rencontrées par le narrateur au moment de garer sa bicyclette l'obligent à prendre acte des

difficultés analogues que suppose pour le conte —
royaume de la magie — le fait de se trouver dans un
présent gouverné par la réalité. La haine que Mille
Milles manifeste alors, et tout au long de l'éphémère
durée du conte dans le roman, à l'endroit des automobiles — dont nous connaissons la valeur symbolique
— est un indice transparent de sa peur d'être lui-
même amené par le présent à raconter le réel. «Tout
est pour les automobiles sur la terre maintenant»
(p. 12), s'exclame Mille Milles, rempli d'une colère
furibonde contre lui-même parce qu'il n'a pas su
empêcher cette intrusion du présent dans son conte.
Et il poursuit: «L'homme en automobile est l'homme
supérieur que Nietzsche appelait. Hélas, cet homme
supérieur est plus *supermachine* que *superhomme*[1]»
(p. 12). *Superman*, héros de sa fable: voilà justement ce
que Mille Milles voudrait être, au lieu de devoir dire
de lui-même: «Pauvre Mille Milles! tout dépaysagé,
tout désorientalisé, tout désillusionnismisé!» (p. 12),
car il vient de prendre brusquement conscience de la
superpuissance du présent. Un présent dont l'indifférence à l'endroit du non-réel contraint Mille Milles à
penser qu'il est «tout seul» à se rappeler que: «Il
revient de droit au Québec, le Labrador» (p. 12).
Ainsi, le présent oblige-t-il le jeune garçon à reconnaître que l'évocation à laquelle il s'adonne suppose la
solitude.

L'évocation, dans ses métamorphoses, tyrannise le
narrateur, elle le pousse à faire apparaître magiquement
le pays idéal, et l'oblige ensuite à constater l'existence du
présent qui nie ce pays, suivant une oscillation constante
entre conte et roman, entre réel et imaginaire. Ce processus de va-et-vient dépayse non seulement Mille Milles,

---

1. C'est nous qui soulignons.

mais aussi le lecteur, car il finit par amalgamer les divers temps de l'évocation (passé) et le temps de l'action (présent) et, parallèlement, ceux du conte et de la réalité, ce qui confond au plus haut point le héros: «Pauvre Mille Milles! tout mélangé dans ses dates!» (p. 13)

Que le monde actuel, matériel et matérialiste, mette tout en œuvre pour repousser et détruire les idéaux, voilà ce que chacun de nous peut constater et vérifier quotidiennement. Mais la situation de notre narrateur est particulièrement pénible: car voici qu'à l'ère du roman, un écrivain amateur de jeux le place dans un *roman*, et lui confie la tâche de le transformer en *conte*! Et en effet, le présent que le narrateur abhorre, celui des automobiles et de tous les autres symboles de la réalité, celui qui menace son évocation et, par conséquent, son existence même, est aussi un présent littéraire. Marcotte, dans un essai aussi lucide que profond cité plus haut, avait déjà relevé le fait que toute l'œuvre de Ducharme se constitue en opposition aux formes littéraires les plus variées et, en particulier, en opposition au roman. Et à propos de Mille Milles, le même critique précisait: «il sait que depuis *Tristan*, *La Princesse de Clèves*, *Eugénie Grandet*, *Madame Bovary*, le roman a partie liée avec l'amour-passion, l'amour-possession, la vie urbaine et ses réseaux d'intérêts, les affaires douteuses de l'histoire[1]». Cette observation, que Marcotte formule en regard de l'histoire du *Nez qui voque*, peut être étendue, nous semble-t-il, à la forme globale des romans ducharmiens.

Qu'est-ce en fait, aujourd'hui, que le roman, épopée du monde déserté par les dieux, selon la définition de Lukács[2], sinon une expérimentation intellec-

---

1. Gilles Marcotte, «Réjean Ducharme contre Blasey Blasey», *op. cit.*, p. 59.
2. Georges Lukács, *La Théorie du Roman*, (1920), traduit par J. Clairevoye, Paris, Gonthier, 1963.

tuelle, froide et lucide de nouvelles voies, accomplie avec l'amère conscience qu'une «totalité» immanente et transcendante est à jamais disparue? Forme dans laquelle l'écrivain consacre la «naïveté» perdue de notre époque, le roman est un parcours laborieux et douloureux vers la prise de conscience d'une réalité qui nie la magie et s'affirme comme pure matière. Cette réalité, dont le narrateur, situé dans le présent, a pris définitivement conscience — et qui est normalement réduite, par l'absence de magie, à l'état de «matière» qui nous berce du faux espoir d'en prendre possession par des voies cognitives —, devient dans notre récit un objet physique, concret, susceptible d'être possédé corporellement, appel alléchant du sexe à jouir de lui. La sexualité est une invite retorse au roman; elle mine dès la racine les aspirations de Mille Milles à atteindre le conte et, dans sa matérialité concrète, elle s'oppose à l'évocation, royaume de la magie, en circonvenant le narrateur de diverses manières. Exigence physique personnelle longtemps refoulée, puis satisfaite honteusement et en secret, la sexualité finit par aboutir à l'aventure physique explicite et recherchée avec «la» femme. En répondant ainsi de son plein gré à l'appel primitif d'Ève — «Devant mes yeux se tenait ma première vraie femme, mon Ève» (p. 147) —, Mille Milles accepte la perte de sa «naïveté primitive». Ce geste consacre son renoncement définitif au conte et la conséquente victoire du roman.

En effet, le narrateur, conscient de l'incompatibilité entre son penchant pour le conte et l'attirante réalité du roman, ne réussit jamais à se soustraire entièrement à cette attraction. Voilà pourquoi on est en droit de dire que *Le Nez qui voque* — et cela avait déjà été le cas de *L'Océantume* — raconte l'histoire de la vaine lutte livrée par le conte merveilleux contre le roman, lequel l'engloutit dès sa première apparition[1]. Il n'y a pas ici de conte mais plutôt une *évocation du conte*; évocation, dans le roman, d'un genre mort à jamais pour notre présent. Le récit est parsemé d'indices qui signalent le lien entre sexe (femme) et roman; plus exactement, ces indices désignent le sexe comme une métaphore de roman visant à empêcher le narrateur d'«évoquer». Et ce n'est pas un hasard si le premier d'entre eux émerge immédiatement après la timide tentative d'évoquer un Nouveau-Québec:

> Mille Milles n'en a plus pour longtemps. Il est brûlé. Il est fini. Il vient de terminer la lecture d'un livre sexuel et il se sent plus fini, plus brûlé que jamais. Il ne voudrait pas se suicider, mais cela s'impose. [...] J'ai seize ans; j'attends depuis seize ans. Bientôt, Mille Milles aura assez d'attendre, et il hâtera sa fin. Il mourra de mort impérative (p. 13-14).

Par un jeu sur son double rôle de narrateur et de héros de son propre récit, Mille Milles formule ici un double arrêt de mort: il a conscience que le narrateur doit, inévitablement, se donner la mort parce qu'il a manqué de «foi» en la possible «apparition» du conte; quant au héros, il est l'objet d'une sentence irrévocable, parce qu'il est coupable de s'être aventuré dans le roman (le «livre sexuel») et, donc, d'avoir enfreint le code du conte, qui est le sien. Et puisque notre narrateur aime la clarté[2], il nous aide à identifier cette métaphore. Il le fait quand il suggère, précisément, l'identité des deux termes de la figure rhétorique, par le biais

---

1. «Comment comprendre et régir ce qui m'englobe comme la mer englobe le poisson?» (p. 159)
2. «J'aime la vérité et à l'énoncer. Je n'aime pas l'ambiguïté. Êtes-vous à la recherche de la vérité? Consultez les pages jaunes de votre bottin téléphonique» (p. 132).

d'une sorte de fusion du linguistique et de l'«imprimé» qui donne lieu à une superposition de sens:

> Les Américains vont droit au but: *sex*. Ils n'ont pas le sens des vaines subtilités. Sur la couverture de tous les romans en provenance du Sud, il y a le mot *sex*, il y a une femme déshabillée ou à peu près, il y a une femme en état d'orgasme ou à peu près. Ainsi, les hortensesturbateurs les moins au courant, les moins instruits, savent à quoi s'en tenir aussitôt. Cela saute au visage; c'est un bon roman; il n'y a même pas moyen de se demander si oui ou non c'est un bon roman (p. 48)[1].

La naissance et la mort du conte au sein du roman sont ainsi étroitement liées au fait que l'attirance sexuelle l'emporte sur la «pure amitié». Cela est d'ailleurs confirmé par la manière dont se modifie, en cours de route, la conception qu'a le narrateur du personnage de Chateaugué. Chateaugué se présente d'abord comme une idée (un idéal); elle suggère l'immatériel — on le verra plus loin — et sa nature asexuée permet de l'identifier à une princesse de conte de fées[2]. Mais au fur et à mesure que le texte avance, la jeune fille perd, dans l'esprit de son créateur, ces caractéristiques symboliques pour acquérir les attributs, toujours plus concrets, d'un quelconque personnage féminin de roman. Et cette tentation du roman que sa condition de femme suscite chez le narrateur va, peu après l'apparition de Chateaugué, marquer tout le texte jusqu'à la mort de la jeune fille. Les détails livrés par le récit à propos de son aspect physique nient son carac-

---

1. Italiques dans le texte.
2. «Chateaugué ne se prend pas pour une femme et ne veut pas être prise pour une femme. Chateaugué est exceptionnelle. Chateaugué n'est pas du genre de celles et de ceux qui vous mettent leur sexe sous le nez» (p. 46).

tère symbolique et se constituent en indices clairs de la tentation, matérialisée dans l'histoire par l'attirance sexuelle qu'elle exerce sur Mille Milles. Deux niveaux descriptifs, l'un strictement physique et concret, l'autre symbolique et spirituel, alternent dans le récit, selon que chez l'écrivant domine l'appel du roman ou l'appel du conte. Cette alternance se prolonge jusqu'au moment où le narrateur fait une description ultime de Chateaugué, description qui consacre catégoriquement sa disparition en tant que symbole, sa mort comme personnage du conte: «Je n'ai pas encore parlé du nez de Chateaugué. Il est petit, tout petit. Voilà; c'est fait. Je n'ai plus rien à dire aux démolisseurs de cathédrales, aux pentes à gruelles du dollar, aux saints du dollar, aux vierges et martyrs du dollar, aux bâtisseurs de comptes en banque» (p. 268). Le narrateur n'a donc plus rien à dire au sujet du conte à ceux qui, baignant dans la réalité suggérée ici par l'idolâtrie du dollar, ont perdu cette «foi» – métaphorisée par les cathédrales – que le conte lui-même requiert.

Le sexe, métaphore du roman — forme littéraire d'un temps, le nôtre, qui a perdu l'«innocence» —, est l'aspect littéraire de notre présent et empêche le passé invoqué (évoqué) de prendre forme, de se constituer en récit merveilleux. Fort du pouvoir que lui confère sa présence *hic et nunc* sur ce qui n'est que nostalgie de quelque chose qui n'est plus et qui n'a jamais été, le sexe se trouve partout, aussi bien chez le narrateur qu'autour de lui:

> Il n'y a pas que le sexuel qu'il y a en moi qui m'a écœuré, mais aussi celui qu'au premier regard je détecte en toute personne et en toute chose. Voyez les annonces, les affiches, les façades de cinéma, les journaux, les femmes enceintes, les robes, les calendriers! Depuis ma treizième année, tout est sexuel, depuis les bottines de ces sœurs qui font serment

de ne pas copuler jusqu'à ces fleurs que les hommes offrent aux femmes pour les incliner à copuler,
depuis les souliers jusqu'aux pissenlits (p. 33).

Le sexe est un germe qui contamine autant les
aspirations du narrateur à l'évocation que ses agisse-
ments comme héros du conte; c'est un écran qui
occulte le passé et rend difformes les images qui en
émergent: «Je n'aime plus cela, lire. Par le premier livre
que j'ai lu, j'ai été bouleversé. À l'intérieur de ce livre,
une femme déboutonnait sa blouse. La blouse déboutonnée, Chateaugué lit. [...] Sa blouse déboutonnée me
rappelle la blouse déboutonnée qu'il y avait dans le
premier livre que j'ai lu» (p. 46). Le «livre sexuel», la
tentation du roman, continue d'opérer sa corruption
jusqu'à se transformer en genre qui conditionne la
constitution de l'évocation, qui la modifie de l'intérieur
et l'oriente vers sa propre forme, si bien que l'*appel*,
l'invocation du passé, se dissout en souvenir du «déjà-
lu» — de la littérature passée — comme roman.

Ainsi, la lecture du «livre sexuel» expulse Mille
Milles de l'évocation et le lance dans les rues d'un Montréal où la réalité appose sur chaque chose un sceau
d'interdiction qui s'adresse directement aux intentions
du héros: depuis l'agent de police qui lui interdit, parce
qu'il est à bicyclette, d'emprunter les ponts lorsqu'il se
dirige vers le Mexique — ce qui fait avorter l'aventure
fictionnelle symbolisée par le voyage — jusqu'aux
signaux routiers qui, en formulant cette même interdiction en anglais, rappellent et affirment la réalité culturelle dont le narrateur prétend s'évader[1]. On doit ajouter
aussi le bureau de placement — lieu par excellence,
comme son nom l'indique, de *placement dans le réel*, dans

---

1. «D'ailleurs, en anglais, il y a ça d'écrit, là, sur cette planchette: Construction interdite aux piétons et aux cyclistes sous peine d'amende» (p. 14).

la réalité à laquelle tout emploi condamne, où on «ne remplit pas ce qu'on veut» (p. 15[1]) ni comme on veut — en tous points opposé au cahier de Mille Milles, ce cahier qui, pendant les périodes de prédominance de l'évocation, peut être *rempli* de n'importe quelle chose passant par l'esprit du narrateur[2]. Pour sortir du présent, pour éviter le conditionnement du roman et être à même de narrer la fable du «Nouveau-Québec», il est nécessaire de remonter le temps pour atteindre l'époque précédant cette «désertion des dieux» qui caractérise, selon Lukács, le roman actuel. Remonter le temps pour retrouver des époques où il était possible de croire en une sereine «totalité», des époques extrêmement lointaines «où ce qui ne peut plus s'atteindre que de façon utopique aujourd'hui était immédiatement présent à la vision», de telle sorte que l'épique qui narrait «le contingent» consacrait «déjà chez Homère le transcendant [...] inextricablement [mêlé] à l'existence terrestre»[3].

C'est une citation d'Iberville qui sanctionnera la fusion de l'enfance du narrateur (âge pur et incorrompu, âge de «foi») et des origines du Pays (époque non contaminée par la «vente corrosive, corruptrice»). Cette citation possède, à bien y regarder, la structure d'une strophe qui condense et annonce l'histoire à venir selon la modalité classique de l'épopée: «*Le quatrième, mon frère Chateaugué | enseigne du Sr. de Sérigny | estant à la garde du fort ennemi (Nelson) | pour les empescher de faire sorty | y fut tué d'un coup de mosquet*» (p. 17[4]). Ce nom de

---

1. Voir, en rapport avec le formulaire remis à Mille Milles, les questions bureaucratiques que lui pose une fonctionnaire et les réponses correspondantes.
2. «Écrivons n'importe quoi» (p. 44); «C'est mon cahier, et j'écrirai ce que je voudrai dedans» (p. 133). Voir aussi p. 45 et 80.
3. Georges Lukács, *La Théorie du Roman, op. cit.*, p. 39.
4. En italiques dans le texte. Nous avons ajouté les césures pour attirer l'attention sur la segmentation implicite en vers.

Nelson, clairement placé en dehors du texte, a pour fonction d'identifier l'«ennemi» en tant qu'Anglais et nous renseigne donc sur l'objet de la lutte du héros. D'autre part, la forme épique ne renvoie pas tant au genre en soi qu'à l'intention du narrateur de retrouver la conception du monde — dont parle Lukács — propre aux temps reculés où la forme épique est apparue et où «idéal» et «réel» ne faisaient qu'un.

Que l'épos, en tant que genre, soit intensément présent dans l'imagination du narrateur et que le texte y renvoie à sa façon, voilà ce que confirment les références à des héros et à des auteurs de l'épopée classique, la plus ancienne, celle précisément qui rend compte de mondes disparus à des époques tellement anciennes que seule la fable en conserve la mémoire. Ainsi, dès qu'il est question de l'arrivée de Chateaugué à Montréal, apparaissent dans le texte, selon la manière ironique propre à Ducharme et à son Mille Milles, aussi bien les poèmes homériques que ceux qui racontent la légende des Nibelungen: «En arrivant, après une énéide (une odyssée, devrais-je dire) de dix heures, elle [Chateaugué] est tombée sur le lit comme une pierre. Elle vient juste de se réveiller. Venir de se réveiller. Quelle drôle d'expression. Je me demande où je l'ai pêchée. D'où viens-tu, Elphège? Je viens de me réveiller, Brunehilde» (p. 21-22). Chateaugué-Brunehilde, réveillée au récit, quitte le sommeil du passé à la suite de l'invocation (évocation) du narrateur, et se change à son tour en promotrice du réveil (résurrection) de celui-ci, qui fait ainsi son entrée — nouvel Elfe — dans le monde du conte merveilleux. Et puisque «l'objet de toute poésie épique n'est rien d'autre que la vie[1]» et que ses formes «ne sauraient

---

1. Georges Lukács, *La Théorie du Roman, op. cit.*, p. 39.

introduire dans la vie rien qui [...] ne soit déjà présent *en* celle-ci[1]», voici que le narrateur «ex-voque» Chateaugué du passé de l'Histoire pour en faire une héroïne de sa restructuration «épique», de son récit fabuleux: «Viens ici. J'ai besoin de toi. Viens vite, si tu ne veux pas que je meure» (p. 17). Née à l'histoire comme amie d'enfance[2] de Mille Milles, déclarée successivement originaire du Nouveau-Québec et «sœur de temps» (p. 17) du narrateur — donc sa compagne dans la reconstruction (évocation) du pays idéal auquel elle renvoie par son «origine esquimaude» (p. 17) —, Chateaugué est dépositaire des attributs de l'enfance: aussi bien l'enfance des humains que celle du pays. Grâce au nom que Mille Milles lui donne, la jeune fille acquiert la fonction historique de symbole de l'héroïsme du peuple dans la lutte contre son adversaire perpétuel. Chateaugué représente donc le passé des origines, l'«aventure» de reconstruction fabuleuse d'un avenir imaginaire. De sorte que la restauration constitue non pas un embellissement mais une reconstruction du passé en tant qu'avenir[3].

---

1. *Ibid.*, p. 40. C'est nous qui soulignons.
2. «En secret, je continue de courir avec mes chiens, de porter la culotte courte, de pêcher des têtards avec Ivugivic» (p. 10).
3. Voir à cet égard l'épisode où Mille Milles, après avoir déclaré qu'il est sorti dégoûté de la bibliothèque — fatigué et écœuré par la littérature, par le déjà-écrit, par la lecture du déjà-dit —, entreprend une promenade nocturne avec Chateaugué, qui symbolise la possibilité d'aventure, la possibilité d'une manière tout à fait personnelle de raconter. Le narrateur décrit alors les aspects les plus attirants de la jeune fille — «Ce soir, dans le noir, elle était si claire, si lumineuse, dans sa petite robe rose non brodée, non plissée, non ajustée» (p. 35) — pour, ensuite, formuler fièrement et joyeusement son désir de suivre Chateaugué (son aventure fabuleuse, sa propre voie littéraire), exprimant ainsi, de manière implicite, son besoin de se libérer du conditionnement de la littérature du passé:

> L'aventure est si belle
> Dans sa robe rose non brodée
> L'aventure est si belle

Personnage d'un récit qui dès le début entend coïncider ouvertement avec la volonté de rendre au passé sa splendeur originelle — nous avons vu que Le N[ez] qui [é]voque se présente comme narrateur/narration d'une restauration —, Chateaugué révèle ici sa fonction d'«idéal», c'est-à-dire d'élément actif à l'origine de la naissance d'un conte merveilleux qui est narration métaphorique du «Nouveau-Québec» rêvé: «Chateaugué est une action pour moi. Chateaugué n'est pas un mot, mais une action. Est-ce clair? Est-ce assez clair? [...] Chateaugué est une illustration vivante de mes présences [...]; présences en provenance et en direction du passé» (p. 80). Stimulant et symbole, «figure rhétorique» et personnage, Chateaugué est une métaphore de l'objet même de l'évocation. Elle métaphorise donc une demande, aussi angoissante que vaine, adressée au passé, aux fantômes de l'Histoire, d'un épos (une époque) héroïque du Pays: que ces fantasmes, avec la force intacte de leurs idéaux et l'intégrité de leur foi, deviennent les héros de l'histoire de Mille Milles. La lecture du «livre sexuel» — on l'a vu — projette le héros dans la réalité et le pousse à raconter le présent, ce qui donne au récit les attributs du roman. Mais, réciproquement, la lecture de textes épiques qui racontent des faits appartenant à l'épos (l'époque) héroïque du Canada français alimente et renforce la potentialité fabuleuse du récit, vivifie ce dernier et l'oriente vers la légende. Ainsi, dans un énième refus du présent, le narrateur, après avoir participé aux conquêtes d'Iberville[1], devient prince de sa propre légende, défenseur des femmes et des opprimés, héros de la proche restauration du Nouveau-Québec:

---

1. «Aujourd'hui, j'ai dévasté en 1696 avec Iberville, toute la presqu'île Avalon, cela à la bibliothèque Saint-Sulpice en pensant à Chateaugué ma sœur» (p. 18).

Mille Milles est de la race des seigneurs. Il ne fera pas d'aplatventrisme devant l'automobilisme. Ce Maine, devant mes yeux, sur la carte! Quelle horreur! Ce Labrador en vert couché comme un violeur sur le Québec en blanc! Qu'il est laid et constipant ce vert! Aussitôt que j'en aurai le temps, je partirai à la reconquête du Maine et du Labrador. [...] Arrive, Chateaugué ma sœur! Viens m'aider à incendier Millinocket (p. 19).

Laissons-la entrer (p. 36).

Cet appel à Chateaugué — nouvelle invocation au passé héroïque du pays pour qu'il se matérialise en une figure idéale — est un cri lancé par le narrateur qui s'efforce, contre la réalité, de donner corps aux fantômes du passé peuplant son esprit, afin qu'ils lui apportent leur aide dans son entreprise de reconstruction du Pays. Mais la légende naît uniquement de l'événementiel, non des désirs, et c'est en vain que le narrateur demande au passé de l'inspirer dans sa tâche de raconter une histoire susceptible de modifier le présent. Ce présent force quiconque lui fait face à constater ce qui est et neutralise tout espoir de le modifier. L'interruption que de «graves pensées sur les idées» (p. 19) provoquent dans le programme de Mille Milles, qui vise à reconquérir les terres françaises d'Amérique, marque le conflit entre ce qu'on voudrait que le monde *soit* et ce que le monde *est*, de sorte que ces idées se présentent clairement comme «le présent» qui n'admet pas que l'on s'écarte du réel. Ces mêmes idées — l'écrivant, pour son désagrément, en a une claire conscience — vont corroder toute tentative ultérieure de transformer le récit en conte, comme le dit Mille Milles, par métaphore, en parlant de la relation qu'il entretient avec Chateaugué; «les racines de notre amitié sont toutes rongées par les idées» (p. 97). À la lucide conscience du narrateur s'oppose toutefois le rêve de Mille Milles, rêve qui est celui de tous les personnages écrivants de Ducharme. De sorte qu'on pourrait dire que l'écriture est, dans la production ducharmienne, une tentative de rêve et que le récit de cette tentative — les romans de Ducharme — est la narration de ce que l'on voudrait voir être, mais qui n'est pas.

Tout le récit du *Nez qui voque* joue ainsi sur les registres du fabuleux et du réel, dans un renvoi presque constant de l'histoire à l'Histoire, et chacun de ces registres est traversé par une réflexion ironique sur la formation du texte et sur sa fonction en tant que littérature. Cette réflexion — tantôt implicite, tantôt explicite, mais toujours présente — provoque et entraîne le lecteur lui-même, l'amenant à se poser les mêmes questions. La naissance même de Chateaugué illustre clairement ce que nous venons de noter. Car Chateaugué, héros de l'Histoire dans l'écriture d'Iberville, devient, «lu» par Mille Milles, la Chateaugué de la légende que celui-ci a l'intention de raconter: «*Le quatrième, mon frère Chateaugué* [...]. C'est Iberville qui a écrit cela. [...] Ma sœur, qui s'appelle Ivugivic en réalité [...], je l'appelle Chateaugué depuis ce matin. Chateaugué! Ma sœur Chateaugué! *Le quatrième, ma sœur Chateaugué*[1]» (p. 17). Voilà la manière dont *Le Nez qui voque* renvoie, dans le même mouvement, à l'Histoire et à la littérature. Même s'il est dans l'impossibilité de devenir légende, même s'il est appelé *roman* depuis la couverture du livre, le texte ne garde pas

---

1. En italiques dans le texte. *Chateaugué* peut très bien être, à notre avis, une reprise de Châteauguay, nom de la rivière près de laquelle, en 1813, trois cents «Canadiens» commandés par le colonel de Salaberry repoussèrent une puissante armée états-unienne. Cette victoire renforça l'esprit patriotique et la foi dans la collectivité.

moins ses aspirations au conte. Mais l'Histoire comme épos, comme exaltation de gestes héroïques et légendaires, ne tarde pas à se dissiper dans la poésie entendue comme conte merveilleux, souvenir lyrique et nostalgique d'un passé disparu dont le droit à la vie est contesté par le roman à travers sa narration d'une réalité qui est la confirmation littéraire du présent. L'épos (l'Histoire) et le conte (la poésie), d'un côté, et le roman, de l'autre, sont des référents constants pour le narrateur, les deux pôles qui conditionnent — et entre lesquels oscille — son intention de raconter, et qui, en définitive, constituent les formes de la littérature qu'il évoque et actualise dans son récit. Voilà ce que confirme l'alternance, dans cette narration, des caractéristiques propres à l'un ou l'autre de ces genres, alternance déterminée par le type d'œuvres que lit le héros. Rappelons, par exemple, que l'émergence de la légende dans la narration est provoquée et maintenue par la lecture que Mille Milles fait de textes historiques qui racontent les entreprises héroïques accomplies en Amérique par des «Français», depuis ceux d'Iberville sur la conquête du Canada jusqu'à la relation d'Aegidius Parent sur la révolte de 1837 contre les Anglais[1], en passant par les écrits de Benjamin Sulte sur l'exploration du Mississippi par Cavelier de La Salle (p. 18-19). De même, les références à la lecture de Nelligan et les citations de ses textes coïncident avec la présence des caractéristiques du conte dans la narration, caractéristiques qui succèdent à celles de la légende. En revanche, la lecture de textes «critiques» — de textes dont les «idées» renvoient, dans l'esprit du narrateur, au présent — caractérise la phase du

---

1. «*Les Patriotes* d'Aegidius Parent, voilà ce que nous avons lu» (p. 29).

passage au roman[1]. Si la bibliothèque Saint-Sulpice, où toutes ces lectures paraissent avoir été faites, est connotée comme un lieu où la volonté d'évocation du narrateur tour à tour s'excite et s'affaiblit, sa maison montréalaise est l'endroit idéal pour rappeler le passé à la vie et, en même temps, le symbole de l'impossibilité, pour ce passé, d'«être» dans le présent. Cette «maison de ma chambre» pourvue d'«oreilles[2]», vieille de près de trois siècles[3], «toute en pierre comme jadis» (p. 11), dont les murs extérieurs gardent les empreintes des escaliers de maisons qui y étaient rattachées et qui furent ensuite démolies, est isolée des autres édifices par deux parcs de stationnement. Elle apparaît ainsi comme une antiquité solitaire qui, entourée de son auréole fabuleuse, préside un espace en ruine, au point que le narrateur aurait pu l'appeler *la maison de mon passé de conte*. C'est dans cet immeuble que se trouve la chambre où habitent les deux héros de l'histoire, chambre qui est aussi, et surtout, le lieu où s'écrit le cahier de Mille Milles et, par conséquent, le lieu de l'«appel au passé», de l'évocation racontée dans ce cahier.

Les meubles et les accessoires de la chambre sont aussi porteurs des signes du passé évoqué par le narrateur, un passé oublié, déjà *mort et enterré* pour tous,

---

1. «Voici un extrait de ce que nous avons lu à la bibliothèque: «Ce que le mal de pommes de terre était aux *Fleurs du Mal*, le médium et Figuier ne l'étaient pas à un véritable ouvrage occultiste dont l'idéal coïnciderait avec l'étage (O) de Rimbaud et la réalisation de Baudelaire» (p. 141). «Nous avons été à la bibliothèque, Chateaugué et moi. L'auteur que nous y avons lu prétend que le dégoût qui alterne avec la gaité est jalousie vengeresse de Dieu» (p. 260).

2. «[...] avec ses deux cheminées larges qui dépassent de chaque côté du toit noir comme deux oreilles» (p. 11).

3. «[...] presque aussi tricentenaire que la Chapelle Notre-Dame-de-Bon-Secours» (p. 11).

mais que Mille Milles appelle désespérément à une nouvelle vie en lui prêtant les attributs de l'enfance et de la fable. Il s'agit de signes de vigueur, de jeunesse, de force et de fraîcheur — attributs propres à l'invention restauratrice du narrateur — qui s'unissent aux signes de mort appartenant à une réalité qui a fait sombrer dans l'oubli les origines du Pays. Il en va ainsi de la couleur de la table, du fauteuil, de la commode, des chaises. Il s'agit d'un vert qui, «pareil au vert des pommes naissantes» (p. 30), renvoie au passé idéal dont l'enfance est un symbole et que Mille Milles veut installer à la place du présent: «Je reste derrière, avec moi, avec moi l'enfant, loin derrière, seul, intact, incorruptible; frais et amer comme une pomme verte, dur et solide comme une roche» (p. 9). Cependant, le lit, lieu par excellence des rapports sexuels et, donc, menace perpétuelle du roman contre le conte, a des caractéristiques qui l'éloignent du reste du mobilier: il s'agit d'«un lit de fer à montants cylindriques, creux et bruns» (p. 30), d'un «cercueil pour deux [...] où ils nous enfourneront, l'un au pied de l'autre» (p. 30), d'une tombe, donc, pour les héros d'un conte sur ce passé que le présent veut voir enterré et que le narrateur, dans sa lucidité, sait destiné, comme sa fable, à être écrasé par le présent. Les deux calendriers accrochés aux cloisons participent aussi de cette ambivalence sémiotique: d'abord parce que l'un renvoie au réel et l'autre au conte — le premier est illustré d'un buste de femme (p. 55), symbole, tout au long du roman, de l'attirance que ce dernier exerce; l'autre montre une petite fille qui embrasse un chien aussi gros qu'elle (p. 55) — ensuite parce qu'ils ont été *oubliés* par les occupants précédents de la chambre. L'oubli a également laissé son empreinte sur la dame de bal en plâtre, négligée, «bâclée» par son auteur, et «en train de disparaître sous la pellicule brune de la poussière qui s'y dépose» (p. 55). Symbole d'un passé tombé dans l'oubli, la dame en plâtre sera associée par Chateaugué au rituel qui, depuis la naissance de la fable, marque celle-ci du signe de la mort à travers la figure même des deux héros: «elle a un gros visage, une face grossière que Chateaugué, du bout du doigt, a barbouillé d'encre noire» (p. 55-56).

Meublée d'oubli à l'arrivée du narrateur, la chambre fera l'objet d'une décoration «évocatrice» progressive de la part de Mille Milles, aidé ensuite par Chateaugué. Cette décoration ponctue les étapes de la métamorphose des intentions narratives de Mille Milles et, en même temps, fournit les symboles du récit. Il y a, en premier lieu, «les cinq cartes postales [...] de Marilyn Monroe» (p. 11) qu'il achète avant d'avoir trouvé la chambre, symboles d'une naïveté trahie et bafouée, d'un idéal d'abord vraisemblable mais ensuite irréalisable, qui constituent le premier indice de la non-viabilité du conte merveilleux et une métaphore du roman tout entier. Il y a, plus tard, les cartes routières, «une du Québec, une de l'Ontario et une de Montréal» (p. 18) dont Mille Milles recouvre les murs, qui signalent l'émergence de la légende, de la période où prévaut la volonté du narrateur de «restaurer» le pays. Puis, ce sera le tour du «portrait» (p. 54) de Nelligan — symbole, suivant le concept érasmien de poésie, de la dimension fabuleuse du récit — et du «visage de Frankenstein» (p. 55), cadavre ressuscité qui renvoie au passé d'un pays, qu'on ne pourra faire revivre dans son intégrité[1]. La décoration de la chambre se complète avec le mannequin en robe de mariée

---

1. Chateaugué, qui personnifie le passé du pays, a conscience de cette impossibilité. C'est elle, en effet, qui colle à la porte le «visage vert cicatrisé» (p. 55) de Frankenstein.

qui, semblant d'apothéose du conte, est en réalité un nouvel indice — fourni encore une fois par Chateaugué, donc par la conscience du passé — de l'impossibilité de la restauration: «Nous avons deux sculptures maintenant, Tate: Mariée et Laide. Voici Mariée, qui est morte dans une robe vivante; et voici Laide, qui est morte dans une robe morte» (p. 99).

L'arrivée de Chateaugué dans la chambre, son «entrée» dans le récit après tant d'appels désespérés, semble *hiérarchiser*[1], établir un peu d'ordre dans l'univers imaginaire, aussi chaotique que déchiré, du narrateur. Une fois que les écueils du roman et de la réalité ont été surmontés et que l'Histoire et les intromissions du présent ont été expulsées par le projet de re-construire le passé, le récit peut pénétrer dans la dimension atemporelle qui caractérise le conte: «Nous avons franchi les limites de la mort; nous sommes passé ses limites, passé les maisons des hommes, et nous avons gardé notre honneur, notre panache. Nous avons traversé l'épreuve de la mort sans nous perdre; nous sommes intacts: vifs et jeunes comme avant, et pour aussi longtemps que la mort dure» (p. 22). Mais une fois que la mort, «la fin de [...] l'attente à vide» (p. 27), a été surmontée grâce à l'apparente et glorieuse «résurrection» d'un passé encore intact et à inventer, le narrateur est placé devant l'évidence de la nature précaire et illusoire du conte: «Nous avons fixé la date de notre suicide. C'est une date vague et prochaine comme celle de toute mort. Avant cette date, nous allons faire le diable» (p. 22). L'«appel» au passé le plus lointain et encore à accomplir s'est concrétisé en un personnage féminin, afin que celui-ci aide le narrateur dans sa tâche de restauration; parallèlement, Mille Milles s'est projeté comme héros dans

---

1. Ce mot, mis comme ici en italiques, ouvre le chapitre VI du roman.

cette aventure. Or, tout cela implique que le narrateur devra inventer un récit qui aura pour protagonistes un homme, une femme et leur histoire, récit qui ne pourra donc échapper à l'évocation de l'idée de roman: «Je ne la vois pas puisqu'elle est derrière moi; mais mon dos la voit, de même que mon cou. La peau de mon dos et de mon cou est comme hérissée par sa présence» (p. 22). La mort est éternelle et la résurrection n'est que fiction, fable illusoire, et le narrateur en a conscience: «Mille Milles, lui, fait exprès. Mille Milles triche» (p. 24).

4. Chateaugué et la mort du conte

En dépit de ces interférences, les deux héros et leur monde apparaissent clairement, dès le début de leur aventure, comme dépositaires des attributs typiques du conte merveilleux. Mille Milles, prince aux pouvoirs magiques habitant cet univers irréel, peut proclamer avec fierté: «Je suis, en ce pays, de la race des seigneurs» (p. 19). En disant cela, il fait référence au «Nouveau-Québec», son pays idéal, pour ensuite faire appel aux gens de ce pays, personnifiés par Ivugivic, afin qu'ils redonnent vie à un *Château gai*, un château «enchanté» que la petite fille animera de sa joie effrénée et inépuisable: «Elle se met à rire et à battre des mains. [...] Et elle éclate de rire. [...] Elle saute, elle jubile et elle applaudit[1]» (p. 24-39). Cette gaîté,

---

1. Le narrateur souligne fréquemment cette exubérante gaîté de Chateaugué. Voir, entre autres, les pages 53, 60 et 67. Quant à la décomposition de *Chateaugué* en *Château gai*, elle a été proposée par M. Chouinard (*cf.* «Réjean Ducharme: un langage violenté», *op. cit.*, p. 120).

métaphore de «la béatitude des Immortels» qui, selon Érasme, caractérise, comme on l'a déjà vu, les héros du merveilleux, fait de Chateaugué un personnage de conte. Mais au conte renvoient également l'âge des deux enfants, le comportement linguistique de Chateaugué et son comportement tout court. Comme les tout petits, Chateaugué déforme les mots: elle dit «Malaria» (p. 23) et «pouélette» (p. 24) au lieu de «Malaisie» et «toilettes», créant ainsi inconsciemment un langage fortement poétique et donc, pour Ducharme, qui est en cela en accord avec Érasme, foncièrement merveilleux. Typique de l'enfance, également, l'attitude de joyeux étonnement de Chateaugué face au monde — objets, hommes, idées —, sa façon de regarder tout ce qui l'entoure «avec des yeux d'émerveillée» (p. 23) et de considérer chaque nouvelle journée comme le début d'une aventure splendide:

> — Quoi? Quoi? Quoi?
> Chaque fois qu'elle se réveille, c'est la même chose. Elle se dresse, elle se frotte vite les yeux, tout l'étonne: «Quoi? Quoi? Quoi?» Dressée sur ses genoux, elle se laisse tomber assise sur ses jambes, réfléchit de toutes ses forces, parvient à se situer dans l'espace et dans le temps. C'est sa façon d'entreprendre une journée (p. 113).

Ce passage, comme bien d'autres, suggère une coïncidence de l'enfance avec le conte: les difficultés de la jeune fille à se situer spatialement et temporellement semblent suggérer qu'elle sort d'un sommeil séculaire semblable à celui de tant de personnages merveilleux comme, entre autres, la protagoniste de *La Belle au bois dormant*. D'autre part, le réveil de Chateaugué montre à quel point il est difficile à la jeune fille d'établir le contact avec un monde — celui du présent — qui lui est inconnu et qui, partant, lui apparaît en même temps comme dangereux et fascinant.

Chateaugué, qui habite au-delà de la stratosphère terrestre, «de l'autre côté de l'azur» (p. 127), cache, sous son apparente insignifiance[1], de profonds secrets:

> Elle ne dit rien. Elle ne parle pas. Elle tient ses profondeurs bien au fond d'elle-même, si elle en a. Elle en a. Elle ne parle que pour ne rien dire quand elle parle. Fait étrange que j'allais oublier de relater, cette nuit, en revenant des cabinets, j'ai vu, dans le noir, des filets de larmes briller sur ses joues. [...] Elle est forte: elle ne dit rien (p. 67).

Chateaugué est le conte même en tant qu'idée, conçue par le narrateur, de raconter une histoire qui restructure le passé. C'est à elle que revient la tâche de mettre en branle le mécanisme d'«évocation» du passé, de le soutenir et de veiller sur lui, en veillant sur celui qui évoque: «Chateaugué sera toujours là pour monter la garde devant les blanches constructions de notre enfance pleine de pissenlits et de têtards...» (p. 178). Cette idée, le narrateur l'a conçue presque par hasard[2] et il ignore quel en sera l'avenir: «Chateaugué? Je ne sais pas trop; c'est mon amie; ce sera mon amie si je la réussis; avant, quand je ne savais pas son visage, c'était de l'eau dans l'océan inconnu, une ténèbre dans le monde inconnu» (p. 84). Satisfaite de soi, «immuable, repue, invulnérable, se rechargeant de faim» (p. 43), Chateaugué n'est pas seulement l'idée du conte mais l'idéal que celui-ci

---

1. «Avec elle, il faut que tout ce qu'on dit ne veuille rien dire» (p. 56).
2. «Je me demande où je l'ai pêchée (p. 22).

exprime, le rêve utopique d'un «Nouveau-Québec» et, en tant que tel, elle n'est pas assujettie au devenir que le roman implique, aux modifications que subit tout personnage romanesque.

Mille Milles pose lui-même, sous forme de théorie, l'identité entre Chateaugué et l'idéal. Nous faisons référence à «la théorie de l'arbre» (p. 41), qui assimile le grand végétal à la petite fille, car elle en fait une entité semblable à Chateaugué, autosuffisante et satisfaite de son être[1]:

> Il est impossible de satisfaire un être qui n'en a nul besoin, quelqu'un qui par sa nature est lui-même tout ce dont il a besoin. [...] Soyons tous des arbres: comme Chateaugué, qui n'a besoin de rien, qui trouve en elle-même tout ce dont elle a besoin. Chateaugué n'a pas besoin de lèvres dans son cou, de bras autour de son cou, de la chaleur d'un autre corps sur son corps (p. 41).

Selon cette théorie, Chateaugué et l'arbre s'opposent à l'homme en ce que celui-ci est un être relatif et imparfait: «Soyons tous comme Chateaugué! L'homme est incomplet, est une créature manquée, est une créature à laquelle il manque de tout, est un parasite. [...] Tout ce qui est imparfait demande perfection. Tout ce qui est satisfait et parfait se tait...» (p. 41-42). Au moment de formuler la conclusion de cette théorie qui exclut l'intervention de Dieu dans la création des êtres humains, le narrateur réaffirme la conscience qu'il a d'être lui-même le créateur des personnages de Chateaugué et de Mille Milles: «Nous nous sommes

---

1. «L'arbre croît imbu de l'assurance qu'il est beau, et il meurt comme il a vécu: en accord avec le monde et avec lui-même» (p. 41).

créés nous-mêmes, ou un être imparfait et insatisfait nous a créés: quelque Martien» (p. 161). Des personnages qui, dans la mesure où ils sont des créatures d'un être imparfait, sont sujets à l'insatisfaction éprouvée par cet être face au réel et vont prolonger la recherche d'absolu dont *Le Nez qui voque,* tout comme les autres romans de Ducharme, est issu.

Le sens que recèle la théorie de l'arbre, son importance pour la compréhension de l'œuvre, la nécessité de saisir la valeur de cette partie du roman comme de toutes les autres pour reconstruire le puzzle qui s'y dessine, tout cela est souligné par l'apostrophe pleine d'ironie que Mille Milles lance ici au lecteur en guise de conclusion: «Voilà pour la théorie de l'arbre. J'espère que tu n'y as rien compris. Dieu ne nous a pas créés pour faire une bonne action [...]. Dieu ne nous a pas créés du tout. Voilà pour la théorie de l'arbre. C'est tout pour aujourd'hui. Ah! Ah! Ah! Ah!» (p. 42) Puisque Mille Milles appartient de manière non équivoque au monde des hommes, à la catégorie des «insatisfaits», comme l'indique sa condition de narrateur, l'histoire de son amitié absolue avec Chateaugué ne peut être qu'aspiration et rêve, elle ne peut être, justement, que conte merveilleux. Cette amitié, évocation de la non-contamination du passé historique français de l'Amérique, ne pourra jamais se réaliser entièrement. Elle pourra tout au plus tendre à être «chaste et végétale, minérale et puérile» (p. 82), selon les désirs du narrateur, selon ses aspirations les plus intimes et les plus secrètes, celles qui, d'après lui, proviennent de l'âme: «Le sculpteur qui fait sortir le buste qu'il veut de l'incompréhensible chose, de la chose noire qu'est un banc de marbre, est l'image parfaite de l'homme qui fait sortir l'âme qu'il veut du vide courant (pensez à l'eau courante), de la nuit puissante qu'est la vie» (p. 83). Que Chateaugué soit et exprime le *ça*, l'intériorité comme rêve, comme aspiration et comme conte, voilà qui est confirmé par sa définition en tant que «seul être à âme au sein de ce football à moteur» (p. 73), c'est-à-dire en tant que représentant unique du conte, du passé rêvé et évoqué, dans la réalité matérielle du présent. Les réflexions répétées de Mille Milles à propos de l'âme et de ses aspirations (p. 134) montrent clairement que le mot âme, dans ce texte, renvoie au *ça* de la préface, à quelque chose qui naît au plus profond de soi, à quelque chose de secret et de caché qui, à la différence de la réalité, n'est pas directement perceptible ni saisissable par la raison. Le monde de ce conte est extrêmement fragile et subit constamment les menaces du présent et de sa réalité: «Le monde de Chateaugué est minuscule, si petit qu'un souffle peut le dissiper, si fragile qu'il sera emporté par un coup de vent, comme huppe de pissenlit» (p. 202).

L'enfance, que le narrateur a choisie comme temps par excellence de l'incorruptibilité, image des plus propres à symboliser le «Pays nouveau» qu'il entend construire par le biais de son récit, est un symbole ambigu. En effet, dans la mesure où elle appartient à un temps passé, immuable, l'enfance porte en elle-même l'empêchement de la réalisation du rêve qu'elle devrait aider à accomplir. Les signes de cette ambiguïté, qui prolonge l'ambivalence de la chambre des deux enfants, que nous avons déjà examinée, sont renforcés, soulignés et éclairés chaque fois que le narrateur introduit dans sa narration le récit d'épisodes de son enfance ou de l'enfance de Chateaugué. Ces épisodes, métaphores du «passé du pays» que le narrateur évoque et que la petite fille incarne, sont provoqués, sur un ton de tendresse et de regret, par association d'idées, à partir des données qui proviennent du temps présent: «bicyclette [...] Ski [...] Aux Îles[1]». Ce sont là les seuls moments du récit où le narrateur se sert de l'imparfait, temps verbal qui indique la répétition des événements, leur caractère habituel. Mais le même narrateur prend soin de bien souligner que ces événements appartiennent à un temps révolu: «Tout cela, maintenant, c'est de la mauvaise littérature, des réminiscences, du non-sens, du passé, du dépassé, du trépassé, du déclassé, du crétacé, du miel à mouches, de la rhubarbe à cochons. C'est fini, maintenant. Pas de revenez-y» (p. 79). Ainsi, le signe de mort qui marque la «conte merveilleux» du «Nouveau-Québec» dès son apparition à travers le rituel de l'application de la suie, par Chateaugué, sur ses propres lèvres et sur celles de Mille Milles, se renforce et devient explicite, sur le plan de l'histoire, en tant qu'*actions* passées des deux héros. Des actions propres à l'enfance, au temps du possible mais aussi de l'achevé à jamais, du non-modifiable, qui s'opposent au présent, temps de la description, de la stabilité, des idées, du regret:

> Qu'est-ce que le présent? Voici le présent: je suis assis, bien assis [...]. Si je n'étais pas assis, je serais debout, bien debout [...]. Si je n'étais pas debout, je serais couché, bien couché [...]. Le présent n'est beau que lorsqu'il est passé, et quand il est passé il n'est plus. [...] Quand le présent est passé, on peut le regretter amèrement. Il n'y a que cela d'intéressant, l'amertume [...], que cela d'assez fort pour se mesurer à une âme (p. 79).

---

1. «Elle n'était plus là, sa bicyclette, quand j'ai été chercher la mienne. Ski. Ski. Pourquoi est-ce que je pense à ski, tout à coup? Aux Îles, au printemps, quand l'eau de crue s'était retirée, il y avait plus de carpes que d'eau dans le ruisseau» (p. 78). Voir aussi, pour d'autres associations, les pages 54 et 201.

Mais un présent qui n'existe qu'en vertu du souvenir amer d'un passé définitivement conclu n'a aucune possibilité d'avenir: «L'avenir n'est pas à venir mais à passer» (p. 79).

Temps du déjà-arrivé, le passé se révèle au narrateur dans toute la force de son statisme, un passé qui se présente comme seule dimension temporelle possible et qui agit sur le présent et l'avenir, les condamnant à ne pas changer:

> Tout est passé mais tout est présent: c'est la présence doucement ou insupportablement suffocante du passé. Je ne suis pas présent; c'est le passé qui est présent: c'est la présence d'avant moi de l'absent, de mes absents. Je ne suis rien. Je ne suis même pas vrai. Je ne fais que L'être vrai, le L apostrophe est mis pour «le passé». C'est profond cela, L'être vrai. C'est abstrait en hostie (p. 79-80).

Le narrateur souligne qu'il n'est «vrai» qu'en fonction de son activité narrative et indique ensuite que cette activité a pour but spécifique de «rendre la vie» au passé. Voilà le sens auquel on arrive dès qu'on dénoue le jeu de mots présent dans le passage cité: «Je ne suis même pas vrai. Je ne fais que L'être vrai.» — *Je ne fais qu'être vrai le passé.* Tenter de rendre le passé «vrai» équivaut pour le narrateur à essayer de sortir ce passé de l'oubli, de le rendre vivant par la narration. Mais le faire implique d'autre part qu'on admette que le passé raconté sera tel qu'il a été autrefois, qu'il ne pourra être «restauré» mais demeurera le passé de la défaite et du démembrement de l'Amérique française et de la conséquente réduction de cette Amérique à l'«île» de la province de Québec. La vérité (réalité) de ce passé de l'histoire envahit et étouffe le présent où a lieu la création du conte, prive le narrateur de l'évocation, de l'inspiration merveilleuse, et fait ainsi que l'acte scriptural soit la répétition monotone d'un présent sans histoire:

> Je me répète. Je passe mon temps à me répéter. [...] Je me répète dans mon âme: des fois, avide de mots neufs, j'ouvre les armoires du passé. Les armoires du passé sont faites pour rester fermées. J'ai ouvert tant de fois les armoires du passé que les tablettes sont vides, qu'une odeur forte de moisi me prend à l'âme quand je les rouvre. Chateaugué a les larmes aux yeux quand nous parlons du passé. Moi, j'ai la nausée, tellement est forte l'odeur de glacière sans glace. Je me répète dans ce cahier. Mais il y a beaucoup de place dans mon cahier et je ne suis pas avare de mon temps. Il y a beaucoup de place dans mon cahier et je ne suis pas avare de mon temps. Il y a beaucoup de place dans mon cahier et je ne suis pas avare de mon temps. Il y a beaucoup de place dans mon cahier et je ne suis pas avare de mon temps (p. 102-103).

Créé par les mots, ce monde du merveilleux est menacé avant tout par les mots qui servent à le construire:

> Je regarde Chateaugué et un mot me saisit à la gorge: embrasser. [...] J'ai un mot dans la tête. Il y a un mot qui me marche dans la tête. Il y a une mouche qui me vole et me bourdonne dans la tête: le mot embrasser. On ne peut rien contre un mot; c'est une mouche qu'on peut chasser, qui peut partir, mais qui revient toujours, ne meurt jamais. [...] Quoi? Laisser les mouches faire la loi? Quoi? Un mot, un parasite d'académie m'arrive de nulle part dans la tête, et je lui obéirais [...]? [...] Après avoir réfléchi, je m'aperçois que je regretterais d'avoir embrassé Chateaugué. [...] Pourquoi? [...] La vie n'est pas faite: j'ai à la faire: je la fais: je me la fais (p. 82).

Le conte survivra justement tant qu'existera la possibilité de faire coïncider le mot et la chose, tant que *dire* équivaudra à *agir* et que, pour ne pas accomplir un acte, il suffira de ne pas proférer le mot qui le désigne. «Le mot n'est pas la chose» (p. 175), voilà l'affirmation avec laquelle le narrateur sanctionne le passage à la réalité, son acceptation de cette dernière, affirmation qui, en même temps, décrète la disparition du conte par sa transformation en roman.

Les automobiles, avons-nous dit plus tôt, sont les symboles privilégiés de cette réalité qui correspond à l'époque actuelle. Et c'est précisément à la suite de l'épisode où Chateaugué est renversée par une automobile qu'a lieu la «profanation» du passé merveilleux, avec l'entrée dans la chambre des enfants des représentants de la société établie et organisée, donc, de la réalité. «J'avais bien raison de me méfier des automobiles» (p. 71), s'exclame Mille Milles en introduisant cet épisode. Et, poursuivant la narration de son retour à la chambre avec Chateaugué blessée au bras, suivi par «[la] police et la médecine» (p. 74), il ajoute: «Ils étaient dans notre chambre comme des poules dans une cathédrale, comme des vers dans un tabernacle. [...] Les yeux des hommes ont touché à nos petites chaises vertes, à nos cloisons, à Nelligan; leurs yeux les ont tâtés; leurs yeux simoniaques en ont anéanti la magie» (p. 75). Chateaugué sait parfaitement que le conte ne peut se développer selon les intentions de Mille Milles. Consciente aussi du fait qu'elle représente le passé, la petite fille rappelle à maintes reprises à son compagnon qu'ils sont tous deux condamnés à une mort inévitable. Voilà pourquoi elle le presse d'accomplir ce suicide que Mille Milles refuse de manière implicite lorsqu'il déclare en avoir assez du mot suicide et que, lui substituant le substantif «branle-bas», il se soustrait à l'acte que ce mot désigne (p. 67-68). Il n'est qu'un moyen de fuir le destin déjà accompli: détourner le conte de l'évocation du passé historique (re-construction de l'Histoire) vers l'invention d'un avenir individuel inspiré par le rêve (les illusions). Cela équivaut à faire déboucher le conte sur le «et ils vécurent heureux» auquel aboutit normalement tout récit où une princesse a été appelée à la vie par un prince charmant. Et c'est justement vers ce dénouement que Chateaugué tente de diriger les pas du narrateur pour ainsi échapper à ses intentions.

Chateaugué, qui avait été invoquée (évoquée) par le narrateur et introduite dans le récit en tant que symbole du «Nouveau-Québec», évolue ainsi d'une manière inattendue pour Mille Milles. Car celui-ci aurait voulu qu'elle demeure éternellement une enfant, l'enfance étant le seul emblème susceptible de symboliser l'incorruptibilité qui caractérise son pays utopique. C'est Chateaugué elle-même qui donne le premier indice de sa mutation en cours, de son «indépendance» par rapport à celui qui l'a créée comme personnage, en déclarant qu'elle et Mille Milles sont «une seule et même chose» (p. 69). La petite fille propose alors à Mille Milles — et le garçon acquiesce à cette proposition — d'adopter le nom de *Tate*, nom qui réunit les deux enfants dans un même concept de bonheur:

> — Tate n'est pas un, mais deux, deux brillants sujets. Nous sommes deux à l'intérieur d'une seule chose.
> — [...]
> — Tate. Tate est quelque chose comme notre chambre (p. 85-86).

Seul mot rescapé de sa langue d'origine — des origines du Pays — mais dont elle ignore le sens, enfoui dans les profondeurs de l'oubli, Tate «veut dire quelque chose de beau, de très beau, de très très heureux» (p. 87).

Ce baptême de la solution merveilleuse souhaitée par la petite fille est concrétisé par un vol qui est en même temps violation des lois des hommes et pacte d'alliance des héros en faveur du conte: le vol de la robe de mariée convoitée par Chateaugué. Symbole de vie, symbole d'un futur ardemment désiré mais irréalisable, cette robe est, au contraire, placée sous le signe de la mort par Chateaugué elle-même, barbouillant d'encre noire le visage du mannequin. Et elle ajoute: «Nous avons deux sculptures maintenant, Tate: Mariée et Laide. Voici Mariée, qui est morte dans une robe vivante; et voici Laide, qui est morte dans une robe morte» (p. 99). Chateaugué oppose ainsi Laide, symbole de l'oubli du passé — que Mille Milles avait trouvée dans sa «chambre du passé» — à Mariée, «statue de l'avenir». Et elle suggère à Mille Milles que le mannequin volé est un symbole de son évocation d'un passé mort auquel on ne peut donner qu'une apparence de vie. La mariée, qui est un phare, une inutile lumière d'espoir dans la «chambre du passé[1]», marque le point culminant de la possibilité de réalisation du conte selon les schémas traditionnels et, du même coup, consacre son impossibilité en tant que restitution du passé à la vie.

Certes, le vol de la robe de mariée, c'est-à-dire le désir de mariage, n'altère pas les attributs merveilleux de Chateaugué puisque, pour elle, ce vêtement est un

---

1. «La présence de la mariée dans notre chambre est comme un soleil. [...] La nuit, elle l'éclaire» (p. 101).

symbole de son union immatérielle avec Mille Milles dans l'idéal du conte. Mais, pour le narrateur, ce vol implique une accentuation de sa conscience de la «féminité» de Chateaugué et du danger que cela comporte pour le conte tel qu'il le conçoit: «Chateaugué, [...] contente-toi d'être ma sœur, d'être *avec* moi; ne cherche pas à être *à* moi[1]» (p. 131). Cette conscience de Mille Milles se traduit par de longs discours contre la femme, symbole du présent et du roman, et contre son influence sur lui, c'est-à-dire sur le récit: «Quant à la femme, j'exècre son influence sur mes idées» (p. 135). Et c'est justement après le vol de la robe de mariée — manifestation du désir de Chateaugué de diriger le conte vers une issue positive et indice, en revanche, pour le narrateur, d'une possible dégradation de l'idéal à la condition de réel — qu'arrivent «des choses louches» (p. 106) entre les deux enfants. Désormais convaincu que Chateaugué «est les femmes, quoi qu'elle en dise» (p. 111), Mille Milles déclare: «Nous n'avons plus rien à faire depuis que le scieur de bois est parti de la lune, depuis que les dragons ne peuvent plus exister et vouloir nous manger» (p. 106). Par cette affirmation, le narrateur constate l'évanouissement de son évocation initiale et le relâchement de son désir du conte; il reconnaît aussi amèrement l'inutilité de sa tentative de redonner vie à ce qui n'est plus et ne pourra plus être.

Il convient de s'arrêter ici au moment où Chateaugué raconte à Mille Milles qu'elle a étudié l'*Oraison funèbre d'Henriette d'Angleterre*, de Bossuet, afin de prouver à la sœur économe (p. 119) qu'elle pouvait l'apprendre par cœur. La jeune fille rappelle qu'elle

---

1. Italiques dans le texte.

s'est contentée d'affirmer cela devant la religieuse, sans prouver, par la récitation de l'oraison, la vérité de ce qu'elle avançait. Cette récitation manquée, qui porte sur un texte relatif à la mort d'une «Anglaise», confirme la vanité des espoirs du narrateur, qui avait créé Chateaugué en tant que symbole du pouvoir et de la vie éternelle de la population française du Canada. Par cette omission, Chateaugué corrobore également l'impossibilité d'existence du conte, sur lequel prévaut la réalité entendue comme Histoire de l'*absence* d'une révolte des Canadiens français contre le nouveau pouvoir anglophone, avec pour ultime conséquence le fait que cette terre en soit réduite à n'être qu'un pays désert et une confortable succursale des «Américains»:

> Il n'y a pas de villes au Canada, il n'y a que des lacs. Il n'y a pas d'hommes au Canada; il n'y a que les loutres et les martres qui sortent la tête au bord des lacs, et les Américains qui ont ou n'ont pas sauté par-dessus la frontière. Ceux qui n'ont pas sauté, qui étaient déjà de ce côté-ci, ce sont les Canadiens d'entre les Américains, ce sont les achetés, c'est cela que les Américains qui ont sauté sont venus acheter (p. 121).

Cette longue incursion dans le présent qui, pour la première fois, est décrit plus qu'évoqué dans sa réalité dramatique se trouve pratiquement au beau milieu du texte. Elle dessine en fait une ligne de démarcation entre l'aspiration au conte et son abandon et dénote la perte de foi dans la possibilité de la «restauration» face à une réalité qui, au cours de toute la deuxième partie du texte, confirmera progressivement son pouvoir absolu. C'est donc en vain que Mille Milles lance pour la dernière fois son cri désespéré, son invocation (appel) à l'idéal (idée) du début:

Chateaugué! Viens! Viens! Viens! Viens! Ne reste
pas là, à attendre, à ne rien attendre. [...] arrive!
Viens! Ouvre ma poitrine et entre. Ferme ma poitrine quand tu sors. Viens réhabiter la poitrine vide
comme un tambour. [...] Viens, Chateaugué! Viens!
Viens! Viens! Kommm! Kommm! Kommm!
Kommm! Je n'invente pas ces cris. Je ne me force
pas pour crier. Je ne forge pas ces appels: j'en suis
plein» (p. 125-126).

Ce qui se fait sentir à la suite de cette exhortation
du narrateur, c'est le désir de la femme et la tendance
vers le roman: voilà le sens de la référence aux attraits
physiques de Chateaugué, que Mille Milles superpose
à Virginia Woolf et à Isabelle Rimbaud, en conséquence de sa nouvelle certitude selon laquelle la fable
conduit à une impasse: «Je perds les pédales! Je ne
les perds pas; je les quitte, de mon plein gré, parce
qu'elles ne me mènent nulle part» (p. 126). L'extrême
lassitude du narrateur face à la chute de toute illusion
met fin à sa volonté de poursuivre une œuvre de restauration qui apparaît non viable, même dans les cas
où cet idéal semble encore de lui-même s'offrir à son
jeu créateur: «Chateaugué a profité d'une de mes
rares absences pour se cacher sous le lit. Elle jouait à
cache-cache. Je ne me suis même pas donné la peine
de la chercher. [...] Chateaugué s'est cachée sous le lit
et je ne l'ai même pas cherchée» (p. 129-133).

La réalité, qui se présente au narrateur avec toute
la force du présent du Canada, a anéanti le pouvoir
magique des invocations qui avaient ouvert la voie au
conte et tiré Chateaugué des ténèbres de l'informe; la
réalité a aussitôt fait disparaître la volonté d'accomplir l'idéal de la restructuration d'un pays et de ses
gens. Il ne reste alors que Chateaugué pour évoquer
les anciennes aspirations. Elle le fait dans un testa-

ment tendre et poignant[1], où il apparaît clairement que, consciente d'appartenir au passé[2], Chateaugué connaît aussi l'inéluctabilité d'un destin déjà accompli et qu'elle-même devra nécessairement répéter: dès lors, rien ne pourra modifier ce destin, ni le plus habile des conteurs, ni le conte la plus beau du monde: «Mille Milles n'est pas à blâmer pour ce [le suicide] qui m'est arrivé» (p. 137).

5. Questa et le roman

L'inanité de la tentative d'effectuer une «restauration» qui va à l'encontre de la réalité du présent et la conséquente fêlure de la fable, signalée entre autres par les pleurs qui, de plus en plus fréquemment, se mêlent au rire de Chateaugué[3], conduisent le narrateur, exaspéré, à abandonner l'idéal et à accepter le réel. Ce double geste prend la forme, dans le récit, du départ de Chateaugué, chassée de leur chambre après la rencontre de Mille Milles avec Questa, sa «première vraie femme», son «Ève» (p. 147). Adulte et «née adultère» (p. 154), ayant vécu «dix ans de mariage, dix ans de prostitution» (p. 149), Questa représente la femme-sexe: «Le garçon de tables (et de chaises) m'a servi mon gin et lui [à Questa] a servi du vin. Voyez-

---

1. «Je veux être enterrée à Port-Burwell, au Nouveau-Québec, où je suis née» (p. 136).
2. «Ceux que j'ai connus sont au ciel ou dans le passé» (p. 137).
3. Lors de leur première querelle, suscitée par les pleurs inexplicables et irrépressibles de Chateaugué, Mille Milles lui fait ce reproche: «Tu te déclenches tous les quarts d'heure depuis quelque temps» (p. 110). Et, peu après le vol de la robe, le narrateur note: «Chateaugué, cette nuit, une fois de plus, pleurait dans son sommeil» (p. 140-141).

vous le gin dans le va*gin*? C'est scabreux! Le gin dans
le vagin! Quelle horreur[1]!» (p. 146) Incarnation de
l'attirance sexuelle, Questa personnifie l'intention
romanesque qui, sournoisement, se substitue à l'aspiration au conte, et pousse le narrateur à se départir de
sa fiction de héros merveilleux. Mille Milles se présente comme un «Esquimau» (p. 145) au bar où il rencontre Questa et, au moment où la femme lui
demande son nom, il ne décline pas celui de Mille
Milles (que Questa ne prononcera jamais). Cette omission équivaut à abandonner les attributs de héros des
origines du Pays. Son nouveau nom lui est suggéré
(«évoqué») par un trait cosmétique de Questa:

> C'était son rouge à lèvres qui parlait. Son rouge à
> lèvres était étincelant.
> — Je m'appelle Étin Celant (p. 148).

Au moment de décrire Questa, le narrateur se
concentre sur le corps de la femme afin de rendre
l'image d'un être repoussant: «Les cuisses étranglées,
la peau flasque et épaisse, la barbe des aisselles, tout,
tout de son corps était repoussant[2]» (p. 154). Questa
est la matière sujette à la désagrégation, la réalité d'un
présent qui, fatalement, porte en soi les signes de la
mort, ce qui la situe aux antipodes de Chateaugué,
aérienne, immuable, immatérielle. C'est avec l'arrivée
de Questa que les attributs du roman, latents jusque-
là, prennent corps. Ces attributs, en effet, se concréti-
sent dans cette femme pour s'introduire dans le conte:

---

1. Italiques dans le texte.
2. D'autres lieux du texte s'attardent à décrire la condition corporelle et
la nature périssable de Questa: «La chair lourde et pâteuse de son
visage... (p. 161); «Questa vient se rasseoir sur mes genoux. Peu à peu,
la chair abondante et molle de ses fesses chauffe mes genoux. Elle est
lourde» (p. 163).

«Me voilà fée dans un conte de fées!» (p. 153) Ainsi, Questa sera en mesure de s'approprier un à un tous les éléments qui caractérisent le monde merveilleux de Chateaugué et de mettre progressivement à leur place ceux de son propre univers romanesque.

Peu après son entrée dans le texte, Questa, par le biais d'une métaphore qui prend pour objet la maison, attire l'attention de Mille Milles — et du lecteur — sur la duplicité du narrateur et de sa narration: «Tu as une maison *à deux nez*, a-t-elle dit en regardant les deux lucarnes de la maison de ma chambre[1]» (p. 151). Puis elle pénètre dans la «chambre du passé» de Mille Milles et elle prive Chateaugué de son nom — et, donc, de ses pouvoirs magiques — en la réduisant à la condition de «petite enfant», de «petit ghibou» (p. 151) bon uniquement à être cajolé. Elle ne tarde pas ensuite à renvoyer Chateaugué — à la reléguer — au pays de l'enfance (du conte) d'où elle était venue (p. 151-53).

Lorsque Mille Milles lui demande son nom, Questa répond d'abord: «Grosse Pas-bonne» (p. 146): c'est dire que le personnage est gros de tout ce qui n'est pas bon, du présent amer, de la réalité du roman. En outre, et à s'en tenir à une pensée de Mille Milles, sa condition d'adulte en fait une proie et une pourvoyeuse de douleur: «Devenir adulte [déclare-t-il], c'est entrer, être pris de plus en plus dans le royaume du mal» (p. 159). C'est pourquoi on peut discerner en Questa le *cela* que la préface oppose au *ça* ou, en d'autres termes, la réalité comme négation du rêve. Questa, précise la femme, «veut dire: cette chose-là, cette grosse chose-là. C'est en italien» (p. 146).

---

1. C'est nous qui soulignons.

Mère de trois petites «Anne» indifférenciées dont le nombre correspond aux années qui s'écoulent entre le début du récit, en «mil neuf cent soixante-cinq» (p. 10), et sa publication, en 1967, Questa représente ce que la narration de Mille Milles finit par être, «cette chose-là» (p. 146), c'est-à-dire ce roman. Mais, en même temps, en tant qu'Ève, en tant que symbole par excellence du sexe féminin, sexe qui, selon le narrateur, est justement synonyme de roman, elle représente le roman comme genre. Quand le narrateur n'a plus d'argent, quand il est privé de la faculté d'évoquer, Questa vient le voir «en mère nourricière, en porteuse de lait» (p. 157), selon ses propres mots, et lui soustrait même l'intention d'évoquer les restes d'un conte désormais usé comme les vêtements de Mille Milles: «Questa m'a demandé s'il y avait des pyjamas. [...] Je lui ai lancé à la tête une chemise sale, et un pantalon sale, décousu et déchiré. [...] Elle est partie, avec rien sur le dos que la chemise et le pantalon que je lui ai prêtés» (p. 156-166). Et à chaque visite qu'elle lui rend, elle lui fournit du matériel romanesque nouveau pour sa narration, matériel symbolisé par la nourriture qu'elle lui apporte et par les effets personnels que, de temps à autre, elle abandonne dans la chambre du garçon[1]. Mille Milles a beau faire disparaître tous ces objets sous le lit (p. 157, 166 et 172), il ne peut occulter le changement de sens qu'a subi son récit. Qu'il le veuille ou non, il est déjà assujetti à l'inspiration romanesque, par laquelle il se laisse dominer dès qu'elle se concrétise dans la figure de Questa: «De quel droit me donne-t-elle [Questa] des ordres? [...] Lâchement, je lui obéis» (p. 164). Si

---

1. «Elle oublie quelques pièces de son attirail chaque fois qu'elle vient, chaque fois qu'elle part» (p. 172). Voir aussi les pages 155 et 166.

bien que cette femme — qui se permet de jouer avec le *nez* de Mille Milles, donc avec le N(arrateur) — est désormais en mesure de faire ce qu'elle veut du récit, qu'elle va transformer définitivement en roman[1]. Le pouvoir de Questa sur le narrateur et sur son dire trouve son expression ultime dans le jeu de mots qu'elle propose à Mille Milles à la fin du récit:

> — Jouons à compter.
> — À compter quoi?
> — N'importe quoi [...]. J'ai un nez. J'ai deux nez. J'ai neuf nez. J'ai dîné (p. 273).

Jeu dans lequel le *J'ai dîné* final fait entendre un *J'ai dit nez* qui équivaut à *J'ai dit le roman*, en passant bien entendu, par métonymie, de narrateur (N) à roman.

Quant au suicide, auquel Mille Milles fait allusion à la suite de sa première rencontre avec Questa[2], il équivaut à une suppression du héros du conte, suppression qui, pour être non sanglante, n'en est pas moins radicale, comme le narrateur le souligne plus loin: «Le Mille Milles immaculé de la Chateaugué immaculée est de plus en plus mort, et il est de plus en plus inutile de le tuer pour ne pas qu'il se gâte» (p. 177). Et la situation ne pourra pas davantage être modifiée par le retour du désir du conte si Chateaugué, qui personnifie ce désir, est revenue vers Mille Milles parce qu'elle *ne comprenait plus rien* (p. 172). Autrement dit, le conte ne maîtrise plus les événements, le récit lui a définitivement échappé.

---

1. «À quoi c'est que tu penses? me demande Questa en me vissant et dévissant *le nez*» (p. 164). C'est nous qui soulignons.
2. «Lorsque Questa reviendra, je lui demanderai de l'argent, une vingtaine de dollars, de quoi subsister jusqu'au prochain branle-bas» (p. 177).

Ayant découvert «l'imposture des mots» (p. 198), et appris que «le mot tigre n'est pas un tigre» (p. 163), que «le mot n'est pas la chose» (p. 175) et que «les verbes ne font pas l'action» (p. 176); étant mort pour l'enfance et pour le conte — «Qu'importe que les nuits viennent trop tôt, que jours et nuits courent et essoufflent... Qu'importe à celui que la mort vient, à son appel, prendre dans sa douce inertie?» (p. 167) —, Mille Milles est désormais oublieux du passé et disposé à accepter la réalité et ses limites: «Je suis fatigué de haïr l'adulte; je l'adore à compter de cette heure. L'enfance agace à la longue. [...] Je ne haïssais l'adulte que lorsque je pensais au mot adulte. J'aime tous les adultes que je connais» (p. 169). En prenant possession de la chambre (de l'évocation) de Mille Milles, Questa viole définitivement le «sanctuaire» du passé; elle brise ainsi l'isolement qui caractérise le monde de la fable des deux enfants et facilite leur entrée dans la société du travail.

C'est par le travail, et en œuvrant au plus bas niveau de la hiérarchie, que Mille Milles s'insère dans la réalité du présent. Il entre dans un restaurant où personne d'autre n'est Canadien et où les ordres sont donnés uniquement en anglais, ce qui, reproduisant la situation actuelle des descendants des anciens «Seigneurs» du territoire, nous renseigne sur la perte des attributs princiers de Mille Milles. De la même façon, le premier baiser que le jeune homme donne à Questa, confirmant son accès à l'âge adulte, dégrade le héros du conte au rang de personnage de roman. C'est donc en vain que Chateaugué tentera, une dernière fois, de le «réveiller» au passé: «Tu as oublié, Tate. Tu oublies, oublies, oublies. Tu en oublies un peu chaque jour» (p. 187), c'est la récrimination que fait Chateaugué à son compagnon après l'avoir réveillé au beau milieu de la nuit. Et voici ce qu'elle ajoute, ainsi que la suite du dialogue:

La première nuit, ou la deuxième, tu m'as dit de ne pas dormir, de veiller, d'avoir peur, de me forcer pour avoir peur, de me méfier, de te rappeler à l'ordre si tu venais à manquer de vigilance. Tu dors, Tate.

— Dors, toi aussi, mon petit ghibou, veux-tu?

— Tu m'appelles «mon petit ghibou», comme cette femme. Reste avec moi, Tate, reste, reste. Reste avec ta petite sœur. Tu as fermé les yeux: tu es parti. Il n'y a plus de Tate. Il n'y a plus de Chateaugué. Il n'y a plus que moi (p. 187-188).

L'accusation «tu oublies» que Chateaugué adresse à Mille Milles implique un «Je me souviens» de la jeune fille, un rappel de la devise du Québec, dont le narrateur s'est distrait. Voilà ce qui nous rappelle, à nous lecteurs, que le récit de Mille Milles, le roman que nous sommes en train de lire, est une métaphore de l'oubli qui, en dépit de toute tentative de remémoration, recouvre le passé. Mais, d'autre part, la disparition des surnoms merveilleux de Chateaugué et sa réduction à un *je* confirment cette métaphore à la jeune fille, désormais consciente de la modification que le narrateur lui a fait subir: ce dernier ne se souvient plus qu'il l'avait créée comme symbole du retour à la vie des temps les plus splendides du pays et il la relègue maintenant au rang d'un quelconque personnage de roman.

Cette réduction au réel rend encombrant le retour à la chambre (au récit) d'une Chateaugué qui, de par sa seule présence, rappelle au narrateur son aspiration initiale au conte, aspiration que la réalité rejette:

L'embarras va grandissant entre Chateaugué et moi; et c'est l'inimitié qui a été mise entre le corps et l'âme. Avec les affreux, point n'est besoin de se gêner pour être laid. Avec les beaux, il est affreux d'être laid. Aussi, j'ai souvent l'impression de laisser la vraie Chateaugué là, de m'accrocher intentionnellement à une autre Chateaugué, une Chateaugué que la vraie Chateaugué fait éclater de toutes parts. Qui veut d'une Chateaugué passionnante, peut-être même passionnée? Plus j'y pense, plus je pense qu'il valait mieux qu'elle ne revienne pas: Chateaugué dans ma chambre n'arrive pas à la cheville de Chateaugué dans mon cœur, dans ma tête et dans mon passé (p. 177).

Mais Chateaugué, à qui Mille Milles, en la baptisant ainsi, a assigné un destin et un sort analogues à ceux du premier dépositaire de ce nom, le frère héroïque d'Iberville, refuse obstinément le présent et le roman et déclare sa foi dans la pérennité du conte: «Tu es mon château et je te garde», déclare-t-elle, imposant ses mains sur le visage de Mille Milles. Et elle ajoute: «Tu es mon château et j'entre, et je ferme toutes les portes» (p. 214).

En fermant les portes à la réalité pour l'empêcher ainsi d'envahir «le château», Chateaugué met en relief le fait qu'elle-même est étrangère au présent et à tout ce qu'il implique: la réalité et le roman. D'ailleurs, le narrateur lui-même souligne cette étrangeté de Chateaugué lorsqu'il raconte comment, lors d'une séance de cinéma avec la petite fille, celle-ci se met à manger des chips et dérange ainsi un voisin nerveux. Le film transporte les jeunes gens «en ce ravissant village de Saxe, au temps des victoires de Daun sur les Impériaux» (p. 226) et Mille Milles, conscient de la fiction filmique et de la réalité qui les entoure, relève que Chateaugué, au contraire, est étrangère à cette réalité car, «trop occupée à être en 1758», elle ne s'aperçoit pas de la nervosité de son voisin. Ce n'est pas un hasard si cet indice de l'appartenance constante et inchangée de Chateaugué au passé «incontaminé» du Canada se trouve dans un chapitre qui s'ouvre par une réaffirmation de l'inexistence actuelle de ce pays. Au début de ce chapitre, en effet, Mille Milles adresse un mélange d'accusations et de prières «aux Grecs et aux Romains» (p. 220) qui, comme lui, travaillent au *Pingouin*, et il leur demande de ne pas l'isoler ni l'exclure de leur vie en parlant, dans son pays, une langue qui n'est pas la sienne[1]: «Ici, c'est le Canada. [...] Ici, c'est le Canada, c'est mon pays. Et je n'entends pas me sentir étranger dans mon propre pays. [...] Si je suis né ici, c'est parce que je pensais qu'ici tout le monde parlait d'une façon intelligible» (p. 221). Mais le propriétaire du restaurant méconnaît et rejette sa demande, en se déclarant «roi» de sa propre maison: «Ici, ce n'est pas le Canada. Ici, c'est mon restaurant. Dans cette cuisine, la reine d'Angleterre, c'est moi. C'est moi, ton maître, ton Charles de Gaulle» (p. 221). Le pays est ainsi ouvert aux communautés de toute langue autre que le français, communautés capables de se créer un espace vital, un royaume à eux, même s'il est minuscule, dans lequel les Canadiens français deviennent, inévitablement, des sujets. Cette irruption des allophones engendre la «Tour de Babel» dont on parlait précédemment, qui confirme, sur le plan linguistique, l'inexistence des «Canadiens», en créant une échelle hiérarchique où les francophones se situent au niveau le plus bas.

---

1. «Ils parlent, argumentent, s'animent, rient, pleurent, s'adorent, se détestent; et tout cela dans les langues de Caligula et d'Euripide. Ils ne se gênent pas pour parler les langues mortes. [...]
— [...] Permettez-moi d'être des vôtres. [...] Ne me laissez pas seul» (p. 220).

L'impossible reconstitution fabuleuse du passé «français» d'Amérique, l'impossible coexistence du conte et de la réalité, trouve en outre une expression concrète en fin de chapitre avec la séparation des chambres de Mille Milles et de Chateaugué qui s'installe dans une chambre à elle, où seront placés les objets qui symbolisent son appartenance à un rêve non viable: les portraits de Nelligan et de Marilyn Monroe, le mannequin en robe de mariée et son testament (p. 235). La correspondance de sens entre l'acceptation de l'inexistence du Canada par Mille Milles et l'abandon définitif de la chambre par Chateaugué est un nouvel indice du fait que le roman constitue une métaphore du passage de l'évocation du pays à son oubli. Et tout en soulignant le caractère fabuleux de la jeune fille, cette correspondance exprime la volonté du narrateur d'introduire des obstacles concrets à tout éventuelle intrusion de l'évocation dans son activité narrative.

La prédominance de la réalité s'affirme progressivement avec la multiplication des visites de Questa chez Mille Milles, tandis que prend le dessus tout ce qui était étranger à l'évocation ou qui y faisait obstacle et que, à cause de cela, le narrateur avait repoussé. Parallèlement, le passé de l'Histoire et le présent de la narration, unis auparavant dans l'activité de «restauration» du récit, sont maintenant clairement séparés, l'un indiquant la dimension fabuleuse, l'autre, celle du réel: «Cette nuit-là — explique Mille Milles à Chateaugué, en faisant référence à la première nuit qu'elle avait passée dans la chambre et à son exhortation d'alors «de monter une garde vigilante» (p. 25) — est ailleurs et nous sommes ici» (p. 188).

Maintenant que s'est évanouie la foi dans l'identité du mot et de la chose et, donc, la foi dans la possibilité de créer des objets et des êtres humains par un simple acte de nomination, le présent se substitue à la force du passé qui se faisait jadis sentir sur l'activité créatrice du narrateur et le monde se substitue à Chateaugué:

> Mais, à force de courage de vivre, j'ai soupçonné et découvert l'imposture des mots. Maintenant, je ne crois plus. Maintenant, je ne suis plus rien. Mais là n'est pas la question. Je suis, tout au plus, le monde; pas le monde, mais une action du monde sur mes sens; pas une action du monde sur mes sens, mais une réaction violente, imprévisible [...] de mes sens aux forces violentes, détraquées, infiniment variées et infiniment variables du monde (p. 198).

Pressé par la réalité, le narrateur rejette un à un les symboles de vie et de mort qui renvoient à l'évocation merveilleuse d'un passé qu'il avait cru pouvoir ramener à la vie et préserver éternellement de la contamination de l'Histoire. C'est ainsi que Mille Milles et Chateaugué, obéissant au restaurateur pour qui ils travaillent — ce qui les montre à nouveau comme sujets d'un étranger sur leur propre terre —, font disparaître la marque noire de leurs lèvres. C'est ainsi, également, que la chambre du garçon devient un misérable lieu d'habitation et que les objets qui s'y trouvent ne font que susciter l'amertume, tels les souvenirs d'un beau rêve dissous dans le néant et à jamais disparu: «Ah! cet affreux mannequin en robe de mariée! Ah! Cet aigre mannequin! Ah! L'hideuse chambre, l'aigre chambre! Cet affreux Nelligan! Ces chaises acides!» (p. 190) Le cahier lui-même, qui avait toujours été le lieu de l'imagination en liberté, se change en *journal*, instrument d'un compte rendu distrait de la réalité: «Je ne suis pas aussi fidèle et attentif qu'avant à mon cher journal. Depuis que j'ai relu ce que j'y avais écrit, il me dégoûte. Je n'y reviens plus que par nonchalance» (p. 245). La confrontation de ce passage avec un autre épisode montre que le changement de désignation n'est pas le produit du hasard et que, se transformant en *journal*, le cahier est devenu roman, écriture du réel: quelque cent pages avant, Questa dit avoir tenu un journal dans lequel elle a à peine écrit deux vers qu'elle n'emploie qu'après les avoir mis en correspondance avec la réalité (p. 164-165).

Le passage du conte au roman, du rêve à la réalité, s'accomplit ainsi à travers une série de substitutions qui modifie aussi bien les personnages que les objets et les symboles. Comme le symbole de la mort a été éliminé par l'effacement de la marque noire sur les lèvres des deux héros, la douce mélancolie qui caractérise le conte fait place à la frénésie et à la joie de vivre: «Je veux la vie et j'ai la vie. Je prends d'un seul coup toute la vie dans mes bras, et je ris en jetant la tête en arrière, sans compter que les haches dont elle est hérissée font gicler le sang» (p. 199). De même, au «Nouveau-Québec» de l'insouciante allégresse de Château-gai succède le «Nouveau Monde[1]» de la «joie [...] à base de force, de violence» (p. 231) qui s'impose à tout et exclut froidement les sentiments et les souvenirs pour ne laisser place qu'à la jouissance du présent: «Tu as ta joie comme tu as tes mains [explique Mille Milles à Chateaugué]. Il suffit que tu l'imposes à tout..., toujours; à toi-même... à mesure que tu te trouves autre» (p. 213). La «joie» de Mille Milles, c'est son indifférence aux idéaux et aux rêves et, donc, au passé du conte. C'est en effet après la découverte de la «joie» que, en changeant d'emploi, Mille Milles se

---

1. «Il faut vite initier Chateaugué, l'introduire aux splendeurs du Nouveau Monde, la déniaiser, la remettre au monde» (p. 203). Voir aussi, pour ce qui est du concept de *joie*, les pages 206 et suivantes, jusqu'au chapitre XXXV, tout le chapitre XXXVI et la page 231.

sépare de Chateaugué. Sa nouvelle activité de livreur,
qui lui ouvre toutes grandes les portes des maisons et
lui dévoile les secrets qu'elles cachent, est un indice
du nouvel accueil réservé par le héros au sexe et par
le narrateur au roman: «Je ne sonne jamais avant
d'entrer. [...] Je cours la chance de voir des vulves
nues. [...] Les vulves vexent la curiosité. Si, au lieu de
cette porte déguisée, le créateur avait mis un crapaud
aboyeur, [...] le monde n'aurait pas perdu sa dignité»
(p. 264). Cet accueil se fait de plus en plus favorable à
mesure que progresse l'intimité entre Mille Milles et
Questa — à mesure qu'avance l'influence de la
femme-sexe sur le narrateur — jusqu'à la totale modification de ce dernier et à la pleine adhésion de Mille
Milles au roman. Un indice de cette adhésion est
l'adoption du «livre sexuel», rejeté au temps du conte.
Ce livre réapparaît maintenant pour subir un traite-
ment qui réaffirme sa valeur de métaphore du sexe:
«En attendant son [de Questa] autobus, nous avons
palpé les livres sexuels du petit kiosque à journaux.
Du doigt, elle me désignait les hommes déshabillés
des couvertures des livres sexuels. Rivalisant d'au-
dace, je lui désignais du doigt les femmes déshabillées
des couvertures des livres sexuels» (p. 261).

À l'écoute de «la voix la plus belle» (p. 50) qui
gouvernait le conte merveilleux de la restauration du
pays se substituent maintenant «les voix de quelques
démolisseurs de cathédrales et de leurs grues» (p. 249),
des voix de destruction du rêve vécu par Mille Milles
dans «la maison de [sa] chambre», des voix qui prennent corps dans la démolition de la maison de l'évocation (p. 249). La restauration des édifices mont-
réalais du début du conte devient le symbole transparent de la restauration du pays, dans l'ultérieure
démolition «du vieil immeuble Boismaison» (p. 264):
qualifiée de *massacre* et décrite comme telle, cette

démolition est l'emblème de la destruction de toute illusion de rappeler le passé à la vie afin de lui donner une nouvelle forme et une fonction renouvelée. Quant au suicide de Chateaugué, il rend compte du fait qu'au souvenir succède l'oubli et que le présent fait surface au détriment du passé: Chateaugué s'enlève la vie après avoir mis la robe de mariée, après s'être substituée au mannequin et avoir ainsi transformé le symbole d'idéal irréalisable en acte cruellement réel.

L'«envie de rire» (p. 274-275) du narrateur face à cette désolante scène de mort confirme le caractère métaphorique du *Nez qui voque* et le rattache au Manifeste «érasmien» de son début. En effet, le roman est connoté comme jeu dès son titre, et l'histoire y est racontée par un narrateur qui s'attarde à expliquer les différents modes d'emploi de son interjection favorite — «hostie de comique[1]» — et considère ses auditeurs tantôt comme des «races» (p. 103), tantôt comme de simples instruments qu'il manipule à son gré[2]. C'est pourquoi *Le Nez qui voque* apparaît clairement, de par sa conception formelle et de par sa liberté expressive, comme une «évocation» de *L'Éloge de la folie*: c'est un mélange d'apologue et de conte adressé à des «êtres sauvages au cœur de roc ou de chêne[3]», à «cette énorme et puissante bête qui s'appelle le peuple[4]»,

---

1. «Voilà pour l'emploi du mot hostie, qui varie en genre et en nombre avec le mot auquel il se rapporte, quand il n'est pas employé adverbialement» (p. 36).

2. «Ô mon ami l'homme, que ne t'ai-je encore entretenu des délices symphoniques de t'entendre m'entendre? [...] Chaque mot que je te dis se répercute en toi comme dans une grotte d'or, comme dans un puits d'or. Mes murmures te grattent comme les doigts du guitariste grattent la guitare, ô grotte d'or! Tu es un puits profond et sonore, et un puits n'a pas de cordes, mais tu es une guitare, tu es ma guitare. Je joue du puits d'or comme on joue de l'orgue» (p. 254).

3. Érasme, *L'Éloge de la folie, op. cit.*, p. 55.

4. *Ibid.*

par un bouffon qui, comme tous ses pairs, voulant se faire entendre, procure «ce que les princes recherchent partout à tout prix: les jeux, la détente, les rires et les divertissements[1]». Mais le comique a pour origine le tragique, et le «bouffon» est condamné à vivre lui-même la tragédie inhérente à sa fonction. Dans le «Je suis fatigué comme *une* hostie de comique[2]» (p. 275) qui clôt le récit, le mot «hostie» est employé au féminin, ce qui semble contrevenir aux règles fournies à ce sujet par Mille Milles lui-même et, par là, exprime la conscience du narrateur d'être une *victime* du comique. Un comique qui travestit sous les jeux de mots et les jeux sur les mots la tragédie de l'impossible coexistence du rêve et de la réalité.

---

1. *Ibid.*, p. 63.
2. C'est nous qui soulignons. Rappelons ici les diverses interprétations de l'emploi du féminin de «hostie» proposées par Yves Taschereau («Le vrai *Nez qui voque*», *Études françaises (Avez-vous relu Ducharme?)*, vol. XI, nos 3-4, octobre 1975, p. 311-324). Selon Taschereau, dont nous ne pouvons partager le point de vue, on devrait mettre ce féminin en rapport avec le fait que Chateaugué «c'est l'enfance de Mille Milles» et qu'il s'ensuivrait une certaine «confusion des sexes». Si Taschereau affirme que: «La dernière phrase du roman est, dans ce sens, équivoque au possible», c'est donc parce que le symbole de l'enfance lui est apparu unifié dans les deux personnages.

Bibliographie

Œuvres romanesques de Réjean Ducharme

L'Avalée des avalés (roman), Paris, Gallimard, 1966.

Le Nez qui voque (roman), Paris, Gallimard, 1967.

L'Océantume (roman), Paris, Gallimard, 1968.

La Fille de Christophe Colomb (roman), Paris, Gallimard, 1969.

L'Hiver de force (récit), Paris, Gallimard, 1973.

Les Enfantômes (roman), Paris, Gallimard, 1976.

Ouvrages critiques sur les œuvres romanesques de Réjean Ducharme

AMPRIMOZ, A. «Quelques notes sur le roman québécois contemporain», *Présence francophone*, n° 13, automne 1976, p. 73-83.

— «L'agent double du roman québécois contemporain», *Présence francophone*, n° 16, printemps 1978, p. 85-93.

BARBERIS, R. «Littérature québécoise et religion», *Maintenant*, n° 74, février-mars 1968, p. 57-60.

— «Réjean Ducharme: l'avalé de Dieu», *Maintenant*, n° 75, mars-avril 1968, p. 80-83.

— «*L'Avalée des avalés*: affrontement avec le mal», *Maintenant*, n° 76, avril-mai 1968, p. 121-124.

BAUDOT, A. «De l'autre à l'un. Aliénation et révolte dans les littératures d'expression française», *Études françaises*, vol. VII, n° 4, novembre 1971, p. 331-358.

BÉLANGER, G. et J. FINNEY. «*Le Nez qui voque* de Réjean Ducharme, œuvre ouverte, sans normes, ou la quête de la vérité...», *Revue de l'Université Laurentienne*, vol. I, février 1968, p. 34-40.

BELLEAU, A. «Raconter l'écriture et non plus la vie: Godbout, Aquin, Victor-Lévy Beaulieu, Ducharme», dans *Le Romancier fictif*, Montréal, Presses de l'Université du Québec, 1980, p. 136-146.

BLOUIN, J. et J.-P. MYETTE. «In Search of Réjean Ducharme», *Canadian Fiction Magazine*, 1983, p. 203-212.

BOND, J. D. «The Search for Identity in the Novels of Réjean Ducharme», *Mosaic*, vol. IX, n° 2, hiver 1976, p. 31-44.

BORNSTEIN, J. «Antagonisme ethnique ou le complexe de Caïn dans l'œuvre de Réjean Ducharme», *Études canadiennes/Canadian Studies*, n° 4, 1978, p. 11-18.

BOSCO, M. «La moisson de mots de Réjean Ducharme», *Europe*, n°s 478-479, février-mars 1969, p. 72-76.

BOUCHER, J.-P. «Voyez-vous Odile dans crocodile?», dans *Instantanées de la condition québécoise – Études de textes*, «Cahiers du Québec», Montréal, Hurtubise, Paris, Hatier, 1977, p. 179-196.

CHASSAY, J.-F. «*L'Hiver de force*», *Études françaises*, vol. XIX, n° 3, hiver 1983, p. 93-103.

CHOUINARD, M. «Réjean Ducharme: un langage violenté», *Liberté*, vol. XII, n° 1, janvier-février 1970, p. 109-131.

CHOUL, J.-C. «Exploitations et utilisation des paramètres: Ducharme, Thériault», *Voix et Images*, vol. VII, n° 3, printemps 1982, p. 571-579.

CLOUTIER, C. «La poétique de Réjean Ducharme», *Liberté*, vol. XII, n°s 5-6, septembre 1970, p. 84-89.

DESAULNIERS, L.-P. «Ducharme, Aquin: conséquences de la mort de l'auteur», *Études françaises*, vol. VII, n° 4, novembre 1971, p. 398-410.

DESCHAMPS, N. *et alii*, «Ducharme par lui-même», *Études françaises (Avez-vous relu Ducharme?)*, vol. XI, n° 3-4, octobre 1975, p. 193-226.

— «Histoire d'E: lecture politique de *La Fille de Christophe Colomb*», *Études françaises (Avez-vous relu Ducharme?)*, vol. XI, n°s 3-4, octobre 1975, p. 325-354.

DUGAY, R. «*L'Avalée des avalés* ou l'Avaleuse des avaleurs», *Parti pris*, vol. IV, n° 3, novembre-décembre 1966, p. 114-120.

DUPRIEZ, B. «Ducharme et les ficelles», *Voix et Images du Pays*, n° 5, 1972, p. 165-185.

FALARDEAU, J.-C. «L'évolution du héros dans le roman québécois», dans *Littérature canadienne-française, Conférences J. A. Sève*, Montréal, P.U.M., 1969, p. 256-258.

FILTEAU, C. «*L'Hiver de force* de Réjean Ducharme et la Politique du désir», *Voix et Images*, vol. I, n° 3, avril 1976, p. 365-373.

FINNEL, S. «*Jean Rivard* comme biblio-texte dans *Les Enfantômes* de Réjean Ducharme», *Voix et Images*, vol. XI, n° 1, automne 1985, p. 96-102.

GERVAIS, A. «Le jeu de mots», *Études françaises*, vol. VII, n° 1, février 1971, p. 59-78.

— «*L'Hiver de force* comme rien», *Études françaises*, vol. X, n° 2, mai 1974, p. 183-191.

— «Morceaux du littoral détruit. Vue sur *L'Océantume*», *Études françaises (Avez-vous relu Ducharme?)*, vol. XI, n°s 3-4, octobre 1975, p. 285-309.

GODIN, J.-C. «*L'Avalée des avalés* », *Études françaises*, vol. III, n° 1, février 1967, p. 94-101.

— «*Le Nez qui voque*», *Études françaises*, vol. III, n° 4, décembre 1967, p. 447-449.

GRENIER, C. «*L'Océantume* de Réjean Ducharme», *L'Action Nationale*, vol. LVIII, n° 2, janvier 1969, p. 465-471.

HÉBERT, F. «Écrits fêlés, époque cassante», *Études françaises*, vol. X, n° 2, mai 1974, p. 139-149.

— «Des chapitres qui manquent dans trois romans de Réjean Ducharme», Thalia, *Studies in Literary Honor*, vol. VIII, n° 1, printemps-été 1985, p. 57-63.

— «L'alinguisme de Ducharme», *Études canadiennes*, vol. XXI, n° 1, 1986, p. 315-321.

HÉBERT, R. «Sans trop mâcher les mots, percevoir», *Philosophiques*, vol. XI, n° 1, avril 1984, p. 191-202.

HERTEL, F. «Du misérabilisme intellectuel, du besoin de se renier et de quelques chefs-d'œuvre», *L'Action Nationale*, vol. LVI, n° 8, avril 1967, p. 828-835.

IMBERT, P. «Révolution culturelle et clichés chez Réjean Ducharme», *Journal of Canadian Fiction*, n°s 25-26, 1979-1980, p. 227-236.

— «L'individu en question dans le littéraire. De l'avant-garde (?) au juste milieu (?)», *Carrefour*, vol. VI, n° 1, 1984, p. 38-48.

JATON, A. M. «Le Canada, le Québec et les improvisations linguistiques dans *Le Nez qui voque* de Réjean Ducharme», dans *Letteratura Francofona del Canada*, a cura di Liano Petroni, «Quaderni di Francofonia», Bologne, CLUEB, n° 1, 1983, p. 173-185.

KATTAN, N. «Littérature du Québec. Langue et identité», *Canadian Literature*, n° 58, automne 1973, p. 61-63.

— «La littérature contemporaine du Canada français, reflet d'une civilisation», *Études canadiennes/Canadian Studies*, n° 2, 1976, p. 15-23.

— «Les jeux de mots», dans *Modernité/Postmodernité du roman contemporain*, sous la direction de M. FRÉDÉRIC et J. ALLARD (*Les Cahiers du Département d'études littéraires*), Montréal, Les Presses de l'Université du Québec à Montréal, 1987, p. 174-183.

LAURION, G. «*L'Avalée des avalés* et le refus d'être adulte», *Revue de l'Université d'Ottawa*, vol. XXXVIII, n° 3, juillet-septembre 1968, p. 524-541.

LÉARD, J.-M. «Du sémantique au sémiotique en littérature: la modernité romanesque au Québec», *Études littéraires*, vol. XIV, n° 1, avril 1981, p. 17-60.

LE DUC, P. «Les lettres québécoises en 1968: le roman», *Études littéraires*, vol. II, n° 2, août 1969, p. 205-213.

LEDUC-PARK, R. «*La Fille de Christophe Colomb* : la rouerie et les rouages du texte», *Voix et Images*, vol. V, n° 2, hiver 1980, p. 319-332.

— «L'écriture de la folie: Réjean Ducharme», actes du Congrès de l'APFUCC, Halifax, 1981.

— «La représentation des nombres et du calcul chez Ducharme ou le désordre de l'ordre», *Travaux du cercle méthodologique*, Department of French, Université de Toronto, automne 1981.

— «Réjean Ducharme, Nietzsche et Dionysos», Vie des Lettres québécoises, Laval, Les Presses de l'Université Laval, 1982, p. 307.

LEFIER, Y. «Refus et exaltation du langage dans *L'Avalée des avalés*», *Revue de l'Université Laurentienne*, vol. II, n° 4, juin 1969, p. 55-58.

LE GRAND, A. «Lettres québécoises, une parole enfin libérée», *Maintenant*, n°s 63-69, 15 septembre 1967, p. 267-272.

LEPAGE, Y. G. «Pour une approche sociologique de l'œuvre de Réjean Ducharme», dans *Livres et auteurs québécois, 1971*, Montréal, Éd. Jumonville, 1972, p. 285-294.

MAILHOT, L. «La parole est aux mots: Ducharme et après», *Stanford French Review*, printemps-automne, 1980, p. 160.

MAILLET, M. «*Le Nez qui voque* de Réjean Ducharme: troisième volet d'un triptyque», *Co-Incidence*, vol. II, n° 1, février 1972, p. 3-25.

MARCATO-FALZONI, F. «L'infantasmatico universo di Réjean Ducharme», dans *Letteratura Francofona del Canada*, a cura di Liano Petroni, «Quaderni di Francofonia», Bologne, CLUEB, n° 1, 1983, p. 187-196.

— «La pentecoste impossibile al mondo, ovvero *Les Enfantômes* di Réjean Ducharme», *Il Veltro*, vol. XXIX, n°s 3-4, mai-août 1985, p. 321-332.

— «Christ(off) – Colom(b) – Colombe: histoire de l'impossible restauration du paradis terrestre dans

La Fille de Christophe Colomb de Réjean Ducharme»,
dans *Modernité/Postmodernité du roman contemporain*,
sous la direction de M. FRÉDÉRIC et J. ALLARD (*Les
Cahiers du Département d'études littéraires*), Montréal,
Les Presses de l'Université du Québec à Montréal,
1987, p. 149-163.

MARCOTTE, G. «La littérature canadienne-française
d'aujourd'hui», *Le Français dans le monde*, n° 101,
décembre 1973, p. 61-63.

— «Réjean Ducharme contre Blasey Blasey», *Études
françaises* (*Avez-vous relu Ducharme?*), vol. XI, n°s 3-
4, octobre 1975, p. 247-284; dans *Le Roman à l'imparfait. Essais sur le roman québécois d'aujourd'hui*, Montréal, l'Hexagone, coll. «Typo», 1989, p. 57-92.

— «La problématique du récit dans le roman québécois d'aujourd'hui», *Revue des sciences humaines*,
vol. XLV, n° 173, janvier-mars 1979, p. 56-69.

— «La dialectique de l'ancien et du moderne chez
Marie-Claire Blais, Jacques Ferron et Réjean
Ducharme», *Voix et Images*, vol. VI, n° 1, automne
1980, p. 63-75.

— «Bras-dessus, bras-dessous. Réjean Ducharme et
Colombe Colomb», dans *Les Bonnes Rencontres. Chroniques littéraires*, Montréal, HMH, 1971, p. 202-204.

— «Réjean Ducharme lecteur de Lautréamont», *Études
françaises*, vol. XXVI, n° 1, 1990, p. 80-127.

MEADWELL, K. «Littérarité et hyperbole dans *L'Avalée
des avalés* de Ducharme», *Études Canadiennes*, n° 20,
1986, p. 73-79.

— «Ludisme et clichés dans *L'Avalée des avalés* de
Réjean Ducharme», *Voix et Images*, vol. XIV, n° 2,
hiver 1989, p. 294-300.

PAPLOVIC, D. «Ducharme et l'autre versant du réel: onomastique d'une équivoque», *L'Esprit créateur*, vol. XXIII, n° 3, automne 1983, *The Novel au Québec*, p. 77-85.

— «Noms de personnes. Onomastique et jeux de miroir», *Québec français*, n° 52, décembre 1983, p. 48-51.

— «Du cryptogramme au nom réfléchi. L'onomastique ducharmienne», *Études françaises*, vol. XXIII, n° 3, hiver 1988, p. 89-98.

PAVLOVIC, M. «L'affaire Ducharme», *Voix et Images*, Vol. VI, n° 1, automne 1980, p. 75-95.

PAQUETTE, J.-M. «Écriture et histoire», *Études françaises*, vol. X, n° 4, novembre 1974, p. 343-357.

— «La vie, la nuit, l'hiver…», *Revue des sciences humaines*, vol. XLV, n° 173, janvier-mars 1979, p. 83-89.

PELLETIER, J.-M. «Nationalisme et roman: une inévitable conjonction» [H. Aquin, J. Godbout, R. Ducharme], *Revue des sciences humaines*, XLV, 173, janvier-mars 1979, p. 71-81.

PIETTE, A. «Pour une lecture élargie du signifié en littérature: *L'Hiver de force*», *Voix et Images*, vol. XI, n° 2, hiver 1986, p. 301-311.

POULIN, G. «*Les Enfantômes* de Réjean Ducharme, roman hanté de survivants», *Relations*, vol. XXXVI, n° 418, septembre 1976, p. 252-254.

— «La féerie de l'écriture», *Lettres québécoises*, n° 3, 1976, p. 3-5; dans *Romans du pays 1968-1979*, Montréal, Bellarmin, 1980, p. 222-229.

— «Un roman miroir», dans *Romans du pays 1968-1979*, Montréal, Bellarmin, 1980, p. 222-229.

RESCH, Y. «Réjean Ducharme: *Les Enfantômes*», *Europe*, n° 569, septembre 1976, p. 221-222.

— «Lecture de Montréal dans *L'Hiver de force* de Réjean Ducharme», *Degrés*, vol. VII, n°s 19-20, automne-hiver 1979, section i, i1, i2.

RICARD, F. «Giguère et Ducharme revisited», *Liberté*, vol. XVI, n° 1, janvier-février 1974, p. 94-105.

ROBIDOUX, R. «*L'Avalée des avalés* de Réjean Ducharme», *Livres et auteurs canadiens 1966*, Montréal, Éd. Jumonville, 1967, p. 45-46.

SYLVESTRE, R. «*L'Avalée des avalés* de Réjean Ducharme», *Relations*, vol. XXVII, n° 315, avril 1967, p. 110-113.

SUTHERLAND, R. «Children of the Changing Wind. [Who has seen the wind and *L'Avalée des avalés*]», *Journal of Canadian Studies*, vol. V, n° 4, novembre 1970, p. 3-10.

TASCHEREAU, Y. «Le vrai *Nez qui voque*», *Études françaises (Avez-vous relu Ducharme?)*, vol. XI, n°s 3-4, octobre 1975, p. 311-324.

THÉRIO, A. «Jouer avec les mots», *Livres et auteurs québécois 1969*, Québec, P.U.L., 1970, p. 2-8.

— «À Réjean Ducharme», dans *Des choses à dire* (Journal littéraire 1973-74), Montréal, Éd. Jumonville, 1975, p. 41-43.

VACHON, G.-A. «Le colonisé parle», *Études françaises*, vol. X, n° 1, février 1974, p. 61-78.

— «Notes sur Réjean Ducharme et Paul-Marie Lapointe. (Fragment d'un traité du vide)», *Études françaises (Avez-vous relu Ducharme?)*, vol. XI, n°s 3-4, octobre 1975, p. 355-387.

VAILLANCOURT, P.-L. «L'offensive Ducharme», *Voix et Images*, vol. V, n° 1, automne 1979, p. 177-185.

— «Sémiologie de l'ironie: l'exemple Ducharme», *Voix et Images*, vol. VII, n° 3, printemps 1982, p. 513-522.

VANASSE, A. «Analyse de textes – Réjean Ducharme et Victor Lévy-Beaulieu: les mots et les choses», *Voix et Images,* vol. III, n° 2, décembre 1977, p. 230-243.

VAN SCHENDEL, M. «Ducharme l'inquiétant», dans *Littérature canadienne-française, Conférences J. A. Sève*, Montréal, P.U.M., 1969, p. 216-234.

VIGNAULT, R. «*L'Hiver de force* ou l'ENFER c'est le froid», dans *Livres et auteurs québécois 1973*, Québec, P.U.L., 1974, p. 53-55.

ZERAFFA, M. «Les confessions d'un enfant du siècle», *Le Nouvel Observateur*, n° 118, 15-21 février 1967, p. 34-35.

Table